KB066345

균형 잡힌 기적

균형 잡힌 기적

Horror

이신주 소설집

아작

별말씀을요 ——————————— 7

나지 않는 냄새 ——————————— 17

그루츠랑의 피아노 ——————————— 41

블로소득 ——————————— 57

균형 잡힌 기적 ——————————— 81

나는 저기에 ——————————— 137

도플갱魚 ——————————— 159

무병, 장수 ─────────────── 179

딱 좋아! 딱 좋아! 무서운 게 딱 좋아! ────── 197

미스티 ─────────────── 243

우연한 금기 ─────────── 279

死연편지 ─────────── 287

사두용미 ───────────── 315

작가의 말 ──────────── 365

● 초고 2019년 4월 19일

남자는 고개를 들어 불타는 태양과 시선을 맞추었다. 간질간질 안구를 쥐어짜는 동통도 느껴지지 않게 된 지 오래였다. 바싹 마른 눈꺼풀은 와작와작 음산한 소리를 내며 여닫혔다. 그래도 남자는 눈길을 내리지 않았다. 오히려 태양으로 손을 뻗었다. 뭉뚱그려진 원근법이 그로 하여금 해를 손에 넣게 하였다. 얼음을 쥘 때처럼 손아귀가 번뜩 아팠다. 그는 주먹을 모아 작은 구멍을 만들고 옴질거렸다. 태양이 한 겹 한 겹 그 거추장스러운 변장을 벗어던졌다. 남자는 콧방귀를 뀌었다. 짠 냄새가 났다. 한달음에 입에 넣었다. 삼키자 사포질이 죽죽 식도를 긁고 내려갔다. 목이 마르다, 물, 물! 물!!

남자가 번쩍 눈을 떴다. 쫄딱 젖은 채였다. 그야 썩은 나무토막을 붙잡고 망망대해를 표류 중인데 그럴 만도 했다. 때마침 파도가 그를 덮쳤다. 쓰고 짠 물이 목젖을 불태우며 넘어갔다. 배가 터질 것처럼 빵빵해졌지만 그 역한 맛이 더 문제였다. 창자가 그대로 녹아내리더라도 이상할 게 없었다. 욕지기가 치솟는 것을 그는 가까스로 참았다. 한 번이라도 더 짠 물을 넘기면 소금에 절인 식도가 부서질 것만 같았다.

"빌어먹을."

신에게 탄원하듯 남자는 큰 소리로 외쳤다.

"이럴 줄 알았으면 창문 있는 객실에 묵을걸!"

그러거나 말거나 동서남북 어느 방향으로도 육지는 보이지 않았다. 부서질 곳도 없는 파도는 온전한 힘으로 그를 감쌌다. 배의 다른 잔해들은 가라앉아 영영 볼 수 없었다. 이제는 그와 그가 끌어안은, 뭔지도 모를 무엇의 어떤 토막뿐이었다. 그리고 아팠다.

내리쬐는 햇살도 짠 물이 얹힌 속도 아팠지만—남자는 눈살을 찌푸렸다. 무의식적으로 다리에 힘을 주었지만 첫눈에 찍은 발자국처럼 선명한 고통만 돌아왔다. 비명조차 되지 못한 신음이 목구멍 안쪽에서 끓었다. 제 목청껏 감정을 내뱉는 것도 감당하지 못할 만큼 남자는 소모되었다. 그대로 풍선처럼 터져버려도 이상하지 않았다.

"다리가 멀쩡했어도 똑같았을 거야."

남자가 웃었다.

"뭘 어쩌려고? 물장구쳐서 육지까지 가게?"

서서히 몸 안팎으로 소금에 절여지는 죽음이란 어떤 기분일까?

"차라리 나도 배가 침몰할 때, 같이…."

무언가 단단한 것이 부딪혔다. 남자는 소스라치게 놀라며 몸을 들었다. 붙들고 있던 나무토막이 기우뚱 일어났다. 그리고 순식간에 뒤집혔다. 숨이 턱 막히자 머릿속이 하얗게 변했다. 벌레처럼 사지를 허우적대며 가까스로 빛이 비치는 곳으로 남자는 움직였다. 물장구도 칠 수 없는 하반신 대신 상반신을 우악스럽게 들이밀었다.

나뭇결의 거스러미가 깔쭉깔쭉 손톱 밑을 후벼 팠다. 눈앞이 시커멓게 물드는 고통을 참으며 남자는 다시 잔해 위편으로 몸을 올렸다. 물이 들어간 귀에서 느리게 메아리가 울렸다. 조금 기다려보니 제가 우는 소리였다. 그런데 입은 웃고 있었다.

그는 꺽꺽 가슴을 치며 울다가 웃기를 반복했다. 결국 속에 있는 것을 한바탕 게워내고 말았다. 무릎을 꿇자 다리의 상처가 벌어졌다. 또 웃음이 나왔다. 이상한 소리가 들렸다.

바다거북이 낸 소리였다.

멀뚱히 저를 바라보는 그 눈길. 입술 대신 투박한 부리를, 살결 대신 단단한 비늘을 가진 변온동물 방문객의 얼굴을 남자는 유심히 관찰하였다. 그러나 그의 육신은 정신을 전혀 부양할 수 없었다. 흐린 시선이 사방팔방으로 부서졌다. 거북의 지느러미는 널빤지처럼 곧고 강건했다. 등딱지는 어떤 총과 포로도 뚫을 수 없을 만큼 견고해 보였다.

"넌 좋겠구나."

남자는 팔을 뻗었다.

"주변에 넘쳐나는 바닷물을 마시고, 배가 고프면 해파리를 뜯어먹으면 되니까."

거북의 고개를 꽉 쥐면 어렵지 않게 잔해 위로 올릴 수 있을 것 같았다. 거북은 끔뻑끔뻑 남자를 바라보기만 할 뿐이었다. 제

모가지가 남자의 손아귀에 완전히 감싸인 뒤에도 마찬가지였다. 허연 소금이 말라붙은 입가를 축이며 그는 손가락에 힘을 주었다. 온몸이 덜덜 떨렸다. 손이 미끄러졌다. 유리처럼 단단한 거북의 눈꺼풀에 남자의 손가락이 스쳤다. 거북은 성가시다는 듯 고개를 털었다. 남자는 제 팔이 가볍게 나동그라지는 것을 남의 일처럼 지켜보았다. 그게 끝이었다.

평소라면 모를까, 살아 있는 것이 기적인 지금 그의 상태로는 다 자란 거북을 잡아먹기는커녕 물에서 건져내는 것조차 무리였다. 방금처럼 웃고 울고 바닷물을 쏟아내며 발버둥 치고 싶었지만, 아직 해가 높았고 더웠고 축축했고 괴로웠다. 남자는 바다로 녹아내릴 것처럼 드러누웠다. 귓전으로 거북이 조심조심 움직이는 것이 느껴졌다. 껍데기 가장자리가 잔해를 자꾸 건드리고 있었다.

"뭐냐?"
눈을 떠보니 거북이 이쪽에 등을 보여주고 있었다.
"타라고?"
대답이 돌아올 리 없었다. 남자는 실눈을 뜨고 그 파충류의 낯선 등짝을 보았다. 잠시 이쪽을 등진 것뿐일까? 때마침 파도가 쳤다. 기우뚱 거북의 균형이 흐트러졌다. 휘적휘적 지느러미를 움직여 버텼다. 거북은 위치를 지켰다. 그 자세 그대로 머물렀다.
"정말로? 어디 데려다주려고?"
남자가 중얼거렸다.
"그런 건 동화 속에서나 일어나는 줄 알았는데…."
역시 대답은 없었다. 거북은 끈기 있게 기다렸다. 남자는 잔해에 몸을 올릴 때처럼 나뭇결을 긁고 파헤치며 기어갔다. 그리고 있는 힘껏 상반신을 내던졌다. 거북은 남자의 무게에 쑥 내려가나 싶더니 이내 사지를 파닥거려 떠올랐다.

남자는 좀 더 힘을 주어 매달렸다.

딱지는 따개비도 없이 평평한 것이 편안했다. 양팔로 갑각의 앞쪽 끄트머리를 각각 붙잡자 몸 누일 곳도 충분히 있었다. 짭조름한 냄새가 코를 찔렀다. 거북은 그가 몸을 싣자마자 즉각 움직였다. 남자의 다리에는 고름과 벌어진 상처가 주렁주렁 달려 있었다. 그래도 딛고 있던 잔해의 감촉이 사라지는 것 정도는 알 수 있었다. 거북이가 계속해서 나아가자 철렁 겁이 났다. 이대로 잠수해버리면 아무것도 못 하고 망망대해의 물귀신이 되지 않는가?

"알 게 뭐람."

남자는 삐질삐질 솟는 두려움을 억눌렀다.

"천천히 말라 죽나, 숨 막혀서 한 번에 죽나…."

그는 손을 고쳐 거북의 등딱지를 더 단단히 쥐었다. 팔을 구부려 둥글게 그 윤곽을 안았다. 거북은 계속해서 나아갔다. 헤엄은 딱 둘을 싣고 갈 만큼만 셌다. 불필요한 요란은 만들지 않았다. 거북은 등을 물 밖으로 내민 채 조심조심 물살을 갈랐다. 그는 점차 팔의 힘을 빼고 그 등딱지에 몸을 맡겼다. 거북이 대뜸 잠수하거나 하는 일도 없었다.

남자는 하늘을 보았다.

태양이 서서히 수평선을 향해 떨어지고 있었다. 그는 목을 똑바로 세워 거북이 나아가는 곳을 보았다. 곧고 너르게 펼쳐진 바다를 배경으로 얕은 파도만 계속해서 들락거렸다. 여전히 몸 상태는 말이 아니었고 하반신은 걸레짝이었고 배 속은 짠 물로 그득했지만, 그래도 잔해를 붙잡고 혼자 떠밀려 다닐 때보다는 나았다.

남자는 눈을 감고 천천히 심호흡했다.

✳

"대체 언제까지 이러고 있어야 하는 거야?"

태양은 너무 느리게 움직였고 거북이는 그에 비하면 너무 빨랐다. 점차 다가왔다가 멀어지는 풍경의 화소나 하늘을 가로지르는 한 폭 구름조차 그곳에는 없었다. 그래서 시간의 흐름을 전혀 짐작할 수가 없었다. 그나마 남자에게 남은 지표란 메아리처럼 휴지기와 절정을 되풀이하는 하반신의 격통뿐이었다. 다만 그 주기가 갈수록 짧아졌다.

"거북아, 섬까지 대체… 아악!"

그는 진저리치며 등딱지를 안은 한쪽 팔을 뗐다. 그리고 몸을 비스듬히 돌려 하반신이 잠긴 물을 마구 두드렸다. 철벅철벅 파문이 일었다.

"저리 꺼져!"

자잘한 물고기들이 몸을 은빛으로 빛내며 쏜살같이 흩어졌다. 산 채로 남자를 갉아먹는 그들의 흔적을 따라 고기 조각과 굳은 피가 뒤따랐다.

"어디로 가고 있긴 한 거야? 응?"

남자는 울먹이며 한때 제 몸을 이루던 것들이 안개처럼 흩어지는 광경을 바라보았다.

"아니, 얘는 거북이잖아!"

남자는 다시 두 팔로 껍데기를 붙잡았다. 그러면서 물에 잠긴 채 꺼드럭대는 거북의 머리를 살폈다.

"난 왜 거북이랑 이야길 하는 거야? 너, 섬으로 가는 거 맞아? 어!"

흐늘흐늘 입술이 춤추고 혓바닥이 두껍게 부풀었다. 소리가 잇새로 마구 새어 우스꽝스러운 발음을 만들었다. 그는 몸의 절반을 물에 담근 채로도 열병에 걸려버렸다.

"이럴 거면 굳이 날 태워서 잠수도 안 하는 이유가 뭐야?"

자글자글 타오르는 머리칼은 모근을 파고드는 불의 심지를 펴 날랐다. 눈앞에서 화려한 무지개 같은 것이 펑펑 터졌다. 남자는 입안에 흘러드는 뜨뜻미지근한 액을 맛보았다. 인중과 콧속이 근지러웠다. 거북에게 얼굴을 비비자 시커멓게 죽은 체액이 묻어났다.

"왜 이러는 거냐고⋯."

밤하늘이 흘린 피 같았다.

얼마나 지났을까. 남자는 이제 고개조차 가눌 수 없었다. 부지불식간에 그는 거북의 머리를 보았다. 한 번도 고개를 들지 않고 그것은 부지런히 자잘한 물고기와 물벌레 따위를 먹고 있었다. 아무것도 없는 바다 한가운데인데도 용케 그런 것들이 모이는 모양이었다. 그런데 물의 색이 달랐다. 남자는 고개를 돌렸다. 거북이 지금까지 지나온 길을 보았다. 제 싱싱한 피가 아직 다 흩어지지 않은 붉은빛으로 그 흔적을 그리고 있었다. 남자는 머리를 길게 뺐다. 거북이 지나온 길은 조금씩 휘어져 있었다. 부채꼴로, 아니 서서히 되돌아오는 커다란 원 모양으로.

거북이 바삐 식사를 했다. 그러면서도 부지런히 움직였다. 널빤지 같은 지느러미로 섬세하게 방향을 조정했다. 이미 지나온 곳은 물론이고 거북이 나아갈 곳에도 바다는 더럽혀져 있었다. 또다시 물고기들이 남자의 상처를 후볐다. 죽은 신경을 따라 미약한 통증이 흘러들어왔다. 이름도 없는 물벌레들이 와글와글 모여들었다. 거북이 그곳으로 돌아와도 남아 있을 만큼.

남자는 거북이 어째서 저를 등 뒤에 태웠는지 깨달았다.

● 초고 2019년 1월 4일

남자가 경찰서로 들어섰다. 수갑을 차거나 얼굴을 가리진 않았다. 그렇다고 완전히 당당한 낯도 아니었다. 저를 데려온 형사가 절차를 밟는 동안, 남자는 불안한 빛으로 괜히 이곳저곳을 서성거렸다. 아마 다른 사건으로 불려 왔을 사람의 눈초리에 그러다가 붙잡혔다.

"뭘 봐?"

같은 말은 물론 돌아오지 않았다—무슨 90년대 버디 무비 속 파출소도 아니고. 그렇다고 제풀에 기가 죽는 것까지는 막을 수 없었다. 남자는 괜히 시선을 끈 듯싶어 민원인용 의자에 얌전히 앉았다. 외투는 벗어 옆자리에 내려놓았다. 벌게진 얼굴은 더위보다도 분위기에 압도당한 탓이었다. 그는 고개 숙여 손을 비비다가 문득 목이 타는지 저만치 떨어진 정수기를 곁눈질했다. 정수기는 저와 마찬가지로 꿔다 놓은 보릿자루처럼 우두커니 서 있었다. 뜻 모를 동질감을 남자는 느꼈다.

땀에 젖은 손은 봉투 컵을 떼는 데만도 몇 번의 헛손질을 했다. 그런 뒤에야 남자는 마침내 물을 한 모금 들이켰다. 사막처럼 건조한 목구멍이 순식간에 내용물을 비웠다. 남자는 그러고는 계절에 맞지 않는 손부채질까지 하며 화끈거리는 것을 진정시키려 애썼다. 아예 한 컵을 더 채우려던 차 경찰서 문이 벌컥 열렸다. 서로 멱을 잡은 이들이 우르르 들어왔다. 사이가 틀어진 이인삼각 같은 꼴을 한 두 사람이 연신 목청을 돋우며 짐짓 시시비비를 가리려는 체했다.

둘은 남자의 어깨를 뻑 밀치고 지나갔다. 남자의 손목까지가 싸늘한 물에 흠뻑 젖었다. 언짢지만, 대놓고 지적할 용기는 없으므로 그는 몸을 사렸다. 컵 바닥에 조금 고인 물로 혓바닥이라도 적시던 찰나 뒤통수에서 익숙한 목소리가 남자를 호명했다. 동행한 형사였다. 남자는 사레가 들리려던 것을 참고 재빨리 물을 삼켰다. 그대로 걸음을 옮겼다.

그는 그렇게 형사를 따라 평범한 민원인이라면 갈 필요가 없는 곳까지 들어갔다.

"제가 체포당한 건가요?"

자리에 앉은 남자는 불안한 기색으로 깍지를 꼈다. 형사는 '왜요, 체포당할 짓이라도 했나요?'같이 너스레 떨려던 것을 그만두었다. 쓸데없이 농을 걸었다가 나중에 민원이 접수되면 피곤해지기 십상이다. 물론 눈앞의 남자가 피의자 신분으로 전환되지 않고 홀홀 이곳을 떠난 뒤에 가능한 일이었다. 형사가 보기에 남자는―설사 뭔가 저지른 일이 없더라도―수상쩍은 점이 한두 가지가 아니었다.

"참고인 조사입니다."

형사는 눈앞의 남자가 충분한 시간을 들여 안심할 수 있도록 배려했다.

"가게 문을 막 닫으려다가 강도들이 들어왔다. 그리고 자기들끼리 싸움이 붙어서 그렇게 됐다고 하셨죠."

"예, 예."

남자는 고개를 주억거리며 답했다.

"거기까진 알겠습니다."

'까지'라는 보조사 뒤로 이어지는 말은 그리고 으레 그런 식이었다.

"모호한 부분이 생겨서 부른 거니까, 그 부분만 명확히 해주시면 됩니다."

남자는 이번엔 입을 다문 채 고개만 끄덕였다. 뭐가 그리 겁낼 게 많은지 긴장으로 낯빛이 굳어지는 것이 보였다.

"사건 현장에 쭉 계셨죠. 사장님 가게니까요."

형사는 곧장 본론으로 파고들었다.

"처음부터 다시 얘기해주세요. 어떻게 된 겁니까?"

"저, 솔직하게 말하면 되는 거죠?"

남자의 안 그래도 흔들리는 목소리가 점점 작아졌다. 형사는 눈을 찌푸려 초점을 맞추듯 귓바퀴라도 찌푸리고 싶어졌다.

"정말 그대로, 왜 뭐가 어떻게 일어났는지요."

남자는 작은 개미지옥에 빨려 들어가는 것처럼 목과 어깨를 폭 쪼그리고 있었다. 긴장한 건 알겠는데, 그래도 이상한 질문이었다. 그럼 경찰서까지 와서 솔직하지 않은 진술이라도 할 작정인가? 아무리 봐도 뭔가 비밀을 숨기고 있는 눈치였다.

"물론입니다. 요즘에⋯."

"제가 리켄에서 근무할 때 시작된 일입니다."

남자가 대뜸 말허리를 자르며 들어왔지만, 형사를 진정 당황하게 만든 것은 그 말의 격식이라기보다는 엉뚱한 내용이었다.

"리켄이라고요?"

"아, 일본의 이화학연구소(理化學研究所)입니다."

남자는 또박또박 말했다.

"뇌신경 과학 연구센터, 지각 신경 메커니즘 연구팀장이었죠."

부르지도 않았는데 줄줄이 튀어나오는 뒷말에 형사는 조용히 눈만 깜빡거렸다. 평소에 쿡 찔리기만 해도 후다닥 직함을 밝힐 수 있도록 연습이라도 한 것일까.

"별로 어울리진 않죠?"

남자 자신도 조금 지나쳤다고 생각했는지 쑥스럽게 웃었다.

"음식점 사장 커리어로는?"

형사는 한 꺼풀 더 대화의 본질로부터 멀어진 기분을 느꼈다. 사건의 개요만 밝히면 충분할 일을 군이 참고인의 자기소개까지 들을 이유는 없었다. 이화학연구소가 뭐 하는 곳인지도 모를 노릇이고. 형사는 너무 위압적으로 보이지 않게끔 자세를 풀고 잠시 깊게 생각하는 척을 했다.

"혹시 좀 긴 이야기가 될 것 같으면⋯."

"하지만 꼭 필요한 이야기입니다."

또 말을 끊었다. 이번에는 그리고 일부러 한 것이었다. 그만큼이나 자신의 이야기가 중요하다는 확신이자 선언. 남자의 갈팡질

팡하던 눈동자가 차분하게 가라앉았다.

형사는 일단 들어보기로 했다.

"형사님께서는, 생명체가 깨우친 최초의 감각이 무엇이었는지 알고 계시나요?"

결심은 빠르게 녹아 사라지려 했다.

"단세포 생물들은 시각이나 청각을 발달시킬 수 없었지요. 그것들은 가장 나중에 생겼습니다."

그러거나 말거나 남자의 혓바닥엔 시동이 걸렸다.

"세포막과 세포막이 직접 부딪치는 세상에서는 촉각이라고 할 만한 것도 없었습니다. 그런 의미에서 가장 먼저 발현된 분명한 감각은 후각입니다."

아리송한 말이었다. 세포에 제대로 된 피부가 없어서 촉각이 없다면, 코가 없는데 후각은 어떻게 있다는 건가?

"최초의 생물들은 주변의 무수한 물질 중 어느 것이 유독하고 어느 것이 그렇지 않은지 구분해야 했습니다."

형사는 콧잔등을 좁히며 숨을 빨아들였다.

"세포막 표면에 퍼즐 같은 수용체와 물질 통로들을 빚어, 점차 제 몸에 이로운 것과 그렇지 않은 것들을 걸러내고 각각 알맞게 감응하는 법을 익혔지요."

게다가 남자는 미각에 대해선 일언반구 언급조차 하지 않았다. 물론 후각이 미각을 많이 보조하는 것은 널리 알려진 사실이지만….

"그리고 그 방법론이 오늘날 모든 생물이 가진 후각의 기반이 되었습니다."

형사는 남자가 말 사이사이 손목시계를 힐끗거리는 것을 관찰했다.

"후각은 그래서 우리의 가장 원초적인 감각입니다. 그래서 우리를 동물과 구분해주는 가장 복잡한 기억과 그 연상 작용들도 후각의 영역을 벗어날 수 없죠."

눈길이 정신없이 휙휙 돌아다니고, 바짝 마른 입술 사이로는 혓바닥이 연거푸 날름거렸다.

"예를 들면 커피 향기를 맡으면 예전에 커피 냄새가 나던 곳의 기억과 그때 내가 뭘 하고 있었는지가 불똥처럼 확 떠오르지 않습니까? 후각적 자극으로 치매를 완화하는 요법까지 있을 정도니 말입니다."

슬슬 말을 끊는 것이 좋을지 몰랐다. 한적한 별실에서 전직 뇌신경학자의 기초이론 강의나 들으라고 나라가 봉급을 지급해주는 것이 아니었다.

"제가 연구팀장으로 진행한 프로젝트도 그런 발상에서 출발했습니다."

참고인은 잠시 입을 다물었다. 형사는 그의 눈길이 벽과 허공을 뚫고 표류하는 것을 보았다.

"단순히 파묻힌 기억을 되살리는 것뿐이 아니라, 어쩌면 잘 만든 냄새를 통해 전혀 엉뚱한 신경반응을 불러일으킬 수 있지 않을까?"

필시 지금 이곳에는 없는, 스스로의 머릿속 색인된 어느 기억들 틈새를 떠돌고 있으리라.

"일어나지 않은 일, 본 적 없는 풍경, 한발 더 나아가 그런 반응을 불특정 다수에게 동일하게 불러일으킬 수 있지 않을까?"

남자가 눈을 맞추었다.

"당시의 우리는, 환상의 냄새를 찾고 있었습니다."

형사가 입가를 작게 일그러뜨렸다.

"…과학자가 아닌 사람들은 그런 걸 두고 보통 마약이라고 부르지 않습니까?"

"마약이 불러일으키는 환각은, 일반적으로 시간이나 공간감각의 왜곡에 그칩니다."

나름 회심의 일격이었지만 남자는 개의치 않는 것처럼 보였다.

"얕은 수준의 다중감각이지요. 그런 것들은 정말 느낀다기보다는 뇌의 해석을 통해 간접적으로 받아들일 수밖에 없는 것들입니다. 형사님도 저도 '시간'이라는 추상적 개념을 정말 '느낄' 수는 없지요? 심박이나 계절의 변화 등을 통해 측정할 뿐이지요."

더불어 시곗바늘이 움직이는 것으로도 가능하지요. 형사는 초침이 째깍째깍 자신을 채근하는 것을 느꼈다.

"그런 감각을 왜곡하는 건 훨씬 쉽고 효과도 미약합니다. 우리가 원하는 건 가장 원초적인 감각을 통해 인간 생명의 공통분모를 자극하는 거였어요. 그렇게 마약 따위보다 열 배 더 일관적이고 백 배 더 강력한 반응을 불특정 다수에게 불러일으키는 냄새가 우리의 목표였습니다."

"성공했나요?"

"어쩌면요."

남자는 모호하게 답했다. 그러고는 소맷부리를 슬쩍 들춰 손목시계를 확인하였다.

"익숙한 냄새, 개중에서도 커피처럼 인공적인 냄새로는 '그때

마셨던 무엇, 함께 마셨던 언제'처럼 협소한 기억밖에 떠올릴 수 없지요. 그래서 우리가 목표로 잡은 것은, 흔히 마주하는 무언가의 심상을 떠올리게끔 만들되 정작 실제로는 '나지 않는' 냄새였습니다. 아시겠어요?"

그럴 리가. 형사는 고개를 내저었다.

"그러니까, 우리는 맛없는 뭔가를 마실 때 그게 '오줌 맛'이라느니 하는 욕을 하지 않습니까? 설령 그 말을 한 사람이 오줌을 먹어본 적이 없더라도요."

형사가 고개를 끄덕였다.

"왜냐하면 그 말을 할 때 우리가 실제로 떠올리는 건 오줌의 냄새니까요."

그럴싸한 설명이었다. 오죽하면 '오줌을 싼 듯한 냄새'라는 말이 따로 '지린내'라는 단어로 굳어졌겠는가.

"오줌의 냄새는 우리에게 오줌을 떠올리게 합니다. 그래서 실제론 맛본 적도 없는 그것의 맛까지 우리 뇌가 지레 상상하지요. 우리가 원한 것은 그런 인공적인 냄새를 만드는 거였습니다."

남자가 말했다.

"우리가 지정한 특정 대상에 대한 심상을 불러일으키는. 그렇기에 그 대상이 실제로는 풍기지 않는 냄새라고 해도, 지레 착각한 뇌가 있지도 않은 감각 자극을 받아버리는. 이해가 되시나요?"

형사는 알쏭달쏭한 기분으로 알아들었다. 이해까지는 아니지만, 최소한 납득되는 설명이었다.

"가령 모기. 모기가 뭔지 모르지는 않겠지요. 하지만 모기의 냄새를 맡아보신 적 있습니까?"

남자는 스스로도 그게 얼마나 멍청한 질문인지 이미 아는 것처럼 보였다.

"그런 게 구체적으로 있을 거라고 생각해보신 적은요?"

형사는 고개를 가로저었다.

"그런 모기의 냄새가 우리의 우선 과제였습니다. 가장 먼저 모기에 대해 흔히 떠올리는 이미지와 그것을 가장 잘 함축하는 냄새를 찾았지요. 그것에 다른 것을 조금 섞고, 구조를 뒤바꾸고, 적당한 농도와 세기를 찾고… 각고의 노력 끝에 마침내 시제품이 나왔습니다."

남자는 방구석으로 아련한 눈길을 보냈다. 마치 그 자리에 자기 휘하 연구원들의 영혼이라도 와 있다는 것처럼.

"우리 연구팀은 세계 최초로 모기의 냄새를, 아니면 적어도 모기를 떠올릴 수 있도록 인간 뇌를 부추기는 냄새를 만들어냈어요. 그리고 곧바로 실험이 시작되었지요."

영혼들이 제 갈 길을 찾아 떠났는지 남자의 시선이 제자리로 돌아왔다.

"피실험자들은 다양한 조건 하에 '모기 냄새'에 노출되었습니다. 20퍼센트는 아무것도 못 느꼈지요."

어쩐지 실패를 함축하는 듯한 출발이었지만… 형사는 조금 더 기다렸다.

"75퍼센트는 왠지 피부가 근질거리거나 작은 울림, 그러니까 모기의 날갯짓 같은 것을 느꼈다고 진술했습니다. 그리고 나머지 5퍼센트는, 놀랍게도 뚜렷한 병변을 보였습니다."

남자는 잠시 형사의 눈치를 살폈다. 알아듣지 못한 눈치였다.

"병변이라 함은, 어, 그러니까 실제로 모기에 물린 것처럼 신체 일부가 부어오르고 가려움을 느꼈다는 말입니다."

남자가 감탄했다.

"이해가 돼요?"

형사는 그가 이 이야기를 하면서 언제나 그랬을 것이라고 생각했다. 아무리 오랜 세월이 흘렀더라도.

"실제로 그 자리에 면역 반응을 일으킬 만한 항응고 물질 같은 건 있지도 않았는데!"

"있지도 않은 모기 냄새를 맡고 뇌는 지레 자기가 모기에 물린 줄 알았다. 이런 말이군요."

"정확합니다."

남자가 대답했다.

"다소 감상적인 설명이지만요."

지금 참고인으로 불렀더니 자기 잘나가던 시절 이야기나 하는 사람의 입에서 '감상적'이라는 표현이 나온 건가? 형사는 생각했다.

"네. 굉장한 실험이군요. 과학상자도 제대로 못 갖고 논 저한 테도 그렇게 들립니다."

형사는 그 말이 너무 냉소적으로 들리지 않았으면 좋겠다고 생각했다.

"그런데 그렇게 굉장한 실험이 왜 안 알려진 겁니까? 이게 지금 사건과는 무슨 상관이고?"

"다 관련이 있습니다."

남자는 전에 없이 어두운 낯빛으로 말을 이었다.

"처음부터 알려져선 안 될 개념이었고, 진행되어선 안 될 연구였습니다."

점입가경이었다.

"그 때문에 15년 전, 나를 포함한 연구진들이 모든 자료를 파기한 뒤 도망치듯 리켄을 떠나 잠적할 수밖에 없었지요."

남자의 말을 믿건 믿지 않건 플롯은 점차 탄탄한 뼈대와 근육을 갖추어 자라났다.

"모기 냄새의 성공에 고무된 일본 정부가 서서히 대놓고 발을 들이밀기 시작했습니다."

사악한 정부 기관의 개입이라! 그야말로 백숙처럼 뽀얀 살결을 그 뼈대에 더해주는 음모론 필수 요소의 마지막 한 숟갈이었다.

"막대한 지원을 약속했지만 한편으로는 민망할 정도로 적나라한 목표를 들이밀며… 형사님께서도 한번 생각해보시죠."

남자는 약간 뜸을 들였다가 설명을 계속했다.

"있지도 않은 병변을 나타낼 만큼의 변화, 그 이상의 파괴력과 불특정 다수에의 효능을 입증한 냄새를 가령, 미사일이나 포탄에 충전하여 적국에 쏴 갈기면 어떻게 되겠습니까?

그의 목울대가 마치 겁먹은 짐승처럼 힐끔 솟았다가 다시 들어갔다.

"큰 폭발도 요란도 일으키지 않고 무차별적으로 적의 감각을 뒤트는 그것이야말로 궁극의 무기가 아닙니까?"

"그걸로 사람까지 죽일 수 있단 말입니까?"

"모기 냄새나 그와 비슷한 위력으로는 무리지요."

남자가 수긍했다. 일단은.

"그러나 큰 혼란은 충분히 가능합니다. 광범위한 지역에 사소한 불편을 유발하는 것만으로도 적의 손발을 묶기에는 차고 넘치지요. 무엇보다 '어떤 냄새'라는 모호한 조건에서 오는 무궁무진

한 잠재력은요."

일본 정부가 그런즉슨, 남자가 개발한 환상의 냄새로 무기를 만들려 했다는 뜻이었다.

"지금 하는 말의 증거가 있습니까?"

"거기에 대해선 더욱 함구할 수밖엔 없군요."

남자는 옹송그리고 있던 양팔을 뻗었다.

"도망쳐 나온 게 15년, 식당을 연 게 올해로… 아무튼, 그동안 정말 쥐 죽은 듯 살았습니다."

어깻죽지에서 작은 뼈 부러지는 소리가 났다.

"제가 굳이 리켄에서 얻은 돈도 명성도 내팽개치고 이렇게까지 은거하는 이유가 달리 있을까요?"

남자가 부르르 몸을 떨었다.

"아마추어 리포터 따위가 연구의 실체를 파악하겠답시고 숨어 드는 일이 잦아지자 문부과학성은 제멋대로 우리로선 들어본 적도 없는 경비업체를 불러들였습니다. 권총까지 거머쥔 채 눈을 흘기던 덩치들은, 나중에 보니 전 자위대 통합막료장 밑에서 일하고 있더군요."

"이해가 안 되는군요."

형사가 말했다.

"그렇게 위협적인 상황에서 도망쳐 살았으면서, 왜 이제 털어놓는 겁니까?"

"속죄입니다. 우리 팀이 아니라 나라는 인간으로서 바치고 싶은."

남자는 고개를 숙였다.

"결정타가 된 건 한 민주당 중의원이 살해, 아니 암살된 사건이었어요. 꾸준히 우리 연구실을 방문하고 싶다며 리켄을 곤란하게 만들었지요."

그 말을 하는 남자의 양팔과 어깨가 다시 가슴팍으로 오그라들기 시작했다.

"언젠가 우리 쪽에서 파쇄하여 내보낸 자료를 그 사람이 어떻게든 손에 넣어 복원했다는 소문까지 들었지요. 그런데 얼마 뒤그 의원이 싸늘한 시신으로 발견되었습니다."

남자가 말을 멈추었다.

"대정부질문 고작 사흘 전에."

머릿속에서 그날의 기억이 새록새록 되살아나는 것처럼.

"같은 날 그 의원의 사무실이 털렸는데, 금품은 일체 무사했지만 따로 금고에 보관하던 뭔가가 사라졌다고 비서가 진술했습니다. …본인에게도 공유해주지 않은 아주 중요한 자료가요."

"잠깐, 잠깐. 알겠습니다."

형사가 말을 끊었다.

"사실이라면 정말 놀라운 이야기이고 큰 파문을 불러오겠네요."

자유롭게 이야기를 듣는 것은 그쯤이면 충분했다.

"그런데 지금 우리는 환상의 냄새나 일본 정부를 규탄하려고 하는 게 아니잖습니까."

형사는 처음으로, 그리고 마땅히 훨씬 더 일찍 해야 했을 일을했다. 현장과 그곳에서 수집한 증거들의 사진을 펼쳐 눈앞의 남자에게 보여주었다.

식당은 기본적으로 신발을 벗지 않는 입식이었다. 한두 명짜리작은 상이 다닥다닥 붙은 식이라 쑥대밭이 된 광경이 더 극적으로 다가왔다. 온갖 세간과 집기가 쓰러지고 부서진 모습은 흡사 폭탄이라도 얻어맞은 것 같았다. 바닥은 살균 소독한 수저와 밑반찬 트레이의 식은 음식이 흩뿌려져 번진 온갖 국물과 기름얼룩으로 가득했다. 어디 할 것 없이 처박힌 의자와 식탁이 카메라 플래시를 맞아 신음했다. 그러나 가장 중요한 부분은 따로 있었다. 파괴의 현장 한가운데 대자로 누워 있는 건장한 남정네들이었다. 그 모양은 주위의 무생물과도 구분할 수 없을 정도로 무기질적이었다.

"감식까지도 필요 없었지요."

그들을 집어삼키며 철철 펼쳐지는 웅덩이는 한때 그들의 몸을 데우고 심장을 뛰게 만들던 액체였다. 그것으로도 주변의 흔적을 다 덮지 못할 만큼 일은 무자비하게 저질러졌다. 가닥가닥 흩날린 굵은 점과 선의 핏자국은 그 하나하나가 현실의 원근과 차원을 뭉개는 난폭한 붓질이었다.

"이들이 흉기로 써먹은 수저도, 상처의 위치도, 전부 자기들끼리 치고받다가 죽었다는 사장님 진술이랑 일치합니다. 그런데 정말 이해가 안 되는 부분은 따로 있습니다."

형사는 어미에 힘을 주었다.

"제아무리 도둑놈들끼리 싸움이 붙었다 한들, 그게 말이 됩니까?"

그는 목을 가다듬고 말을 낱낱이 풀어헤쳤다.

"조금 전까지도 밥을 떠먹던 물건으로 아무렇지 않게 눈을 후비고, 뼈를 부러뜨릴 만큼 격하게… 잠깐만요."

형사는 스스로 말을 끊었다. 도중 무언가 짚이는 데가 있어서였다.

"설마, 이게 지금 그 환상의 냄새 때문에 벌어진 일이라는 건 아니겠지요."

남자는 침묵했다.

"연구는 중지되었잖습니까."

그래서 형사는 더 불안해졌다.

"15년이 흘렀다면서요."

"15년, 씩이나 흘렀지요."

남자가 씁쓸하게 읊조렸다.

"그만큼이라면, 설령 팀원들과 뿔뿔이 흩어진 처지라도 어떻게든 설비를 갖추고 연구를 재개할 수 있다더랍니다."

"그럴 거라면 도망은 왜 쳤죠?"

형사는 남자의 말을 어떻게 받아들여야 할지 몰랐다.

"그냥 얌전히 연구만 했다면 성공은 성공대로 하고 거기에 돈까지 받았을 텐데."

"무서웠습니다. 제가 만든 냄새가 수백만을 죽이는 무기가 된다는 것이."

남자가 고개를 숙였다.

"…하지만 한편으론 궁금했습니다."

기어들던 그 목소리가 불쑥, 요철을 보이며 올라왔다.

"이 기술의 한계가 어디까지인지."

형사는 몸을 바짝 당겨 앉았다.

"고작 모기 냄새로 끝나선 안 될 잠재력이라고 생각했습니다. 그래서 줄곧 연구에 매진했습니다. 길고양이나 노숙자를 대상으로요."

그게 아무렇지도 않은 일이라는 듯 남자는 말했다.

"안정화가 끝난 뒤에는 손님들한테도."

여전히 표정 하나 변하지 않은 채.

"나중에는 현실의 물질적 대상이 아니라 추상적인 개념에 대응하는 냄새를 만드는 것도 성공했습니다. …제가 속죄하고 싶다고 했지요."

남자가 허탈하게 웃었다.

"그건 제가 리켄에 있을 적이 아니라, 그곳을 떠나서도 독단적으로 이 저주받을 연구를 계속한 이야길 한 겁니다."

양손에 파묻힌 남자의 얼굴. 한숨은 손 틈새로 맥없이 빠져나왔다.

"형사님은 애초 제 식당이 어떻게 이렇게 오래 버텼다고 생각하십니까? 리켄에서 도망쳐 나오는 데 급급해 혈혈단신 건너와 세운 곳인걸요―저는 맛의 냄새를 만드는 데 성공했습니다."

남자의 손가락이 벌어졌다. 그 좁은 틈으로 훔쳐보듯 그는 세상을 보았다.

"맛이 있다, 는 심상을 불러일으키는 그런 냄새. 어째서인지 당장 내가 먹는 무언가가 '진짜 맛있는 것 같다'라고 뇌를 속이는 향기."

형사는 저도 모르게 혀를 내둘렀다. 그것을 어떻게 받아들였는지 남자는 손을 완전히 풀었다. 얼굴에는 뻣뻣한 자국이 남아 있었다.

"지금까지는 제 최고의 성과이고, 두 번째 가는 실패지요."

"가장 큰 실패는 그럼 뭡니까?"

그 말을 들은 남자가 손을 모았다.

"형사님께서는 생명체가 가장 강하게 공유하는 관념이 무어라고 생각하십니까?"

34

문지르기 시작했다.

"모기나 어떤 맛 같은 것보다 훨씬 근본적인?"

눈이 번쩍거렸다. 조금 전까지 작은 일에도 주눅이 들어 쩔쩔매던 모습이 거짓말 같았다.

"사건만 해결하면 충분합니다. 수수께끼는 됐어요."

"죽음입니다."

남자는 이제 참고인이나 목격자가 아닌 어엿한 학자로서 자신의 연구 성과를 토로하고 있었다.

"저는 죽음의 냄새를 만들었어요."

"이봐요."

형사는 눈앞의 남자를 우두커니 바라보았다.

"갈수록 말이 안 맞지 않습니까."

이제까지의 이야기를 믿건 믿지 않건, 받아들이기 힘든 구석이 너무 많았다.

"무기가 되는 걸 막으려고 리켄을 그만두었다면서, 정작 혼자 연구해서 죽음의 냄새를 만들어요? 그걸 지금 나더러 믿으라는 겁니까?"

"어디까지나 부작용이었습니다. 결코 만들고 싶지도, 만들려한 적도 없어요."

남자가 양손을 방어적으로 펼쳤다.

"맛이나 모기 냄새보다 훨씬 강력하고 본질적인 반응을 유도하려고 한 것뿐입니다. 연구 기록은 모조리 파기했고, 만든 것도 호신용으로만 쓰기로 맹세했어요!"

그러나 말마따나, 연구를 계속하기 싫어 도망쳤다면서 정작 궁금증을 못 이기고 혼자 연구를 계속했다는 사람을 과연 믿을 수 있는가.

"그러니까, 죽음의 냄새를 만들었다?"

남자는 고개를 끄덕였다.

"알겠어요. 거기까진 좋습니다. 그걸 맡으면 무슨 일이 벌어지죠?"

형사는 일부러 과장된 몸짓, 손짓으로 날뛰는 시늉을 했다.

"뇌가 자기가 죽었나보다! 싶어서 퍽 죽어버리는 겁니까?"

그가 사진을 가리키며 말했다.

"이 사람들도 그렇게 된 거고?"

"그것보단 복잡합니다."

남자가 대답했다.

"아무렴, 모든 생물은 죽음으로부터 멀어지려고 족히 35억 년 동안 발버둥 치고 있으니까요. 우리를 포함해서요."

바싹바싹 마른 입술을 훔치며 그는 이야기를 계속했다.

"죽음의 냄새를 맡은 이들이 처음 보이는 반응은 두려움입니다. 뱀은 우릴 죽일 수 있기에 두렵지요. 독도, 높은 곳도, 호랑이도… 그렇게 어떤 임의의 위협보다도 깊고 본질적인, 상상할 수 있는 가장 강력한 두려움이 그들을 사로잡게 됩니다."

남자는 입안으로 무언가 작게 말을 외었다. 그러면서 또 괜히 손목시계를 흘끔거렸다. 형사는 남자를 빤히 바라보았다. 이야기의 신빙성은 둘째 치더라도 슬슬 이 공간 자체가 아예 몽롱한 환상 속으로 미끄러져 드는 기분이었다.

"죽음이 닥쳐온다고 강하게 믿지만 정작 그 원인을 찾을 수는 없지요. 그러니 당장 눈앞에 보이는 모든 것으로 그 참을 수 없을 정도의 두려움은 전이됩니다."

싸구려 괴기소설에나 어울릴 그런 이야기를 그러나, 지금 제 앞의 소위 뇌신경과학자라는 작자가 진지한 말씨로 내뱉고 있었다.

"땅이 꺼지지 않을까, 하늘이 무너지지 않을까, 여기에 뭐가 들어 있지 않을까, 아니면⋯ 눈앞의 저놈이 날 죽이려 들지 않을까."

남자는 사진을 가리켰다.

"죽음을 피하고자 하는 본능이 공격적으로 발현되면 이런 일이 벌어지게 되지요."

형사는 남자의 말이 맞다고 가정했다. 그렇게 믿는 척을 했다. 그러자 무슨 일이 벌어졌는지 알 수 있었다. 피해자들은 서로 감정이 격해져 싸운 것이 아니었다. 제각기 죽음의 냄새를 맡았고, 가장 가까이 있던 위험 요소와 필사적으로 싸우기 시작한 것이었다. 살아남기 위해서.

"그걸 맡았다면서 당신은 어떻게 멀쩡한 겁니까?"

"저에게는 약하게 작용하도록 손을 보았습니다. 따로 길항제도 먹고요."

"죽은 사람들은 그래서 뭐죠? 일본 정부가 보낸 요원이라도 됩니까?"

"그냥 강도였습니다."

남자가 푹 고개를 숙이며 말했다.

"그런데 그냥 돈만 훔칠 생각은 없는 것 같아서, 그래서⋯."

뒷말은 둘 모두 말할 생각도, 들을 생각도 없었다.

"⋯저도 경찰에 신고하고 싶었지만, 상황이 워낙 급해서요."

그래도 그렇지, 호신용으로 자칭 살인 가스를 써먹어? 형사는 사건 현장을 처음 본 순간을 떠올렸다.

"보관은 어떻게 하지요?"

속이 뒤집혔다.

"호신용이라면 항상 지니고 다녀야 할 텐데."

"다 방법이 있지요. 물렁물렁한 캡슐에 용액을 이원화시켜 적재했습니다."

남자는 무언가 꺾고 부러뜨리는 시늉을 했다.

"충분히 강한 힘을 가하면, 막이 깨지면서 냄새가 합성되지요. 여기에…."

남자의 손이 부지불식간에 왼쪽 가슴팍으로 올라갔다. 그리고 우뚝 멈추었다. 남자는 잠시 국기에 대한 경례를 하다가 굳어버린 것처럼 굴었다. 형사는 이윽고 그가 허공을 휘저으며, 어어, 어어, 하는 반쪽짜리 신음을 내뱉는 것을 쳐다보았다. 남자의 얼굴이 공포 영화 속 희생자처럼 일그러졌다. 까만 동공이 부풀어 홍채를 집어삼켰다.

외, 외투를.

그의 말은 바람 소리처럼 작게 들렸다.

"외, 외투를 밖에 두고 왔어요. 소파에. 벗어놓고."

벌벌 떠는 남자는 내버려두고 형사가 몸을 일으켰다.

"외투에 그 캡슐이 지금 있다고요?"

"네… 네. 정말입니다. 이, 이런 적이 없었는데!"

남자는 두 손 두 발을 어떻게 다루는지 깜빡 잊어버린 것처럼 보였다. 곧 보이지 않는 수갑이 자신을 책상에 붙잡아두기라도 한 듯 몸부림쳤다.

"제, 제가 빨리 가서. 아니, 저는 못 나가나요? 나가죠? 그럼 형사님이라도, 빨리!"

그새 마음이 바뀔까 봐 걱정하는 것인지, 등 뒤로 남자의 말이 쐐기를 박듯 들려왔다.

"빨리!"

형사는 길지도 않은 복도를 천천히 걸었다. 좁은 길을 따라 규칙적인 발소리가 울렸다. 바깥에서는 접수처의 일상적인 소란이 어렴풋이 들려왔다. 익숙해지다 못해 이골이 난 장소이고 시간이었다. 형사는 터널을 통과하듯 점차 별실과 그곳의 남자와 그가 털어놓은 허무맹랑한 장광설에서 벗어났다. *일본의 연구소에서, 자기가 비밀 무기를 만들었다고!* 웃으며 접수처로 나섰다. 민원인들은 오늘도 누구 목청이 더 큰가 울부짖으며 자웅을 겨루고 있었다. 경관들이 여럿 달라붙었지만 역부족으로 보였다. 사과처럼 잘 익은 민원인들의 얼굴에는 벌써 주먹다짐도 했는지 찢어진 상처도 보였다. 남자가 벗어놓았다는 외투를 찾아 형사는 눈길을 돌렸다. 두 사람의 몸싸움에 휘말렸는지 외투는 의자 대신 바닥을 뒹굴고 있었다. 누가 한 번 밟고 지나갔는지 황토색 신발 자국이 선명하게 새겨져 있었다. 형사는 외투를 주우러 갔다. 그 순간 태어나서 단 한 번도 맡아본 적 없는 냄새가 났다.

죽음의 냄새였다.

그루초랑의 피아노

● 초고 2017년 6월 18일

그것은 순전히 우연에 불과했습니다. 우연이 운명의 장난이라고는 하지만, 그것은 실은 우연의 가면을 쓴 운명이 얼마나 제멋대로 이 방향, 저 방향으로 휘어지는지를 나타내는 말입니다. 그런 변덕에 따라 펼쳐지는 수천수만 모자이크들이 모여 소위 말하길 '주체적인' 우리네 삶을 이루지요. 원망할 대상을 찾는다면 천사도 악마도 될 수 있겠습니다. 한쪽에서는 깨끗한 명주옷을 걸친 채 돌잡이나 겨우 할 아기가 다른 한쪽에서는 뭐가 얼마나 섞였는지도 모를 흙탕물을 들이켜며 연명하는 것 또한 부지기수.

　그런 운명을 저주한들 아무것도 바꿀 수 없고 따져 묻는다한들 누군가 책임을 물을 사람이 있는 것도 아닙니다. 나 또한 그들과 마찬가지였습니다. 끝을 알 수 없는 구덩이 속으로 굴러떨어진 그 날, 운명은 나의 끝을 매듭지어버렸습니다.

　남아프리카 문화탐방이라고 하면 어쩐지 거창해 보일지 모르지만, 실상은 번갯불에 콩 볶아먹듯 겉껍데기만 훑는 것에 더 가까웠습니다. 학교는 지원금에 인색한 소리를 덧붙이지 않기로 유명했습니다. 저 같은 남아프리카 지역 민속학 전공자에게까지 풍부한 예산을 지원해주고, 그것으로 족히 1만 킬로미터는 떨어진 오지에서 탐방을 진행했다는 게 증거죠.

공항에 내려서자마자 한국과는 다른 세계라는 게 느껴지더군요. 달뜬 잎사귀의 향기와 더불어 춤을 추듯 느긋하게 돌아가는 실링팬의 모습. 공항의 에어 커튼을 벗어나자마자 불어오던 뜨끈한 열풍. 아직 아무것도 시작되지 않았는데도 벌써 무언가를 달성한 것처럼 마음이 부풀었습니다. 비록 여행이 비극으로 매듭지어진 것은 아쉽지만 그 점엔 감사할 따름입니다.

숙소 근처엔 아프리카 하면 흔히 떠오르는 열대우림이 아니라 적당한 잡목림이 있었습니다. 사람보다 크지 않은 수풀 너머에서는 풀벌레들의 울음과 이국의 새가 날갯짓하는 소리가 들려왔습니다. 문득, 아프리카에 머물던 내내 바쁜 일정에 치여 한 번도 제대로 된 나만의 시간을 가져본 적 없다는 생각이 들었습니다. 기념품점에 가서 라텍스 베개를 산다든가 하는 일은 바라지도 않았습니다. 그날따라 밤공기가 유달리 살가웠고, 위험스러운 독충이나 맹수들도 그날만큼은 세상의 뒤편으로 물러나 있을 것이라고 나는 생각했습니다. 그래서 숙소를 빠져나갔습니다. 그리고 나는 운명의 변덕을 밟고 헐거워진 현실의 틈새로 내동댕이쳐졌습니다.

그루츠랑(Grootslang)을 만난 것은 구덩이 속에서 헤맨 지 꼬박 다섯 시간 이십 분이 지난 뒤였습니다. 야광 디지털 시계가 살짝 쪼개진 상태로도 문제없이 작동했거든요. 그 순간 눈을 비볐다는 것은 너무 관습적인 표현입니다. 그곳에 있어서는 안 될, 아니 그곳뿐 아니라 세상 어디에서도 있을 수 없는 무언가를 마주하는 일은 꽤 곤란했습니다. 그러나 눈앞에 나타난 생물은 난폭한 망상과는 거리가 멀었습니다. 깨닫기까지는 시간이 걸렸지만요.

트럭을 집어삼킬 만큼 큰 아가리, 인간을 벌레 죽이듯 으깰 수 있는 엄니. 거기에 아름드리나무를 이쑤시개처럼 보이게 만드는 몸통에는 투박하면서도 예리한 비늘이 촘촘히 있었습니다. 그것의 뜨거운 숨결은 증기기관차를 마주하는 기분이었죠. 그루츠랑이 다가오자 귓전에서 천둥이 울렸습니다. 몸통이 구불거리는 획을 그을 때마다 집채만 한 바위들이 공깃돌처럼 이리저리 튀어나갔습니다.

코끼리와 뱀을 뒤섞어놓은 모양이지만 그루츠랑은 단순히 키메라 같은 잡종 괴물이 아닙니다. 무엇보다 키메라에게는 벨레로폰*이 있으나, 그루츠랑을 노래하는 전설에는 그런 사람이 없지요. 전설에 따르자면 신은 그루츠랑을 만들자마자 곧바로 자신의 실수를 알아챘다고들 하는데, 그것이 지상에서 가장 강력한 동물과 가장 교활한 동물의 특징을 모두 지니고 있던 까닭입니다. 신은 즉시 그들을 모조리 토막 내 죽였고, 나누어진 그루츠랑은 각각 코끼리와 뱀의 시조가 되었습니다. 그러나 딱 한 마리의 그루츠랑이 죽음을 피하는 데 성공했고, 어딘가에 거대한 구덩이를 파서 지나가는 동물을 잡아먹는다고 했죠. 아니면 운 없이 떨어진 동물이거나.

* 키메라를 죽인 영웅

나는 어느새 주저앉았습니다. 그루츠랑의 혀는 내 허리보다도 두꺼웠고 송곳니는 내 팔뚝보다 길었습니다. 깊이 없는 지옥이 그 안에서 나를 내려다보았습니다. 창백한 독기를 품은 침이 소리 없이 흘러내렸지요.

"살아 있는 인간은 오랜만이구나."

숨구멍을 꿰뚫는 고드름에 소리를 붙인다면 그런 기분일까요? 손발이 얼어붙는 것 같았습니다. 등줄기가 딱딱하게 굳어지고 눈앞이 요동쳤습니다. 동굴을 헤매며 얻은 생채기에 겁에 질린 피가 맺히기 시작했습니다.

"나에 대해 안다면 아무 생각 없이 오진 않았을 터."

그루츠랑의 목소리는 동굴 벽 전체를 짓눌렀습니다. 그러나 그 말에는 어떤 격정도 담기지 않았습니다. 그루츠랑에게 있어 나는 굳이 일부러 관심을 들일 가치조차 없는 미물이었습니다.

"살고 싶다면 가져온 것을 내보여라."

전설 속 괴수들이 다 그러하듯, 그루츠랑은 기본적으로 잔혹한 성정을 지녔습니다. 다만 값비싼 물건을 좋아하여 그런 것들을 바치면 인간을 그냥 보내준다는 이야기도 있습니다. 물론 값비싼 물건은커녕 귀국할 표와 비자카드가 들어 있는 지갑조차 숙소에 놔두고 온 나에게 뭔가 제시할 것이 있을 리가 없었지만요.

"또 금강석 따위를 가져왔느냐?"

내가 아무 말도 못 한 채 벌벌 떨고만 있자, 그루츠랑은 지루했는지 낮아진 목소리로 말을 이었습니다.

"단단한 돌덩이 따위에 무슨 가치가 있단 말이냐. 좀 더 귀한 물건이 아니라면, 네놈 또한 살아서는 이곳을 나갈 수 없다."

호랑이굴에 들어가도 정신만 똑바로 차리면 살아나올 방법이 있다고 합니다만, 차라리 호랑이 앞에 던져지는 편이 나았을 것입니다. 그것은 자비롭게도 내가 목숨을 부지할 수 있는 길을 제시해주었지만, 거듭 생각해봐도 잠옷 차림만 간신히 면하도록 챙겨 입은 대학생에게 그루츠랑의 관심을 끌 물건은 전혀 없었습니다.

"말을 못 하는 것은 아닌데, 그렇다면 사리 분별도 못 하는 천치로구나."

그루츠랑은 눈을 몇 차례 깜빡였습니다. 무너져 내린 친구의 뒤편이, 떠오르지 않는 별들의 세계가 그 안에 있었습니다.

"네놈의 영혼은…."

"자, 잠깐. 드릴 것이 있습니다."

내가 무슨 생각을 한 걸까요? 도저히 알 수 없습니다. 주마등의 앞부분이 막 펼쳐지려던 찰나 아무렇게나 던져본 거겠죠. 그루츠랑은 말을 멈추었지만 여전히 불만스러워 보였습니다. 내가 별생각 없이 던진 말임을 간파했던 것일까요? 그렇다고 생각합니다.

"피아노를 드리겠습니다."

숙소 로비에 있던, 백동나무 그랜드 피아노를 떠올리면서 한 말이었습니다. 상황이 상황이지만 지금 다시 생각하니 좀 우습군요. 하지만 그도 그럴 것이, 기념품조차 챙기지 못할 정도로 빡빡한 일정을 생각해보건대 그 피아노는 내가 여행 내내 보던 것 중 가장 귀한 물건이었습니다. 가정용으로 흔히 보급되는 아담한 물건이 아니라 오케스트라에서 보이는 고급품, 비스듬하게 열린 뚜껑 속 아롱거리는 금빛 현들이 보기 좋게 진열된 물건이었으니까요. 어쨌든 말을 던진 나로서도 별로 좋지 못한 선택이었다고 후회하던 참이었습니다. 이제 남은 것은 그 송곳니에 토막 나 죽거나, 산 채로 삼켜지거나 둘 중의 하나라고 생각하고 있었죠.

"'피아노'가 무엇이냐?"

호랑이굴에 들어가도 정신만 차리면 산다고 했습니다. 그 말이 그토록 절실하게 다가왔던 적은 전연 없었고, 앞으로도 두 번 다시 오지 않을 겁니다.

그 뒤로는, 잘 기억이 나지 않습니다.

그저 온갖 지혜를 다 짜내어 입을 움직였고 그루츠랑이 나를 지상으로 올려보내줬습니다. 얼굴에 내려앉는 희미한 달빛을 의식하던 순간, 나는 뒤를 돌아보았습니다.

통나무 같은 것이 지나간 듯 길게 끌린 흔적, 끝을 알 수 없을 정도로 깊은 구덩이가 입을 벌리고 있었습니다. 그 자리에서 혼절해버리고 싶었지만 자의로나 타의로니 그리할 수 없었습니다. 나는 꿈결처럼 흐리멍덩한 세상을 거쳐 숙소에 다다랐고, 피가 말라 없어지는 기분으로 내 방을 찾아 들어갔습니다. 그리고 막 떠오르기 시작한 아침햇살이 뒷머리를 두들길 때쯤 나는 무너져 내렸습니다.

이후로는 아무 일도 없었습니다. 흙먼지가 덕지덕지 묻어 넝마주이가 된 외출복만 아니었더라면, 나는 그것을 전부 아프리카의 습기가 가져온 덧없는 열병이라고 단정 지었겠지요. 놀랍게도, 결과적으로 나는 그루츠랑과의 일을 잊는 데 성공했습니다. 잊었다고 해야 할까요. 생각하지 않았다고 해야 할까요.

붉은 융단으로 덮인 채 얌전히 자리를 지키는 피아노를 볼 때마다 괜스레 놀라기도 한두 번, 어느새 나는 한국의 여느 골목을 걷듯 무덤덤하게 숙소 로비를 드나들었습니다. 모든 것이 정상으로 돌아간 것이었죠.

한국으로 돌아가는 날이 되었고, 출국심사까지 마친 나는 비행기 좌석에 앉았습니다. 고백하자면 남아공발 인천행 직항기가 이륙하기 전까지 나는 혹여나 괴수 영화의 한 장면이 지금 이 자리에서 재현될까 싶은 조금은 유치한 공상을 하였습니다. 자신이 속았음을 알아챈 그루츠랑이 공항에서 난동을 부리다가 제압되는… 뭐 그런.

기나긴 비행이 끝나고 잠에서 깨어나자 마치 전혀 다른 사람이 된 듯 기분이 맑아졌습니다. 게이트에서 나와 발을 내딛자마자 신선한 새벽공기의 달콤한 맛이 몸 안을 가득 채우는 것이었습니다. 파리하게 시든 채 삐걱대던 머릿속에도 환하게 불이 밝혀졌지요. 당시에는 단순히 향수병이었으리라 멋대로 짐작했지만, 아마 그때까지도 나의 마음속 한구석에는 남아 있던 모양입니다. 아프리카에서의 공포에 대한 깊은 앙금이.

그 뒤로 물론 나는 그루츠랑과의 거래에 대해 까맣게 잊고 지냈습니다. 어느 날 의미 없이 리모컨을 연타하다가 우연히 국제 뉴스를 보기 전까지는 말입니다. 뉴스는 갑작스러운 홍수 때문에 삶의 터전을 파괴당한 사람들을 소개했는데, 하단에 뜨는 지명이 사뭇 익숙했습니다. 지금도 가끔 떠올립니다. 그것을 깨닫지 못했더라면 조금은 다른 생각을 할 수 있었을까요? 그곳은 내가 탐방을 갔던, 그루츠랑을 만난 바로 그곳이었습니다.

한때 익숙하게 거닐던 거리가 화면에 나왔습니다. 수해에 휩쓸린 그곳은 온통 진한 뻘로 뒤덮인 채 썩어들어가고 있었습니다.

건물들은 형체만 간신히 알아볼 수 있을 정도로 파괴된 채였습니다. 뉴스가 끝나고 세제 광고가 흘러나오기 시작했습니다. 신경을 긁어대는 멜로디를 피하고자 TV를 끈 뒤에도 정적은 찾아오지 않았습니다. 주변을 감싸 안는 질긴 주머니 같은 답답함. 얼마 못 가 저는 그것이 제 가슴팍에서 나오는 걸 깨달았죠.

아플 정도로 갈빗대를 지그시 누르며, 나는 휴대전화를 꺼내 들었습니다. 이 일을 명쾌하게 결론지어줄 사람을 찾아야 했습니다. 그 일은 그저 더도 덜도 말고 딱 불운한 천재지변, 기계적인 자연현상의 일부여야 했습니다. 하다못해 전화 너머의 누군지도 모를 누군가에게 그저 호텔이 멀쩡하다던가, 재난 규모에 비해 죽은 사람은 그렇게 많지 않다는 식의 두루뭉술한 귀띔이나마 받을 수 있다면 상관없었습니다.

나는 물끄러미 액정을 바라보았습니다. 어디에 전화를 걸어야 할까요? 기상청? 호텔? 남아프리카의 전설을 연구하는 민속학자? 탐방을 주선해주셨던 교수님의 번호가 화면에 뜨지 않았더라면, 나는 지금까지도 전화를 걸지 못했을 것입니다.

안타깝게도 홍수는 그 일대를 모조리 파괴해버렸습니다. 피아노는커녕 사람 팔다리조차 찾지 못할 지경이었죠. 게다가 교수님은, 현지가 비가 많이 올 시기도 아니며 그러한 징조도 없었다는 쓸데없는 사실까지 전해주었습니다. 시체들이 떠오르지 않았다는 흉흉한 소리는 대체 왜 한 것인지 의문입니다. 나는 잔해 속에서 피아노는 발견되었느냐, 혹여 어딘가로 사라져버리지 않았느냐는 질문이 목젖까지 튀어나오는 것을 간신히 억눌렀습니다.

나는 그루츠랑과 약속을 했습니다. 이내 이쪽에서는 편리하게도 잊어버렸으나 저쪽은 그래 줄 마음이 없었던 모양이지요. 그루츠랑은 홍수를 일으킴으로써 스스로 물건을 가져갔습니다. 그리고 시체들을 모조리 강바닥으로 가라앉혀 나의 얼굴을 찾고 있습니다. 그리고.

나는 거기에서 생각을 멈췄습니다.

정신없이 내달리던 생각들이 천천히 가라앉았습니다. 나는 소파 팔걸이를 쓰다듬었습니다. 익숙한 감촉이 점차 태곳적 신비를 간직한 아프리카 대륙의 어느 숲에서 현대 한국의 철근콘크리트 빌딩 속으로 나를 돌려놓았습니다. 그루츠랑은 내가 그곳을 떠났다는 사실을 알았습니다. 하지만 그 뒤로 뭘 할 수 있을까요?

나는 아프리카에서 이역만리 떨어진 작은 반도의 도시, 내 집 거실 소파에 앉아 있었습니다. 그것이 지구의 오대양을 가로질러 찾아오기라도 할까요? 아프리카야 앞으로 가지 않으면 그만입니다. 홍수가 난 것은 안타까운 일이지만, 그루츠랑이 내게 할 수 있는 것은 이제 없습니다. 전래동화 속 행복한 결말처럼 나는 여기에서 행복하게 살고, 인간에게 속은 멍청한 그루츠랑은 어두컴컴한 동굴에서 잠을 설치면서요.

마술, 차력이라고 해야 할까요?

맨발로 불 위를 걷는가 하면 유리를 씹어 먹고 칼을 삼키는 사람들의 이야기를 들어보셨을 겁니다. 대중적으로 이들은 교묘한 눈속임이나 신체의 단련을 이용하지만, 사실 이들 묘기의 기원은 아프리카의 전통적인 전쟁 의식과 맞닿아 있습니다. 현대사회에서는 구경거리가 되는 서커스와 달리 주로 부족 제일의 주술사들이 앞장서 행하던 것들이지요. 이는 적대 부족과의 전쟁을 앞둔 상황에서 인간 육체의 한계를 돌파하는 주술을 시연함으로써, 자신들이 불가해한 힘을 다루는 것을 과시하는 중요한 행사입니다.

갑자기 이런 말을 하는 이유는 홍수 소식을 듣고 며칠 뒤 일어난 일 때문입니다.

문 두드리는 소리. 내가 왜 문을 열기로 했는지는 알 수 없습니다만, 어쩌면 그루츠랑을 만난 순간부터 나에게 진정한 의미의 자유의지는 사라져버린 것이 아닐까 싶습니다. 논리와 이성의 톱니가 꿈속에서 헛돌듯이, 나의 행동 또한 줄에 매달린 꼭두각시처럼 조종받고 있지 않았다고는 장담할 수 없습니다. 그루츠랑이 멀어지는 나의 뒷모습에서부터 미래를 읽어내지 않았으리라고는 장담할 수 없습니다.

문을 열자 난생처음 보는 여자가 있었습니다. 다리에 힘을 뺀채, 진자를 흔들듯 상체를 떨며 균형을 잡았습니다. 비스듬히 벌린 입가로는 침을 질질 흘리고 있었습니다. 발치에는 들쭉날쭉 다양한 크기의 유리병이 늘어서 있었죠. 나는 그 눈동자 속에서 별이 떠오르지 않는 세계를 보았습니다. 여자는 라벨이 벗겨지기 시작한 소주병 하나를 집어 들었습니다.

그녀는 앞니로 병목을 눌러 부수고, 나머지 부분까지 베어 물더니 입을 꼭 닫았습니다. 유리 조각들이 서로 부딪치며 헐거운 쳇소리가 났고, 그 사이로 부드럽고 축축한 울림이 반복되었습니다. 꼭 다문 입술 틈새로 선홍빛 거품이 일더니, 이내 결코 나오지 말아야 할 빛깔의 액이 분수처럼 터져나왔습니다. 여자의 눈동자는 여전히 비어 있었습니다. 턱이 움직일 때마다 핏줄기가 점점 거세졌습니다.

비린내가 코를 찔렀습니다. 여자는 턱을 움직이던 것을 멈췄습니다. 쉼 없이 흘러내려 저들끼리 작은 강을 이루던 선혈이 기세를 누그러뜨렸습니다. 여자는 천천히 등을 폈습니다. 깜빡이지 않는 두 눈이 하늘을 똑바로 경외하였습니다. 그러곤 고개를 젖혀 입 안에 든 것을 그대로 삼켰습니다. 유릿가루의 속삭임이 재잘재잘 새어 나왔습니다. 여자는 목을 움직였습니다. 눈으로 그 운행을 읽어낼 수 있을 정도로 큼직한 덩어리가 목구멍을 넘어갔습니다. 너덜너덜해진 입술과 뺨이 크게 경련을 일으킨 뒤 억지로 제자리를 찾아 돌아갔습니다. 여자는 다른 병을 집어 들었습니다. 주변은 조용했습니다. 그곳에는 둘뿐이었습니다.

아니 셋이라고 해야겠죠.

병을 하나하나 씹어서 부수고 삼키길 얼마간. 여자는 맛있는 음식이라도 먹은 것처럼 트림했습니다. 분말이 안개처럼 솟더니 나와 그녀의 가슴팍을 적셨습니다.

"다른 대륙으로 도망친다고 아무 일도 없을 줄 알았느냐?"

그녀가 입을 열자 검은 기운이 뭉클뭉클 배어 나왔습니다.

"하잘것없는 인간이 나를 속이고 무사하기를 빌다니, 가만두지 않겠다."

여자는 말을 마치자마자 무너지듯 고꾸라졌습니다. 마치 장막이 걷히듯 주변의 온갖 소음이 쏟아져 들어왔고, 아마 정신을 잃고 쓰러진 것이 그 직후겠죠.

눈을 뜨자 당연히 나는 병원에 와 있었습니다.

발견한 사람은 얼마나 놀랐을까요. 피로 흥건한 바닥과, 그 위에 포개지듯 엎어진 남녀 한 쌍. 당연한 절차로 나의 손목에는 수갑이 채워져 있었습니다. 곧 형사들이 와서 고압적인 자세로 이것저것을 캐묻기 시작했죠. 다행히 감시카메라는 내가 생전 면식도 없던 여자에게 강제로 소주병 2개와 들기름병 2개, 국산 맥주병 4개, 자양강장제병 7개, 수입 맥주병 6개, 와인병 1개를 잘게 부숴 먹이지 않았다는 것을 입증해주었고, 나는 아무런 혐의도 없었기에 금방 집에 돌아올 수 있었습니다.

그러나 나는 집에 돌아가고 싶지 않았습니다. 병원에서, 한 손엔 수갑을 찬 채 형사들에게 심문당하는 것이 오히려 나를 지탱해주는 것에 울음이 나왔습니다. 일련의 과정은 내가 다시금 남아프리카의 어느 숲에서 그루츠랑의 분노를 마주하는 대신 문명화된 행정체계 속에서 안전하게 비호받는다고 느끼게 해주었기 때문입니다.

나는 집으로 돌아왔습니다. 골목에 들어설 때는 으슬으슬 몸이 떨리기 시작하더니, 비밀번호를 누를 때는 식은땀이 흘렀습니다. 꼭 뇌수가 이마를 통해 빠져나가는 기분이었습니다. 바짝 마른 혀에서는 지독한 악취가 풍겼습니다. 신발을 벗자 머릿골이 욱신욱신 조여들었습니다. 이윽고 똑같은 고통이 전신으로 번졌지요.

침대에 달라붙듯 쓰러졌지만 나아지는 건 없고, 마치 혈관을 타고 가느다란 가시덩굴들이 자라나는 것 같았습니다. 아무런 생각도 할 수 없었습니다. 내 몸은 괴로움으로 충만했고, 그저 그것이 끝이었습니다.

눈을 감지 않았는데도 지옥의 꿈을 꾼다면 어떻게 해야 한단 말입니까? 살아 있는 악몽에 갇혀 녹아내리던 나의 정신을 깨운 것은 간결한 곡조의 피아노곡이었습니다. 연속적으로 이어지는 활기찬 음계와 명료한 화음이 나의 상황과는 대조적으로 산뜻했습니다. 눈을 뜨자 태양광선이 안구 뒤편을 불살라버리는 고통이 이어졌습니다. 눈물이 부옇게 떠오르지만 그것이 내 방에 나타난 백동나무 피아노를 없애버리진 못했습니다.

피아노는 저 혼자, 연주자 비슷한 것도 없이 건반을 움직이고 현을 두들겨 음률을 뽑아내고 있었습니다. 나는 아무 생각도 할 수 없었습니다. 인제 와서 이것이 이상한 일이라느니 덧붙이는 것은 무의미한 일이 되었죠. 나는 두 발로 일어서려다 그만 왈칵 구역질했습니다. 싯누런 액체가 목을 홧홧하게 할퀴었습니다. 바닥이 축축하게 젖어듭니다. 나는 무너지듯 몸을 던졌습니다.

그리고 나는 지금 여기에 있습니다.

침대에서 벗어나지 못한 지 얼마나 되었을까요. 고열도 모자라 주기적으로 찾아오는 근육이 뒤틀리는 고통, 손가락 하나 움직이기도 힘든 무력감. 꿈결에 푹 잠긴 듯 도무지 시간이 어떻게 흘러가는지조차 알 수 없습니다. 어쩌면 침대에 누운 지 채 일분, 한 시간이 지나지 않았는지도 모릅니다. 분명한 것은 피아노가 연주하는 서늘한 음계뿐입니다. 그치지 않는 연주는 이제 역청이 엉기듯 길게 늘어지는 메아리로 나를 감쌉니다. 종횡무진 날뛰는 오선지 위 음표들의 환상이 나를 켜켜이 덮칩니다. 나는 그들에게 나를 빼앗기고 가라앉습니다.

전래동화 속 행복한 결말은 없었던 모양입니다. 정신만 차리면 호랑이굴도 분명 빠져나올 수 있었습니다마는, 속담은 호랑이굴을 빠져나간 사람이 그 뒤에 어떻게 되었는지는 언급하지 않네요. 자꾸만 튀어 오르는 기침이 몸을 움츠리게 만듭니다. 나는 점점 작아지고 있습니다. 손에 축축한 덩어리가 달라붙습니다. 나는 그것이 피가 아니라고 확신할 수 없습니다. 지금 내 눈에서 흘러내리는 것도, 입 안을 가득 채운 것도, 투명해진 피부를 통해 새어 나오는 것들도 전부 피가 아니라고는 할 수 없습니다. 나는 내 스스로를 조금씩 뱉어내며 줄어듭니다. 나는 점점 작아지는 몸으로 가라앉습니다.

그루츠랑의 피아노가 연주하는 장송곡 속으로.

블로소득

● 초고 2016년 10월 1일

얽히고설킨 넝쿨처럼 뻗어나가는 사람들의 삶의 시련이란 결국 한 갈래의 중심을 영구히 감싸고도는 것. 투입과 산출의 비. 즉 쓰는 것보다 많이 벌어야 한다는 걱정이 그것이다. 제아무리 구름처럼 바람처럼 유유자적 살지라도 그 비례가 맞지 않으면 생활을 유지할 수 없다. 그런데 난 이 걱정에서 완전히 벗어난 지 오래다. 비결을 묻는 사람이 있을 것이다. 딱히 비결이랄 것도 없다.

돈이 자꾸 나를 따라다닐 뿐.

공원이다. 저녁에 가까운 시각인데, 위에서 말했듯이 난 무직이다. 말했던가?

나는 특별한 책임에 매여 있지 않다. 모든 시간이 곧 자유시간이고 그 시간에 무얼 하건 완전히 내 마음이다. 이 시간의 나는 공원에서 산책하고 있다. 별 목적 없이 그냥 발길 닿는 대로 걸음을 옮긴다. 돌연 묘하게 눈길 가는 물건을 발견한다. 좀 거슬리게 놓여 있는 바위다. 묘하게 그냥 지나갈 수 없는 위화감. 항상 이런 식이다. 바위라고 해봤자 그렇게 크진 않지만 난 땀나도록 힘을 줘본 경험이 화장실에서밖에 없다. 내 팔다리는 국숫발 같다. 어렵사리 바위를 들어 치운다.

봉투는 조금 구겨지고 흙빛으로 물들었다. 그래도 두툼한 것이 보기 좋다. 안에 든 것을 꺼낸다. 길이 덜 든 뻣뻣한 세종대왕이다. 한 놈 두시기 석 삼 너구리…. 숫자를 재미나게 읽는 방법을 어디에선가 배웠다. 액수는 평소보다 적다. 어차피 해가 지려면 멀었다. 오늘은 좀 더 먼 산책을 하자.

평소 잘 가지 않던, 침에 젖은 꽁초가 즐비하게 널린 어두운 골목으로 발을 옮긴다. 구겨진 쓰레기들을 바라보는 내 인상도 구겨지고. 발에는 자꾸만 잡동사니들이 차인다. 시선을 내리자 거기에 있다. 하수구 철망과 그것을 얹은 네모난 틀 틈새 희디흰 봉투. 담배 냄새를 참아가며 손가락을 넘긴다. 한 놈 두시기 석 삼….

언제부터 이랬는지 모르겠다. 습관 같은 거다. 여러분이 자신의 온갖 시시콜콜한 습관을 다 기억하지 못하는 것과 똑같은 일이다. 그냥 살다 보니 돈이 주변에 나타났고 그것들을 쓸 뿐이다. 길에 있는 걸 주워도 불법인가?

사실 난 내가 이상한 걸 몰랐다. 남들이 이렇게 살지 못한다는 걸 몰랐다. 그냥 무관심했다고 해야겠다. 타워크레인 본 적 있나? 인부들이 거기 어떻게 올라가는지 아나? 나도 기사를 보기 전까지는 막연히 승강기가 있나 싶었다.

마찬가지다. 내 주변에서 이 비정상을 일깨워줄 사람이 없었느냐고 물을 법한데, 내가 기억하는 한 가장 가족과 가까운 사람은 무료급식소의 아주머니다. 선생님? 학교에 대한 마지막 기억이라고는 옆자리 여자애가 생리를 막 시작했다는 사실뿐이다. 초등학교인지 중학교였는지도 모르겠다. 앞뒤가 뚝뚝 끊어진 정보라 내가 어떻게 이걸 알았는지도 알 수 없다.

다음 날이다. 미안하다. 혼자서 이야기를 진행해서.

그사이 벌어진 일이 정 궁금하다면 간략하게 이야기해줄 수 있다. 피자맛 감자칩 큰 거 하나 들고 텔레비전 보다가 잠들었다. 오늘도 산책이다. 참 특별한 일과다. 건물 앞이면 으레 있는 조각상 위에서 뭔가 펄럭인다. 바람에 날려갈 것처럼 위태롭지만 내가 눈길을 주기 전까지는 그 자리에 잠자코 있을 것을 나는 안다. 봉투다.

한 놈 두시기 석 삼 너구리….

집 설명을 했나? 명절에 모두가 도망치듯 떠나 조용해지는 동네다. 방에 오래 있다 보면 햇빛이 그리워지는데, 블라인드를 걷고 쇳소리 나는 창문을 열면 코앞에 불그스름한 벽돌담이 펼쳐지는 그런 곳이다. 왜 갑자기 집 이야기를 하느냐 하면, 난 돈을 주워서 이 보잘것없는 생계를 유지할 뿐, 봉투마다 억천만! 하면서 오줌을 지릴 만한 금액이 들어 있는 게 아니다. 이 부분을 분명히 짚고 넘어가고 싶었다.

그냥저냥 맛이 있는 것도 없는 것도 아닌 밥으로 하루 두 끼를 먹고, 나라랑 가게에서 달라는 대로 잔금을 치르면 딱 돈이 있나보다 싶을 만큼만 남는 액수다. 조금 더 쓰는 달도 덜 쓰는 달도 있기에 남는 건 없다. 내가 비싼 취미가 있는 것도 아니고 별 관심도 없어서.

분식집에서 끼니를 때우고 좀 빙 돌아서 집으로 갔다. 무슨 특별한 이유는 없다. 굳이 집에 일찍 들어갈 일이 없다. 날씨가 맑고 바람도 선선하니 좋은 날이었다.

집에 돌아온 나는 불을 켜지 않고 초의 포장을 뜯는다. 말을 안 한 것 같은데 양초를 하나 샀다. 색은 상한 우유 같은데 길이는 한 뼘. 불은 다 꺼놓고 촛불만 밝혀놓았다. 바람도 없는 집 안에서는 불이 단단한 물건처럼 곧추서 있다. 야무지게 타오르는 속심만 남겨놓고 사방이 침침해지니 마음이 편하다. 가지런히 펼쳐진 머릿속으로 이제,

생각을 좀 해보자.

사실 이 일, 내 삶에 대해 그동안 아무런 생각을 안 했다면 거짓말이다─애초에 특별히 할 일도 없는데 생각하는 것 말고 달리 무얼 하나─돈은 어디서 왔을까? 누가 주는 걸까?

모든 돈에는 주인이 있다. 없으면 누군가는 그것을 주장하게 되어 있다. 그런데 내 돈은 누구 한 명 자기 권리를 들먹이는 사람이 없다. 하늘에서 뚝 떨어질 수 있는 것은 많지만 개중에 돈은 없다. 이상한 일이다. 나는 불꽃을 바라본다. 넉넉한 살림도 아닌데 괜히 산 물건은 아니다. 양초는 스스로와의 약속이다. 하염없이 절정을 향해 치솟는 저 화염처럼 어떻게든 이 돈에 얽힌 비밀을 밝혀내고야 말겠다는 내 의지의 표현이다.

배고프다. 라면이나 먹어야겠다.

돈을 한 장 집어 들여다본다. 이상할 게 하나도 없다. 별로 사람 손을 타지 않은 티가 난다. 어딘가에 얌전히 보관되던 돈일 것

이다. 어디에? 왜? 나에게 건네지기 위해서? 혹시 잘 위조된 가짜는 아닐까? 어둠의 조직이 나를 통해 진본과 구별할 수 없는 위폐를 사회에 흘려 넣는 것이다. 나같이 돈을 극단적으로 적게 소모하는 사람에게 그런 임무를 맡기다니. 어쩌면 큰 혼란은 바라지 않는 상냥한 조직일지 모른다.

간단한 검사를 해보자. 주워 모은 지식을 총동원하여 지폐를 이리저리 살핀다. 홀로그램, 은띠, 숨겨진 그림, 모두 멀쩡하다. 일련번호는 어떨까? 나는 알파벳과 숫자로 이루어진 문자열을 뚫어지라 쳐다본다. 근데 내가 이걸 본다고 뭘 아나?

일단 가짜일 가능성은 접어두자. 돈 먹는 기계가 다시 뱉어낸 적은 없었으니까. 이 믿음의 근거는 우선 현대 문명에서 빌린 셈 친다. 그러면 이 '진짜' 돈은 누구 것일까?

일단 돈이 담긴 봉투가 저 스스로 자라났을 리는 없으므로 누군가 정성스레 갖다놓았을 것이다. 그렇다면 돈의 발송인이 곧 주인이라고 생각하는 편이 타당하다. 본인의 돈이 아니라면 어딘가에서 훔치거나 해서 마련하겠지. 하지만 그런 수고로운 일을 하루 이틀도 아니고 내 기억이 닿지 않을 만큼 오래전부터 한다고? 그런 사람이 있다면 분명 주위에서 불협화음이 끊이지 않을 것이다. 돈 봉투도 얼마 안 가 주지 못하게 되겠지.

그렇다면 그 누군가에 대해서 생각해보자. 돈이 아주 많을 것은 당연지사고, 그는 어떻게 다른 누구도 아닌 딱 내 시선만 쏙쏙 잡아끄는 곳에 봉투를 놓는 걸까? 아니지. 다른 사람들이 눈치채지 못한다는 말은 신빙성이 없다. 만약에 내가 보기도 전에 누가 먼저 가져가버렸으면 난 거기에 봉투가 있던 것을 모른다.

어쩌면 내 손에 들어오는 부분은 준비된 돈의 극히 일부에 불과할지도 모른다. 나머지는 나보다 발이 빠른 사람들이 가져가버렸는지도 모르고.

…이것도 말이 안 되는 건 마찬가지다. 간간이 세상 돌아가는 걸 지켜보지만 나하고 비슷하게 사는 사람은, 봉투의 존재를 아는 사람은 나 말고 딱히 없다. 그럼 다시 원점이다. 봉투를 운반하는 사람은 어떻게 딱 나한테만 눈에 띄게 봉투를 놓는 걸까?

심리적인 기술인가?

심리학에 대해서는 아는 것이 없다. 하지만 아주 말이 안 되는 것은 아니라고 생각한다. 영화를 보면 걸음걸이만 보고도 지금 무슨 생각을 하는지 다 맞히니까. 그럼 이 정체를 알 수 없는 돈은 나를 굉장히 생각해주는 이의 것이다. 특별한 취미도 없고 사회적 활동도 미미한 나를 주도면밀하게 관찰한 뒤 스스로도 알지 못하는 마음속을 속속들이 파악해주는 노력. 그런 섬세함. 어쩌면 난 무지막지한 사랑을 받고 있는지도 모르겠다.

나를 그렇게까지 생각한다면 그러나 그냥 앞에서 건네주면 안 되나? 내가 사실은 굉장히 중요한 사람인가? 모습이 대중에 노출되어선 안 될 만큼? 언제나 돈이 궁하지 않기에 누구와도 접촉할 필요가 없고 그럴 수 없게 만들어버리는 것일까? 만약 그게 목적이라면 그들의 임무 달성률은 경이로울 지경이다. 내가 일상적으로 누군가와 맺는 가장 깊은 관계는 편의점 직원과의 눈인사 정도니까.

어쩌면 난 그것들을 잊은 거다. 그런 협약을 잊어버리게 되었다. 그러나 기억상실이라는 전제가 깔리는 순간 내 모든 가설이 무의미하다. 빈 곳에는 아무것이나 마구 채워 넣으면 그만이지만 증명할 방법이 없다. 지금 생각해야 하는 건 돈의 출처이지 내가 어떤 사람인가 성찰하는 것이 아니다. 성찰하고 싶다고 한들 변변찮은 정보도 없다. 나는 만 원을 한 장 집는다. 흔든다. 흔들흔들. 촛불도 흔들흔들 그림자도 같이 흔들흔들. 일단 냄새부터 맡아보자. 별 냄새 안 난다.

다음에 봉투를 줍게 되면 냄새를 맡아봐야겠다. 만약 생선 냄새가 나면 이 돈을 버는 사람이 생선가게 주인이라는 것 정도는 알게 되니까. 문득 화가 난다. 난 참 할 일도 없다. 이런 거나 고민하고 앉아 있다. 나는 만 원을 초에 갖다 댄다. 손가락이 데기 전 놓았다. 나는 초를 껐다.

처음 의문을 갖게 된 것은, 언제였더라. 무슨 드라마였는데, 욕을 먹는 가족이 나왔다. 그리고 그들에게 개인적으로 은혜를 입은 사람이 나왔다. 가족을 도와주곤 싶지만 대놓고 그럴 수 없어 어딘가에 돈 봉투를 숨기는 장면이 나왔다. 그 순간 내가 겪은 순간이 머릿속으로 쭉 흘러갔다. 저런 삶은 일반적이지 않구나. 비정상적이구나 나는.

고민이 생긴 셈이다. 고민은 친구나 가족, 혹은 선생님에게 털어놓아야 하는데 나는 전부 없었으므로 혼자 해결해야 했다. 사실 그때도 엄청나게 궁금했다. 그래서 한동안은 그 비밀을 파헤치는 데 제법 몰두했다. 지금이랑 비슷했다. 그냥 어쩌다 보니 흐지부지돼서 그렇지.

그게, 뭔가 나는. 위에서도 말했다시피 딱히 절박한 게 없다. 어딘가 매여 있는 곳이 전혀 없다 보니 뭔가를 계속 파고들고 싶지가 않다. TV도 그렇다. 내가 온종일 TV만 보는 모습을 상상할 텐데 아니다. 켜서 뭐가 나오면 보고, 재미없으면 끄는 식이다. 내용이 궁금하면 언젠가 나올 재방송을 기약한다. 접때 봤던 영화는 여태 결말을 모른다. 아마 상담사는 아내랑 화해하고 아이도 귀신들과 잘 지내며 끝나지 않을까 싶다.

뭔 얘길 하고 있었지?

나는 오늘도 산책하면서 봉투를 모았다. 아파트 근처에 많은, 무릎 정도 오는 복슬복슬한 나무. 그 안에 하나가 있었다.

봉투들은 언제 여기에 오게 된 걸까. 지금 같은 경우는 좀 불확실하다. 거기면 보통 뒤져보는 사람도 없을 것 같다. 청소부 같은 사람도 거기까지 보지는 않겠지. 만약 이게 며칠 전부터 계속 있었다고 하면 그래도 문제 될 게 없다. 비도 안 왔고 굳이 이 안을 뒤질 정신 나간 사람도 없고. 근데 나른 곳 이를테면, 조각상 위나 하수구 철망 같은 곳은 바람 불면 날아갈 수도 있었겠지? 그럼 길어봤자 내 시선이 닿기 바로 직전에 놓였다는 이야기가 된다.

미스터리한 남자… 혹은 여자의 능력이 한층 더 신장되었다. 나를 속속들이 꿰뚫는 통찰력, 많은 돈을 안정적으로 수급하는 재력, 더욱이 대상의 동선을 예측한 뒤 정확한 시간, 정확한 위치에 돈을 심는 일을 반복하며 누군가에게 의심을 사거나 꼬리를 밟힐 일도 없는 능력. 호시탐탐 이쪽에서 호기심을 불태우는데도.

사실 다 거짓말이다.

알고 있었다. 내가 남들과는 다르다는 걸. 정말 몰랐다면 누군가가 내 직업을 물어올 때마다 재택근무라느니 무슨 감정사, 무슨 관리사 하는 식으로 어물어물 넘어가지 않았을 것이다. 내 말은, 상상 속에서 말이다. 누가 진짜로 집요하게 캐물으면 어떡하나 걱정한 적은 많지만 아직 현실이 된 적은 없다.

나는 거짓말에, 아니 모든 종류의 말에 소질이 없다. 밥 먹듯이 말을 하니 당연한 일이다. 비유가 아니라 진짜로 하루 세 번 정도 말을 한다. 보통 듣는 사람은 나고, 내가 다다.

아무튼 그런 경우에는 솔직하게 털어놓는 것도 좋은 방법이다. 진실을 좇는 이들에게는 언제나 조력자가 있다. 내 비밀을 들은 사람이 친절한 동료가 되어주길 기대해볼 수 있다. 곧이곧대로 믿는다는 전제하에.

믿어도 문제다. 오히려 더 큰 문제가 될 수 있다. 비밀을 누군가와 나누고서 잘 끝나는 경우가 없다. 누가 물어오거나 하면 끝까지 잡아떼야겠다. 물어봐줄 사람이 있기나 한가. 내가 가장 값싸게 나눌 수 있는 대화는 수화기 너머 상담원들이다. 그들의 처우개선 문제를 뉴스로 본 적 있다. 얼굴도 모르는 상대한테 거리낌 없이 사랑을 나눠줄 수 있다는 점에서, 나는 그들이 위대하다고 생각한다.

누구한테 사랑한다는 말을 들으려면 어떻게 해야 하지?

나도 사랑해주면 된다. 그것만? 그리고 뭘 좀 더 얹어줘야 한다. 선물을 주는 거야. 직접 만들면 정성이 있어서 좋아할 거다. 내가 만들 수 있는 건 아무것도 없다. 나는 산책을 나선다. 발걸음을 조금 빨리한다. 그러면 봉투를 놓는 사람을 찾을지도 몰라.

오늘도 평소와 다를 바 없이 돈만 주웠다. 장소가 궁금하다면 말해주겠다. 도로변 일반 쓰레기통과 재활용 쓰레기통 사이, 낡은 건물의 맨 아래층 계단의 뒤편. 지하로 이어지지 않아 세모난 모양으로 공간이 남는 곳. 거기. 그리고 틈새에 모래가 적게 낀 보도블록 밑이다. 여러분들도 한번 찾아보고 다녀라. 혹시 아나? 이걸로 선물을 사보도록 하자. 뭐가 좋을까? 아주 비싼 건, 아니 굳이 아주를 붙이지 않더라도 비싼 건 못 산다.

고기 냄새가 난다.

이불에 실례하면 곤란하다. 나는 이불을 빠는 법을 모른다. 일어나자마자 화장실로 달려가야 했다. 잘 먹지도 않던 걸 쑤셔 넣다 보니 탈이 생긴 모양이다. 생똥 냄새가 난다. 시큼한 악취가 화장실을 메운다. 아래로 한 번 비우다가 구역질이 올라와 이내 위로도 한 번 더 비워낼 수밖에 없었다. 앞머리가 달라붙는다.

더러운 이야기는 그만. 왜 이렇게 되었는지 설명한다.

고기 냄새가 나 고기를 먹으러 갔을 뿐이었다. 가브리살, 항정살, 무슨 무슨 살…. 이것저것 쓰여 있었지만 익숙한 이름은 삼겹살뿐이었다. 생삼겹살이라는 것도 있긴 했지만. 삼겹살을 먹어본 적이 있던가? 누가 먹는 걸 본 적은 있다. 삼겹살은 만천 원이었고 생삼겹살은 만사천 원이었다. 하지만 나는 삼천 원을 아끼고 싶었다. 돈이 모자라면 뭘 해야 할지 몰랐기 때문이다.

돈이 모자라면 취업해서 돈을 벌어야 한다. 일을 구해야 한다. 나는 '스펙'도 없으므로 작은 가게에서 '알바'나 해야 한다. 어떤 일을 하지? 돈은 언제 받고 언제 주는 걸까. 현금으로 받는 걸까, 아니라면? 통장으로 넣어준다고 하면 어떡하지. 통장이란 걸 은행에서 만든다는 것만 알고 있다. 통장을 만들려면 돈이 또 필요한가? 주문을 받으러 온 사람한테 삼겹살을 달라고 했다. 그러자 그 사람은 삼겹살은 삼인분이 기본이라고 했다.

나는 뭐라고 해야 할지 알 수 없었다. 난 한 명이지 세 명이 아닌데. 하지만 난 삼인분을 먹을 수 있을지 몰랐다. 삼인분이면 얼마나 되나요. 사백오십 그람이요. 나는 내가 몇 '그람'이나 되는지 몰라서 일단은 삼겹살 삼인분을 시켰다. 나는 텔레비전에서 보던 장면에서 으레 나오는 물건을 생각해내고 소주를 달라고 했다. 신분증을 달라는 대답이 돌아왔다. 신분증? 그러고 보니 가게마다 빠짐없이 붙어 있었다. 만 19세 미만에게는 판매하지 않습니다. 신분증…. 나는 주머니를 뒤졌지만 거리에서 주운 봉투만 세 장 들어 있었다. 집에는 내 신분증이 있을까?

배가 빵빵하게 부풀어, 누가 창자를 예쁘게 땋아주는 기분으로 집까지 왔다. 난 그냥 삼겹살을 먹고 싶었던 것뿐이었다. 생각해보니 부족한 것은 소주만이 아니었다. TV에서 삼겹살을 먹는 사람들은 항상 누군가와 같이 있었다.

초에 불을 붙였다. 오늘은 산책하러 가기 싫다.

언젠가 편의점이 아닌 곳에서 물건을 산 기억이 있는데 그때 점원이 포인트 카드라는 물건이 있느냐고 물었다. 나는 봉투 속 돈만 가지고 있었기 때문에 없다고 했다. 어느 곳에서는 이런 일도 있었다. 교회 앞을 지나가던 중 싹싹한 남녀가 내게 다가왔다. 그들이 나더러 학생이냐고 물었다. 나는 학교에 다니고 있지 않으므로 학생이 아니라고 대답했다. 그러자 그들은 종이를 주면서 내게 이것저것을 적어달라고 했다. 가족관계, 이메일, 휴대폰 번호. 기타 등등. 나는 쓸 수 없는 대부분을 백지로 냈고 그들은 종이를 가져가지 않았다. 지금 생각해보면 거절로 알아들은 모양이다.

오후 여섯 시였다.

나는 싱크대로 가 물을 틀었다. 약사는 배가 아프면 하루 세 번, 아침, 점심, 저녁 식후 챙겨 먹으라고 했지만 뭘 먹고 싶은 마음은 들지 않으므로 어쩔 수 없었다. 입안에 물을 가득 머금고 미끌거리는 알약을 삼켰다. 머리가 좀 개운해진다. 나는 TV를 틀었다. 마침 가끔 챙겨보는 아침 드라마의 재방송이 나오고 있다. 아침 드라마는 매일 나오기 때문에 잠깐만 흐름을 놓치면 이야기가 저 혼자 멀찍이 달려나간다.

생각해보면 그렇다. TV에 종종 나오는 장면들이 있다. 이를테면 카페에 간 주인공들이 손바닥만 한 판을 갖고 있는데 그게 붕붕 울리더니 다음 장면에서는 커피를 마신다든가. 아니 굳이 그런 장면까지 갈 필요가 없다. 주인공이 운전만 하더라도 나는 완벽하게 그들과 동떨어진 사람이 된다. 면허라는 게 필요하다는 건 알지만 어디서 어떻게 얻는지는 모른다.

가족들이 식사한다. 뭔가 알록달록하고 딱딱하거나 물렁물렁해 보이는 음식들이 그릇에 많이 담겨 있다. "개장도 좀 드세요, 아버지." ㄱ ㅐ ㅈ ㅏ ㅇ? 듣기로는 그런 발음이다. 붉은 양념에 딱딱해 보이는 다리가 많은 음식이다. 웬 집게도 보인다. '개장'이라는 음식이 있다는 것은 나 외의 사람들에게 그다지 신기한 일이 아닐 것이다. 삼겹살도 똑같다. 나는 반찬을 더 달라고 할 수 있는 것을 옆 테이블을 보고서야 알았다. 이름을 몰라서 '이 접시에 있던 것'을 달라고 말해야만 했다. 다 이런 식이다.

배가 고프다.

곧추선 불꽃을 보며 마음을 달랜다. 허기가 조금 가신다. 나는 우두커니 앉아 초를 바라본다. 뭔가가 허리춤에서 걸리적거린다. 보니 어제 주운 봉투다. 삼겹살 삼인분을 먹고 나서 남은 금액이다. 나는 그것들을 책상 위에 쭉 펼쳐놓는다. 어디 하나 구겨지거나 접히는 부분도 없이 잘 펴진다. 불꽃이 흔들릴 때마다 납작하게 달라붙은 그림자들이 몸을 떤다.

나는 한 장을 태운다.

생각해보면 다 그렇다. 난 일을 할 필요가 없이 돈을 버는데, 사실 진짜로는 할 필요가 없는 게 아니라 할 수 없다. 물고기를 잡아주지 말고 잡는 법을 가르쳐줘라. 내가 아는 말이다. 난 계속 물고기를 받아먹었다. 그리고 혼자서 물고기를 못 잡을 뿐만 아니라 내가 물고기를 못 잡는다는 생각까지 할 수 없게 되었다.

웃긴 건 누가 물고기를 계속 주긴 준다는 사실이다. 나는 그 사람에 대해 아무것도 모른다. 보호자와의 관계조차 나는 맺을 수 없다. 그저 어딘가에서 계속 나타나는 물고기를 받아 소화시켜 배설하는 관문. 나는 사회의 주체가 아니라 물고기가 잠시 거쳐 가는 통로다. 지금 당장 죽어버려도 아무도 알 수 없다.

우리 부모님은 어떤 사람들인가. 나는 어렸을 적에도 이렇게 살았을까. 살던 곳은 어디고 다니던 학교는 어딘가. 나는 아이들과 뭘 하면서 놀았을까. 내 단짝은 지금 뭘 하고 있을까. 어릴 때 살던 집을 보고 싶다. 어쩌면 내 부모님들은 나를 잃어버린 걸지 모른다. 어디로 가야 할까, 방송국은 어디에 있지? 걸어가기엔 너무 멀면 어떻게 하지. 버스나 지하철을 타야 한다. 대중교통을 배워보는 것도 나쁘지 않을 것이다.

손가락이 확 뜯겨나가듯 아프다. 지폐를 움킨 불꽃이 나한테까지 뻗쳤다. 외마디 비명. 그것마저 쉬어 있다.

특별히 위험해 보이는 상처는 남지 않았다. 만약 데이면 큰일이다. 약국까지는 가봤지만 병원은 차원이 다른 문제다. 사실 내게 있어 제일 큰 문제는 병원 따위가 아니다. 내가 지금까지 이름 이야기를 한 적이 있던가? 알아들었을 거라고 믿는다.

돈을 모두 태웠다. 모조리. 촛불은 그만큼을 빨아먹은 후에도 기세를 누그러뜨리지 않는다. 탄 것을 모으자 한 줌도 안 되는 재가 남는다. 입김을 뱉자 소르륵 흩날린다. 눈에 띄지도 않는다. 저것들이 지금까지 내 인생의 머리부터 발끝까지를 지탱했다. 얼마나 가벼운가. 바닥을 쓸자 손에 검댕이 달라붙는다. 나는 촛불을 끈다. 배가 고프다. 억지로 잠을 청한다.

이제부터는 먹을 것도 아껴야 한다.

오늘도 별일이 없다면 산책하러 나가지 않을 생각이다. 아니 내일도, 내일의 내일도. 적어도 몸 상태가 허락하는 한 오랫동안. 물고기를 갖다주는 사람은 먼저 모습을 드러낼 생각이 없는 것이 분명하다. 내가 지금까지 제 정체를 알아내려 하는 것을 모를 이유가 없다. 계속 돈을 주는 이유는 모르겠지만 그거야 직접 만나서 들으면 될 일이다.

나는 더 이상 이대로 살 수가 없다.

어떻게 해서든 만난다. 그리고 직접 들을 것이다. 왜 이런 일을 하는지. 나는 어떤 사람이고 이런 대접을 받는 이유가 무엇인지. 내 가족들은 누구고 어디에 있는지. 그 사람이 엄청난 능력을 가진 것은 알고 있다. 아니 어쩌면 내가 상대하는 것은 거대한 집단인지도 모른다. 그러나 결국 돈을 마지막으로 쥐는 것은 나다.

봉투를 얼마나 어떻게 뿌리건 내 알 바 아니다. 내가 안 줍고 안 쓰면 그만이다. 이걸 저쪽에서 어떻게 할 도리는 없다. 집에 있는 식재료들을 알음알음 허기를 채울 정도로만 먹고, 외출을 자제하여 봉투와 마주칠 기회를 최소화한다. 봉투의 주인도 나를 직접 만나러 올 수밖에 없을 것이다.

안 그래도 지루한 내 인생이 한층 더 지루해지는 것은 유감이다.

며칠이 지났다.

쓰레기를 버리러 나갔다. 문밖으로 한 걸음 내딛자마자 담벼락 아래 나뒹구는 이런저런 잡동사니가 영 허전했다. 큼지막한 놈을 치우자 봉투가 나를 반겨주었다. 한 놈 두시기 석 삼 너구리…. 겉보기에도 상당히 두툼했는데 액수가 역시 제법 된다. 요 며칠간 원래 받아야 했을 양까지 쳐준 모양이다. 좋은 일이다. 봉투를 주는 쪽에서 내 행동을 주시하고 있다는 것이다. 지금도 지켜보고 있을 것이다.

나는 봉투를 내려놓았다.

그렇게 집으로 돌아가려는 찰나, 좋은 생각이 떠올랐다. 봉투의 주인에게 내 의지를 보다 분명하게 드러낼 기회다. 마침 운 좋게도 내 쪽으로 다가오는 사람이 보였다. 근처에 사는 사람일까? 젊은 남자다. 하얀 헤드폰을 목에 건, 빨갛고 검은 체크무늬 옷에 청바지를 입은 남자였다. 나는 냉큼 돈다발을 건네주었다. 남자는 뭐라고 말했다. 잘 듣지 못했다. 나는 전속력으로 도망쳤다. 복잡한 골목을 이리저리 누비며 가로등에 흠뻑 뛰어들었다. 어느새 아무 소리도 들리지 않았다. 숨이 혀끝까지 차올라 입안이 바싹바싹 말랐다. 나는 담벼락을 짚은 채 몸을 비틀었다.

뜨거운 기운이 날 뒤흔들었다. 심박에 맞춰서 온몸의 혈관이 부풀고 쪼그라들었다. 잘 감지도 않은 머리는 땀에 절어 달라붙고, 걸치고 있는 옷가지에서는 상한 음식 냄새가 났다. 다리가 후들거렸다. 나는 잠시 숨을 골랐다.

그러고 있자니 기침 사이로 웃음이 섞여 나왔다. 눈앞에 아지랑이가 어른거릴 때까지 멈출 수 없었다. 그렇게 즐거웠다. 집으로 가는 길, 허물어진 담벼락이 눈에 들어왔다. 안에서 뭔가 부스럭거렸다. 어렵지 않게 봉투를 꺼내 액수를 헤아렸다. 저만치 늙은 노숙자가 커다란 백을 메고 다가오고 있었다. 나는 준비를 했다.

다시 며칠이 지났다.

요즘은 오히려 예전보다 자주 돌아다닌다. 내가 자꾸만 돈을 받지 않자 정체 모를 누군가도 초조한 모양인지 봉투는 점점 더 자주 나타났다. 나는 그럴 때마다 생전 처음 보는 사람들의 손에 돈을 마구 쥐여주고 다녔다. 그동안 이 본의 아닌 자원봉사에 걸려든 사람들은 가볍게 세어봐도 스무 명을 훨씬 넘겼다.

자세히 꼽아보라면 역시 처음에 만났던 체크무늬 학생과 큰 배낭을 멘 노숙자 할아버지가 있었고, 그 밖에도 빨간 구두를 신은 채 장을 보고 돌아가던 아줌마나 왼쪽 발이 의족이었던 파마머리 여자, 종일 마트 야외 가판대에 서서 장사하는 아가씨, '조오기 미림빌딩'에 산다는 사실을 기쁜 듯 말해주던 초등학생 등이 있다. 어차피 나는 안 쓸 돈인데 되도록 많은 사람을 도우면 좋은 일 아닌가. 그렇게 생각하면서 면발을 빨아들이다가 옆구리가 찔리듯 아팠다. 통증에 그만 포크를 놓치고 말았다. 온몸의 피가 굳는 기분이었다.

빨리 지나가기를 빌자 고통은 좀 가셨지만 불쾌한 기분만은 어쩔 수가 없었다. 나는 식은땀을 닦아가며 마저 배를 채웠다. 계속 비루한 생활을 해가면서 먹는 것도 인스턴트로 때우다 보니 몸이 슬슬 망가진다. 난 의사가 아니므로 적어도 그런 모양이었다.

괴롭지 않다면 물론 거짓말이다. 지금까지 겪은 모든 심한 일을 다 합친 것보다도 아팠다. 그래도 참을 수 있었다. 봉투의 주인도 이런 나를 보고 있을 것이다. 여기서 상태가 더 나빠지기 전 직접 나타날 수밖에 없겠지. 아랫배를 쓰다듬으며 리모컨을 연타하던 차에 뉴스가 보였다. 동네에서 살인 사건이 벌어졌다는 소식이었다. 어쩐지 요즘 사이렌 소리가 부쩍 많이 들렸다. 아나운서는 어두운 골목길에서 벌어진 일이고 목격자가 없어서 수사가 난항을 겪고 있다고 했다. 피해자는 21세의 남자 대학생으로 늦은 수업을 마치고 집으로 돌아가던 길…. 자료화면으로 모자이크된 현장 사진이 나왔다. 왠지 익숙하다. 등허리가 서늘해졌다.

배가 아프다. 가윗날이 뱃속에서 춤을 춘다. 무디고 시퍼렇게 녹슨. 나는 자다가 말고 일어나 개수대로 향했다. 물을 마시니 조금 나아진다. 다시 이불 속으로 파고 들어가 잠을 청했다. 안 아프려고 자꾸 자다 보니 하루가 지나가는 것도 잘 모르겠다. 눈이 좀 뜨이는 날이면 정신을 챙겨서 억지로 외출만은 하지만 소득은 없다. 요즘은 봉투를 통 찾을 수가 없다. 어디에도 없다. 어쩌면 내가 잘 못 찾는 걸지도 모른다.

분명 어딘가에는 봉투가 있어야 한다.

며칠이 지났다.

그사이 좀 달라진 것들이 있다. 우선 봉투가 안 보인다. 몸 상태가 점점 안 좋아지지만 외출은 빼먹지 않는다. 하지만 아무리 찾아다녀도 봉투는커녕 그 비슷한 것도 안 보인다. 원래 받아야 할 것까지 헤아리면 지금쯤 어마어마한 양을 찾아야 한다.

처음에는 다른 곳에 숨겨두었나 싶었다. 집 안이라든가. 그런데 그것도 아니었다. 봉투의 주인은 다른 일로 바빴다. 이를테면 저번 주였나, 아니면 저번 달일 수도 있다. 그때 본 뉴스.

세상에 21세의 대학생은 많을 것이고 그 사이에 수많은 우연이 겹칠 수 있다. 목에는 흰 헤드폰을 걸고 빨갛고 검은 체크무늬 옷에 청바지를 입는 학생은 전국에 수만 명, 수십만 명은 있을 수 있다. 우리 동네에도 두 명 정도는 있을 수 있고 그중 내가 본 적 없는 쪽이 밤늦게 싸늘한 시신으로 발견될 수도 있다. 노숙자들 사이에 시비가 붙어 금세 난투극으로 부푸는 광경을 보았다. 사망자가 한 명 나왔고 피해자는 노인으로 커다란 백을 갖고 있었다고들 하지만 거지와 가방이 그렇게 특이한 조합은 아니다. 며칠 전 건설 자재가 떨어져 불행한 행인의 목숨을 앗아갔다. 나는 보았다. 반찬거리가 가득 든 장바구니. 시신 근처에서 빨간 구두가 뒹굴었다.

건물과 건물 사이 얼기설기 자라난 계단. 그곳을 내려가던 여자가 그만 발을 헛디디고 말았다. 머리 안에 있던 것들이 경쟁이라도 벌이듯 앞다투어 빛이 있는 곳으로 나왔다. 전날에 비까지 내린 상태였다. 의족을 찬 채로 무사히 내딛기는 어려웠을 것이다. 으스러진 골에는 뽀글거리는 머리칼이 달라붙어 있었다. 자동차가 굉음을 뱉으며 마트로 돌진했다. 가판대에서 호객행위를 하던 여직원 한 명이 그 자리에서 숨졌다고 한다. 평소보다 보행 신호가 늦게 바뀌었다. 잠시 후 소방차 한 대가 우렁찬 사이렌을 뱉으며 지나갔다. 나는 발길을 돌려 메아리를 좇았다. 건물을 통째로 집어삼킨 새빨간 화염과, 거기에 이쑤시개처럼 가느다란 물줄기를 퍼붓는 소방관을 만났다. 바닥을 나뒹구는 현판에 미림빌딩이라고 적혀 있었다.

예리한 통증이 속을 뒤집어놓았다. 배를 갈라 전부 꺼내서 깨끗이 씻고 싶다. 잇몸이 시큰거린다. 이를 너무 많이 갈아서 그런 것 같다. 나는 이불을 끌어안은 채 몸을 비틀었다. 턱이 덜덜 떨려 소름 끼치는 소리가 났다. 구역질이 올라왔다. 위액이 베개 위로 누렇게 피었다. 나는 몸을 일으키려다가 넘어졌다. 바닥에 침을 뱉었다. 옆구리가 아팠다.

나는 캄캄하게 몰드는 시야를 무시한 채 발을 옮긴다. 한 걸음 한 걸음이 무겁다. 이대로 쓰러지면 다시 못 일어날 것 같다. 이제는 허기랑 통증이 구분이 되지 않는다. 여전히 봉투는 보이지 않는다. 억지로 아무 곳이나 헤쳐보지만 소득은 없다. 그렇다고 해서 사람들의 죽음이 반복되는 것도 아니다. 이제 다 끝난 모양이다. 나는 고집을 부린 벌을 받고 있다.

고통이 몰려온다. 뱃속이 짓이겨진다. 눈앞이 흔들린다. 사람들의 시선이 달라붙었다가 떨어진다. 날 도와줄 사람은 없다. 나는 지금 당장 없어져도 아무도 모르는 사람이니까. 나는 네 발로 기어 건물 외벽에 몸을 붙인다. 떨림이 멈추질 않는다. 내게 돈을 건네주는 사람은 자신을 알리지 않으려 했다. 이걸 다시, 이전의 관계로 되돌릴 수 있을까? 그 사람은 주고 나는 받고, 그렇게 그냥.

불가능할 것이다. 웃긴 일이지만 애초에 거부한 건 나니까. 돈의 주인은 나의 결정이 마음에 들지 않는다는 것을 아주 직접적으로 보여줬다. 이유는 모르겠지만 그는 나에게 모습을 드러내느니 차라리 전혀 상관없는 사람들을 죽이는 편을 골랐다. 덤으로 내 목숨까지. 그러할진대 다시 이 모든 것을 없던 일로 하고 돈을 건 넬 리 없다.

모르겠다. 내가 뭘 바란 건지. 그리고 뭘 해야 할지. 일단 생각 비슷한 거라도 하려면 이 시도 때도 없이 찾아오는 통증부터 해결 해야 한다. 내가 기댄 건물은 병원이다. 여기라면 뭔가 달라질까? 나는 촛불을 떠올렸다. 금방이라도 꺼질 것처럼 위태로웠다. 나는 아무 의미도 없는 말을 읊조리면서 눈을 감았다.

눈을 뜨자 맑은 냄새가 났다.

밝은 조명이 시야를 간지럽혔고 옷은 처음 보는 것이었다. 물 속에 푹 잠긴 것처럼 감각이 흐릿했다. 꿈을 꾸는 기분이었지만 아직 가시지 않은 통증으로 볼 때 분명 현실이었다. 양팔을 눈앞 으로 가져오자 하얗고 투박한 소매가 눈에 들어왔다.

자세히 살펴보자 초록색 십자가와 함께 병원 이름이 물결처럼 퍼져 있었다. 환자복인가? 몸을 일으키던 나를 덮친 것은 일견 익 숙한, 그러나 전혀 낯선 통증이었다. 양쪽 옆구리에 기괴하게 구 부러진 흉터가 한 쌍 남아 있었다. 손끝으로 훑자 우둘투둘한 둔 덕에 가시처럼 돋은 실이 느껴졌다. 그때 누군가 들어왔다. 그는 내가 제때 적절한 조치를 받았다는 말을 이리저리 돌려서 했다.

"신장에 결석이 많았는데, 다행히 전부 제거했습니다."

결석? 몸 안에서 생기는 돌을 말하는 거라고 알고 있다. 그런 데 의사는 이 뒤로 뭔가를 더 말하려 했다. 순간 머리털이 튕겨 나 가는 것 같다. 뭘 말하려는지 알 것 같다. 치료를 받았으면 돈을 내야 한다. 그게 평범한 사람들이 사는 방식이다.

"그런데 이게 좀 특별한 경우라서요."

나는 떨리는 손으로 팔걸이를 잡았다. 난 무일푼이고 돈을 어떻게 버는지도 모른다. 이제 진짜 끝이다.

"혹시 뭔가 아시는 게 있을까요?"

의사는 그런 말을 하며 내게 상자를 내밀었다. 그러고 보니 그는 들어올 때부터 상자를 안고 있었다. 뭐가 특별하다는 거지? 나는 상자를 열었다. 바닥에 검은 천이 깔렸는데, 그 위에는 싯누런 돌멩이가 널려 있다. 그게 결석인 것 같다. 내 결석들은 그리고 무엇 하나 할 것 없이 전부 눈부시게 빛났다. 나는 그중 하나를 집어 자세히 들여다보았다. 제법 묵직했다.

"금입니다."

의사가 말했다. 그것들을 나는 다시 바라보았다.

"전부요."

의사는 이런저런 말을 더 했지만 들리진 않았다. 나는 내가 받지 않은 어마어마한 양의 돈들을 생각했다. 그리고 집으로 가는 상상을 했다.

돌아가면 내가 산 양초가 사라졌을 것 같다는 생각이 막연하게 들었다.

균형 잡힌 기적

● 초고 2018년 8월 18일

"원장님, 그거 볼 줄 아세요?"

간호사가 눈을 동그랗게 뜨며 물었다.

"강좌 보면서 공부했지요."

의사는 기기묘묘한 무늬의 카드를 책상 위에 펼치고 있었다.

"타로랑 비슷한 건데, 김간 것도 봐줄까요?"

"아뇨, 전 그런 거 별로 안 믿어요…. 근데 원장님이 그런 거 보시면 좀 그렇지 않나요?"

김 간호사로 불린 여자는 넌지시 의사의 명패를 가리켰다. 이름 석 자 옆으로 신경정신과 전문의라는 직함이 빛났다.

"난 또 뭐라고. 이게 어때서요?"

의사가 어깨를 으쓱거렸다.

"다 환자분들이랑 소통하는 데 도움이 되거든. 저기 어디 소방서에서는 상담사가 타로도 쓴다던데요."

의사는 자신의 선택이 단순한 취미 이상이라는 자부심을 보여주고 싶었다.

"괜한 스테레오타입보다는 이렇게 좀 색다른 면도 보여줘야 사람들이 입을 열거든….""

그리고 진료실 문이 열렸다. 다른 간호사가 문고리를 잡고 있었다. 출근한 지 얼마 안 돼 이제 막 유니폼을 걸친 티가 났다. 둘은 그녀를 알았고 그녀도 둘을 알았다.

"아니…. 박간."

특별할 것 없는 일임에도 그러나 의사나 김 간호사나 일순 당황한 기색을 감추지 못했다.

"며칠 더 있다 나오래도요."

"괜찮아요, 원장님."

박 간호사가 밝게 웃었다.

"다친 데도 없는데요."

뒷말이 약간 늘어졌다.

"…그리고 일이라도 잡아야 빨리 잊죠."

진료실 이곳저곳을 별 뜻 없이 훑던 박 간호사의 시선이 돌연 책상 구석 조간신문에 멎었다. 차곡차곡 접힌 1면은 「항공사고 상전례 없는…」까지를 드러냈다. 기사 본문은 젊은 간호사가 휴가를 위해 몸을 실은 비행편에서 벌어진 끔찍한 사고를 짧게 전했다. 그 뒤로는 박 간호사 본인, 기내의 유일한 생존자가 된 그녀의 이야기뿐이었다.

흔하지 않지만 쉽게 상상할 수 있었다. 세부로 향하던 비행기가 추락하여 300명에 육박하는 탑승객과 승무원 전원이 사망했다.

딱 한 명을 제외하곤. 그리고 그 생존자가 지금 간호사복을 입고 나와 있었다. 뉴스에선 사고 원인이나 지리멸렬한 책임 공방보다는 그녀가 살아나며 겪은 온갖 휘황찬란한 우연에 관심이 깊었다.

비행기가 수면과 충돌하여 갈가리 찢기기 전, 그녀는 기체에 난 균열로 혼자서만 빨려 나갔다. 이 과정에서 이미 의식을 잃었기에 공포를 느낄 겨를도 없었다. 이윽고 망망대해에 뾰루지처럼 솟아난 무인도에 낙하하며 익사를 면했다. 울창하고 잘 휘어지는 나뭇가지들이 그녀의 몸을 받아 낙하 속도를 크게 줄였다.

마침내 눈을 뜬 박 간호사는 자신이 보드라운 모래사장에 상처 랄 것도 없이 널브러진 것을 발견했다. 섬은 현지 어민들이 보급 창으로 쓰던 곳이라 얼마 안 가 한국 대사관에 연락도 할 수 있었다. 그녀의 이야기는 그야말로 남부러운 수준의 기적으로 누덕누덕 기워져 있었다.

"괜찮겠어?"

김 간호사가 바짝 다가서며 물었다.

"당분간은 안 나와도 되는데."

"저 진짜 괜찮아요, 언니."

박 간호사는 부러 더 홀가분하게 말했다.

"그리고 좀 있으면 휴가철인데 그것까지 다 빼면 너무 염치없잖아요…."

박 간호사는 자신을 걱정하는 사람들이 단순히 가식으로 그러는 게 아니라는 사실을 알았다. 그래서 더 빨리 주제를 바꾸고 싶었다.

"어, 원장님."

그녀는 구김살 없는 표정으로 의사에게 다가갔다.

"저 그것 좀 봐주실래요?"

의사는 떨떠름한 표정을 지우지 못한 채 책상을 내려다보았다. 다양한 형상을 새긴 카드의 낱장들이 부채꼴로 균등하게 펼쳐져 있었다. 의도하고 배치한 것은 아니었지만, 마침 무언가 진행하기에 딱 좋은 상태였다.

"주변에서 로또 사라고 난리도 아니더라고요. 운수나 좀 볼까 했는데 잘됐네요."

박 간호사는 그대로 건너편 의자에 앉았다.

"어떻게 하는 거예요?"

"어… 일단 다시 섞어야 해요."

의사는 그렇게 했다.

"그리고 손가락 모아서 여길 두드려요, 세 번."

박 간호사는 그렇게 했다. 카드 뭉치를 세 차례 톡, 톡, 톡. 의사는 카드를 절반으로 나누었다. 그러고는 능숙하게 그것을 깔고 겹쳐 섞었다. 조금 전까지만 해도 그저 박편에 인쇄된 잉크에 불과하던 카드는 이제 누군가의 미래를 담은 채 분주히 자리를 바꾸었다. 모두 똑같은 뒷면을 드러낸 모습은 시치미를 떼는 것처럼 느껴졌다.

"제가 섞어야 하는 거 아니에요? 제 미랜데."

"이게 다 의미가 있거든요."

박간의 말에 의사가 대답했다.

"내가 섞고 싶은 대로가 아니라 카드의 맥락을 읽어야 해요."

그는 익숙한 활동에 몰두함으로서 불편한 주제에서 빠르게 벗어났다.

"아무나 섞어서 다 보면 배울 필요도 없게. 내가 섞으면 이제 박간이 거기서 뽑는 겁니다."

의사가 차례로 손가락을 펼쳤다.

"세 장 뽑고, 다시 한 장 해서 총 네 장."

"앞의 거랑 뒤의 거가 달라요?"

"세 장이 차례대로 미래예요. 아니, 아니지…."

의사가 고개를 내저었다. 진정한 전문가란 어느 분야를 건드리더라도 신중한 법이었다.

"꼭 차례대로는 아니라도 연관은 있어요. 힌트라고 해야 하나. 아무튼 세 장은 미래. 마지막 한 장은 먼저 나온 세 장 바꾸는 법."

의사는 잠시 고민하다가 덧붙였다.

"그럴 때도 있고, 아닐 때도 있죠."

의사가 손을 내밀자 박 간호사는 기다렸다는 듯 카드를 뽑았다. 맨 위부터 차례로 셋. 종이 스치는 소리가 났다. 그녀는 뽑은 카드를 앞면으로 돌려 순서대로 내려놓았다. 일을 진행하는 둘 말고도 옆에서 구경하는 김 간호사의 것까지, 총 세 쌍의 시선이 결과를 훑었다. 누구는 눈썹을 찡그리기도 하고 누구는 입꼬리를 봉긋하게 말기도 했다. 그러나 어차피 독해법을 아는 한 명의 시선을 빼곤 별 의미가 없었다. 두 간호사의 눈길은 곧 카드 대신 의사의 표정으로 옮겨 갔다.

"음…."

의사는 길게 신음했다. 턱에 두른 손이 입술을 반쯤 가렸다. 미간이 복잡하게 찌그러졌다.

"일단 마저 뽑아보죠. 네 장째."

종이 한 장 더 뒤집는 데 긴 시간이 걸릴 일은 없었다. 그러나 이번에는 의사뿐 아니라 두 여자의 얼굴에도 주름이 그어졌다. 검은 로브를 걸친 채 대낫을 쥔 해골. 가지런한 치열은 산 사람의 것보다도 밝고 자신감 있게 빛나고 있었다.

"이건 좀 까다로운데."

의사의 헛기침이 진료실을 맴돌았다.

"바로는 못 털겠네요."

두 사람이 어떤 설익은 해석을 내놓기도 전 의사가 말했다. 다음 순간 그의 손이 펼쳐진 네 장을 덮었다. 카드들은 다시 무미건조한 뒷면을 내보인 채 저희 친구들에게로 몸을 숨겼다.

"점심시간 다 끝나겠어요. 채비하죠."

"원장님, 제 미래는요?"

"아직은 아무것도 몰라요."

의사가 진료 기록을 훑으며 사무적으로 대꾸했다.

"해석이 좀 어려워요. 좀 있다가 이야기해봅시다."

떨떠름한 빛으로 박 간호사는 고개를 끄덕였다. 간호사들이 접수처로 나갔다. 그러나 의사도 개운하지 못한 것은 매한가지였다. 그는 네 번째 카드를 뒤집은 뒤 줄곧 나붙이던 편평한 표정을 지웠다. 솔직한 얼굴은 피로에 전 모습으로도 보였다.

"여보세요. 어, 엄마."

시침은 기운을 잃은 듯 아래로 축 처졌다. 조금만 더 떨어지면 똑바른 오후 여섯 시였다. 반면 분침은 거의 수직으로 치솟아 한 시간을 매듭짓기 직전이었다. 게으른 겨울의 해는 늦게 뜨고 일찍 저물었다. 병상도 없는 동네 의원이라면 응당 문을 닫을 시간이었다. 그래서 김 간호사가 하루 치 정산을 하는 동안 박 간호사도 짬을 내어 전화통을 붙들었다.

"내일 알지 그럼. 오빠 접견? 4시까진데."

세상에서 제일 재미있는 것은 내 앞에 선 사람의 반쪽짜리 대화다. 기계적인 작업은 두 손이 떠맡은 사이, 김 간호사의 쫑긋 세워진 귀가 통화의 행간을 추적했다.

"안 된다고? 왜?"

접견이면, 나이로 볼 때 직업군인인가? 그러고 보니 박간에게 오빠가 있다고 했다. 자세한 이야기는 하지 않았지만.

"그럼 어떡해. 어? 아니 취소하면 다음 주말이잖아."

박 간호사가 머리를 벅벅 긁었다.

"나 평일에는 시간 못 뺀단 말이야. 모레?"

떨어지려던 손이 더욱 격렬하게 두피를 할퀴기 시작했다.

"일요일은 접견 안 돼. 특면이라고? 그거 아무나 못 해."

특면은 아마 특수 면회의 준말일 것이다. 군대에서 좀 더 일찍 쓰거나 오래 볼 수 있는 접견이 따로 있는 걸까? 그녀는 그렇게 상상의 나래를 펼쳤다.

"전에 다 찾아봤는데 왜 또 딴소리야 엄마는. 오빠 아직 1년도 안 됐잖아."

박 간호사는 자기 말투를 신경 쓰고 있었다. 어머니가 진심으로 상처받길 원하지 않는 것 같았다.

"어? 얼마? 아…. 근데 엄마. 그건 좀."

얼마? 설마 면회 가는데 돈을 내는 건 아닐 테고. 이야깃거리가 그새 바뀐 모양이었다.

"응. 아니 그대로 두진 말고."

김 간호사는 정산을 온통 괴발개발로 하며 박 간호사의 새로운 대화 주제를 읽어내기 위해 안간힘을 썼다.

"아니면 딱 모양만 맞추든가. 따라서 움직이는 건 엄청 비싸대."

따라 움직이다니? 어떤 가전제품을 살 생각인가? 이동형 AI 스피커? 로봇 청소기? 종잡을 수가 없었다.

"불편해도 어떡해, 그럼."

박 간호사가 안타깝다는 듯 말했다.

"형편이 안 되잖아."

그녀는 누가 봐도 명백히 그 이야기를 하는 것을 불편해하고 있었다. 김 간호사는 문득 자신이 별로 좋지 못한 짓을 하고 있다고 생각했다.

"아니, 그만. 오빠 얘긴 됐고…. 전에 그건 어떻게 됐어?"

다시 새로운 주제였다. 이제 좀 정산에 집중하고 싶은 김 간호사였지만 좋든 싫든 귀가 자꾸 쫑긋거렸다.

"…사람 불렀어? 아니 무슨… 관리실에 얘기는 했어?"

꽤 길게 수화기 너머 박 간호사의 어머니가 쫑알거렸다.

"뭐? 아니 그 집에서 뭔가 하니까 그런 거지. 무슨 말이 그래?"

언제까지나 뇌를 반으로 나눈 채 있을 수는 없었다. 그렇게 의사가 진료실을 나온 것과 부랴부랴 정산이 끝난 것, 박 간호사가 통화를 마친 것이 거의 동시에 일어났다.

"오늘도 수고 많았어요."

"수고하셨어요, 원장님."

"수고하셨습니다."

의사가 잠시 머뭇거렸다.

"그리고 박간은…."

그러더니 갑자기 합장이라도 하듯 손을 모았다.

"아까도 말했지만 참 고마워요."

"자꾸 왜 그러세요, 민망하게."

"내가 진짜 미안해서 그래요. 그렇다고 일하겠다는 사람 내쫓을 수도 없고…."

의사가 무엇을 막 떠올렸다는 듯 탄식했다.

"그렇지, 박간 우리 전에 집들이 간 데, 아직 거기 살아요?"

"네? 아, 네."

이상한 질문이었다.

"내가 오늘 약속이 있는데, 가는 길에 거기 지나거든요."

"태워주시려고요?"

"나도 알아요. 좀 불편할 수도 있는 거."

박 간호사의 뜨뜻미지근한 반응을 본 의사가 손을 펼쳤다.

"그렇게라도 해주고 싶어서 그래요. 딱 오늘만."

박 간호사가 눈살을 찌푸렸다. 심사가 뒤틀려서가 아니라, 그렇게 의사와 대화를 나누고 있자니 무언가 잊어버렸다는 생각이 문득 들었다.

"참, 너 점 본 거 결과 들었어?"

김 간호사가 다행히 적재적소에 땔감을 넣어주었다.

"가면서 그거나 들으면 되겠네."

"아, 그러게. 저 어떻게 나왔어요?"

박이 눈을 빛내며 물었다.

"로또 사도 된대요?"

"글쎄요…."

의사는 미묘한 표정이 되었다.

"된다고 해도 카드가 번호까지 점지해주진 않는데."

김 간호사는 아까 마지막으로 나온 카드를 떠올렸다. 낫을 든 해골. 아마 누가 봐도 흉패였다. 하지만 앞의 세 장에 따라 길조가 될 수도 있을까.

"이따가 차 타고 이야기하죠."

의사가 말했다.

"이런 데서 떠들면 부정 타요."

말마따나 병원 접수처에서 나누기엔 참 오묘한 대화였다.

원장은 차를 좀 데워놓겠다고 먼저 나갔다. 탈의실에서 김 간호사는 운세가 어떻게 나왔는지 내일 출근해서 꼭 들려달라고 신신당부했다.

"기적의 생환자 바로 옆 근무인데 나도 덕 좀 봐야지."

"로또 붙으면 좀 줄 거예요?"

그 말에 김 간호사는 조금 고민하다가 고개를 저었다. 그 잠깐의 진지함이 우스웠다.

"내일 봐."

"응, 언니."

혼자 남은 박 간호사는 유니폼을 벗고 일상복을 걸쳤다. 왠지 평소보다 배로 힘들었다. 옷이 축축 늘어지는 것이 눈으론 볼 수 없는 피로가 배어 그렇게 된 것 같았다. 이윽고 옷을 다 갈아입은 후 약지에 수수한 반지를 찼다. 손가락 뿌리에 살짝 들어간 부분이 딱 맞게 맞물렸다.

박 간호사는 반지를 이리저리 돌리며 그것을 얼마나 더 차게 될지 생각했다. 상상 속 기한은 어쩌면 평생이었다. 위생적인 문제도 있지만, 가끔 한가할 때 반지를 낀 채 사무 업무를 보는 것만으로도 거기에 반색하는 수더분한 손님들이 나타나곤 했다. '동네 의원이 다 이런 이야기하러 오는 거지.' 같은 느낌의.

개중에는 꼬치꼬치 남편과의 사생활을 캐묻는 사람도 있었다. 실상 아직 미혼이고, 반지는 약혼반지와 장난스러운 커플링의 중간 어딘가에 머무는 애매한 아이템에 불과한데도. 박 간호사는 무심결에 남자친구와의 메신저 창을 열었다.

비행기가 막 추락할 즈음 박 간호사는 불현듯 누군가에게 연락해야겠다고 생각했다. 가장 먼저 떠오른 것이 부모님이었고 두 번째가 남자친구였다. 기내 로밍으로 전화를 걸었지만, 둘 다 연락이 닿지 않았다. 당시에는 하늘이 그 정도로 원망스러울 수 없었으나 다 끝나고 보니 오히려 잘된 일이었다. 눈물 콧물 다 짜가며 비장하게 남긴 유언을 기적의 생환자가 되어 곱씹으면 얼마나 민망할까! 박 간호사는 그런 생각을 하며 주차장으로 이어지는 문을 열었다. 따뜻하게 데워진 원장의 차가 있었다.

"태워주셔서 고마워요, 원장님."

"고마운 건 나죠. 박간이 아니라."

주차장을 빠져나가자 어느새 밖이 어두웠다. 간판에 하나둘 불이 들어오며 인적이 드물어졌다. 차가 속력을 높일수록 길이 부채꼴로 넓어졌다. 길가의 건물들도 더 높고 튼튼해졌다. 크고 작은 불빛들이 잠시 차창에 머무르다가 차례로 제 옆에 자리를 내주었다. 차 안에서 바라보는 그것들은 박 간호사에게 장소라기보다는 편평하게 펼쳐진 배경처럼 느껴졌다. 모형 차에 탄 배우가 된 기분이었다.

"박간."

상대로부터의 질문은 그렇듯 무해한 상념에 잠겨 있을 때 부지불식간에 날아오기 마련이다.

"운수 매긴 거 듣고 싶어요?"

"네, 들어야죠. 제 건데."

박이 고개를 끄덕였다.

"로또 같은 건 못 맞히지만…."

의사가 실없이 웃었다.

"되면 내가 제일 먼저 하지. 안 그래요?"

그때 누렇게 껌뻑이는 신호등이 차를 가로막았다. 의사는 속도를 높이기보다는 확실한 차례가 올 때까지 기다리기로 결정했다. 짧은 시간이지만 안전하게 기어를 주차에 놓는 것도 잊지 않았다. 뒤차가 불만 가득한 기색으로 급브레이크를 밟았다.

"근데 운수 풀어놓기 전에, 우리 아들이 말이에요."

의사는 입술을 핥았다.

"아들이 말이야, 학교에서 이야기를 하나 배웠는데 그게 재밌더라고요."

박 간호사가 가타부타 의견을 표하기도 전 의사의 입술은 벌어지고 있었다.

"가난한 마을이 있어요. 동화가 다 그렇죠, 뭐. 아 나무꾼도 있고요."

의사가 실없는 소리로 포문을 열었다.

"나무꾼은 항상 있어야죠. 근데 그건 중요한 게 아니고, 이 마을이 워낙 가난해. 그래서 산신령이 선물을 줬어. 뭐일까요?"

"금도끼?"

그녀가 대답했다.

"그럴 수도 있죠. 근데 이 산신령은 대신 우물을 파줬어요."

의사가 말했다.

"두레박으로 물을 길어보니까 거품이 뽀골뽀골 올라오더래요. 그래서 마을 사람들이 이게 뭡니까 하니까 산신령이 그랬단 말이에요. '이건 마음을 편안하게 만들어주는 물이다. 조금씩 아껴 먹어라.'"

"좋은 일이네요."

"그렇죠? 근데 이야기가 항상 그렇듯이 사람들이 악용을 해요."

의사가 혀를 찼다.

"힘들게 일하고 쉬라고 준 물인데, 반대로 아무것도 안 하고 물만 마시는 사람들이 생겼죠. 그러니까 산신령이 이랬단 말이에요. '앞으론 매년 오늘에만 물을 마셔라. 다른 날에는 물을 마셔도 소용없다.'"

"원장님 근데, 아드님이 몇 살이에요?"

"사람들이 그래서 조금은 참았는데, 결국 1년이 지나기 전에 물을 먹어버렸어요."

의사는 대답하지 않았다.

"근데 처음에는 이상할 게 없는 거예요. 기분이 좋아서 사람들이 그랬죠. '야, 산신령이 우리한테 거짓말을 했나 보다.' 그래서 좋다고 계속 퍼먹었죠."

"원장님, 파란불 됐어요. 파란불."

뒤편에서 박 간호사의 말을 뒷받침하는 클랙슨이 울렸다. 밑에서 둔탁한 소리가 났다. 박 간호사는 원장의 헛발질이 액셀러레이터 대신 바닥을 때린 것을 보았다.

"아무튼, 근데 마시다 보니까 전처럼 편해지는 게 아니라 자꾸 안달복달하는 거야."

의사는 물을 터는 개처럼 고개를 휘저었다.

"기억하기 싫은 일만 자꾸 떠오르고. 그때마다 자꾸자꾸 더 마시고… 그러다 보니 결국 마셔도 되는 날이 언제인지 잊어버리고, 그 마을 사람들은 아직도 바닥을 구르면서 물만 마시고 있답니다."

의사가 이죽거렸다.

"1년에 딱 하루, 마음이 편해지는 날을 찾으려고."

박 간호사는 운전석을 건너다보았다. 의사의 얼굴이 잘 보였다. 뺨이 불그레하게 물든 것이 더워 보였다. 하긴 자기보다 훨씬 먼저 내려와 히터를 돌렸으니 그럴 수 있다. 외투라도 좀 벗으시지…. 그런 생각을 하던 차에 익숙한 냄새가 코끝을 후려쳤다. 박 간호사의 얼굴이 놀라움으로 일그러졌다. 원장이 조수석으로 고개를 돌렸다. 푹 내뱉는 숨결은 알코올로 그득했다.

"술 드신 거예요!"

"아뇨. 마음이 편해지는 물이죠, 박간."

의사가 스스로를 비웃으며 말했다.

"오늘이 아마 그 하루가 아닌 모양이고, 어…."

박 간호사의 몸이 확 젖혀졌다.

"아무래도 맨정신으론 하기 힘든 상상을 내가 지금부터 입 밖으로 꺼낼 겁니다."

잠시 비틀거리던 차는 다행히 금세 제자리를 찾았다.

"내려주세요."

"아니, 그러지 말고… 박 간. 내가 이 이야기를 왜 했는지 알아요. 힌트니까 그래요. 힌트."

의사는 최선을 다해 차를 몰았다. 최소한 그 진정성은 느껴졌다.

"말도 안 되는 동화인데 현실과 맞닿은 부분이 있잖아요. 그게 힌트니까 그래요. 카드도 결국 그런 겁니다."

하지만 애초에 이 상태를 극복할 수가 없는데, 최선을 다해봤자 무슨 의미가 있을까?

"아무튼. 내가 참 별별 환자들 다 만났죠. 보자…."

1

규칙적인 소음은 금세 들리지 않게 된다. 반대로 규칙 없이 제멋대로 이어지는 소리는 그것이 얼마나 미약하건 반드시 사람의 심기를 건드린다. 새끼손톱보다 작은 물방울이 천정에서 서서히 농익었다. 이윽고 뿌리를 떼어낸 그것이 내리꽂혔다. 탄착점은 커다란 고무대야였다. 은은한 파문과 엇박을 맞춰 뾰족한 물기둥이 들락날락 일었다. 맑은 메아리가 퍼졌다. 금세 사위가 고요해졌다. 비뚤어진 입꼬리를 애써 펴며 누군가가 잠을 청했다. 제 숨소리와 두근거리는 가슴을 빼면 아무렇지 않았다.

이전의 물방울과 그전과 전 물방울까지. 악보에 점을 찍듯 가까스로 잊어버린 리듬이 되살아났다. 이불을 덮은 여자가 두 눈을 감고 셈을 하였다. 구름처럼 어설픈 눈금이 다음 낙하까지 남은 지점을 가늠했다. 셋, 둘, 하나…. 다시 영. 하나.

떨어지지 않았다.

물방울이 멈췄는지 몰랐다. 여자는 혹시 몰라 조금 더 기다렸다. 베갯잇에 뿜은 숨이 따뜻하게 돌아온다. 어쩌면 정말, 이제 떨어지지 않을지 몰라. 물론 떨어진다. 조금 느리게 맺혔을 뿐 모든 것이 아주 똑같이 벌어진다. 파문과 메아리와 뾰족한 물기둥. 여자는 자기가 눈을 떴는지 감았는지도 알 수 없다. 눈앞의 광경을 보는지 본다고 믿는지도 알 수 없다. 자리를 떨치고 옷을 챙겨 입고 위층까지의 계단을 오르는 자신을 떠올렸다. 제 주인의 성화에 못 이겨 몇 번 꼼지락거리기까지 하는 발가락이었다. 그러나 이미 늦은 시각이었다.

여자는 결국 마음을 접었다.

한밤중 찾아가 열을 낸들 새는 물이 멈출 리 없고 그 시간에 사람을 부를 수도 없다. 괜히 양쪽의 기분만 해칠 뿐이다. 여자는 저도 모르게 얼굴을 찡그리다가 화들짝 피부를 폈다. 입가의 주름을 손가락으로 더듬었다. 젊게 살려고 몸부림치는 것이 늙은이의 특징이라지만, 어쨌든 닥치기 전까지는 다들 그렇게 말할 수 있다. *잊어버리자.* 여자는 생각했다. 이것저것 붙잡을수록 잠은 멀어진다. 낮에 사람이 있을 때 말하자. 일단은 자자….

개다리소반에 차린 단출한 식사가 여자의 첫 일과였다. 요새 속이 더부룩하여 물에 훌훌 만 밥과 입맛 좀 돋우려고 산 풋고추, 된장이 전부였다. 이가 빠진 식탁 모서리는 옻칠의 색이 아니라 목조 속심의 희끄무레한 빛깔을 띠었다. 여자는 밥을 먹으면서도 대야를 곁눈질했다. 물은 여전히 떨어지고 있었다. 밤새 쉼 없이. 대야의 고작 바닥을 겨우 채우던 물은 이제 제법 차올라 출렁거렸다. 무엇이 섞여 떨어지는지 밑으로는 퉁퉁한 침전물까지 모여 저들끼리 복작거렸다. 할 수만 있다면 빌라 밖으로 대야째 내동댕이치고 싶었다.

깊게 패는 주름살을 애써 무시하며 여자는 식사를 끝냈다. 그 뒤로는 그럴싸한 옷을 차려입거나 몸을 씻을 시간도 없었다. 성큼성큼 계단을 올라 문부터 두드렸다. 긴 메아리가 복도를 떠돌았다.

"여봐요. 402호. 있어요?"

물론 정말 궁금해서 묻는다기보다는 성질이 뻗친 것이었다. 확 치솟는 어미가 그를 증명했다. 철문을 세게 두드리자 뼈가 속부터 야금야금 울리는 것이 느껴졌다. 그와 반대로 저쪽에 전해진다고 생각하는 메아리는 터무니없이 적었다.

"여봐요, 좀 나와봐요."

벽에 대고 대화를 청하는 기분이었다. 여자는 고통을 참고 손을 움직였다.

"402호! 아무도 없어요?"

급기야 외시경에 눈을 댔다. 물론 본디 안에서 밖을 보기 위한 것이라 제대로 분간할 수 있는 것은 아무것도 없었다. 그러면서도 손은 멈추지 않았다. 문에 귀를 붙이지만 자기가 내는 소리 말고는 전혀 들리지 않았다. 나중에는 눌린 귓바퀴와 손마디가 아팠다. 그보다 언제까지 이러고 있어야 할까 막막했다. *집을 비운 걸까?* 여자는 어렴풋이 상상했다.

그때 문에 대지 않은 귀에서 인기척이 들려왔다.

빌라는 승강기가 없었다. 쉬이 망가지는 초인종조차 아무도 고치지 않는 곳인데 오죽할까. 황동 마감된 계단을 밟고 올라오는 걸음은 느리고 끈적했다. 다리 길이가 수 미터쯤 되는지 터벅, 터벅 끊어지는 리듬이 터무니없이 길었다. 여자는 인기척의 주인을 확인하지 않았다.

특별히 다른 집에서 멈출지 모른다고 생각한 것은 아니었다. 기척의 주인이 402호일지 모른다고 굳이 떠올리기에는 경황이 없었다. 이쯤 되면 자신이 문 두들기는 소리가 402호가 아니라 건물에 사는 모두에게 들릴 거라고 생각하던 차에, 인기척이 부쩍 가까이 다가왔다. 등 뒤가 간지러웠다.

무슨 일이세요.

목소리는 젊지만 생기가 없었다. 얼핏 들으면 귓전을 스치는 바람과도 구분할 수 없었다. 여자는 손가락이 씨근거리는 것을 달래며 몸을 돌렸다. 목소리의 주인은 키 큰 여자였다. 키가 아주, 아주 큰 여자였다. 한눈에 얼굴이 보이지 않을 정도였다. 대신 눈앞에 걸리는 것은 창백한 살가죽을 닦달하듯 튀어나온 빗장뼈와 그 주변 헐렁하게 늘어진 셔츠의 목선이었다. 여자는 고개를 들었다.

목은 기둥처럼 치솟아 있었다. 그러나 그 뒤로도 턱부터 이어지는 얼굴의 선이 보이지 않았다. 대신 드리운 것은 무질서하게 자라난 산발의 머리칼이었다. 길고 억세고 퍼석거리는 머리칼들은 바싹 말린 해조류를 보는 것 같았다. 숱이 무성하다기보다는 어떤 질병이 의심될 만큼 중구난방으로 뻗어 나간 그 창살 틈으로는 여자의 눈매조차 간신히 드러났다.

무슨 일이세요.

키 큰 여자는 보금자리에 숨어든 야생동물처럼 웅크린 눈빛으로 여자를 바라보았다.

"이것 봐요, 아가씨가 402호 살아요?"

네. 정말 죄송합니다.

키 큰 여자는 대뜸 허리를 꾸벅 숙였다. 엄청난 산발이 옆구리로 흘러내리며 등허리가 살짝 드러났다. 흙탕물에 뼈를 담갔다가 꺼낸 것처럼 간신히 가죽만 발린 수준이었다. 상상보다 더 괴상한 사람인 것 같아 여자는 망설였다. 그러다가 불현듯 키 큰 여자의 품에 안긴 것을 보았다. 마트에서 물건을 담는 종량제 봉투였다. 그런데 한 개가 아니었다. 그 무게를 못 이겨 손잡이가 하얗게 눌린 봉투가 바닥에 몇 개씩이나 더 있었다.

"뭐가 죄송한데요."

죄송해요. 저희 아가 때문에 좀 시끄럽죠.

"애요? 그건 모르겠는데요."

키 큰 여자가 고개를 갸웃거렸다.

그러면?

키 큰 여자는 품에 안은 봉투를 내려놓았다. 이제 보니 그냥 무거운 게 아니라 그 크기부터가 어마어마했다. 그걸 사람의 두 팔로 지탱한다는 생각이 어이없어 보일 정도였다. 내려놓은 비닐봉지가 균형을 잃고 기우뚱 끄트머리를 쏟아냈다. 내용물들이 점박이 시멘트 바닥에 우당탕 널브러졌다. 전부 포장된 정육이었다. 한 부위가 통째로 들어 있는 것, 구이나 찌개용으로 네모반듯하게 손질된 것, 비닐로 진공 포장된 것, 분쇄육. 비계나 내장이나 다리, 갈비, 힘줄이 알알이 박힌 살코기. 그 종이나 양을 막론하고 짐승의 고기라면 모조리 그곳에 있었다.

"천정에서 자꾸… 물이 새서요."

키 큰 여자는 몸을 숙여 봉투를 정리했다. 여자는 그녀의 정수리를 보며 말해야 했다.

"빨리 어떻게 해줬으면 좋겠네요."

죄송합니다.

"죄송하다고 끝나는 게 아니라, 빨리 사람을 부르든가 하란 말이에요."

여자는 이 일의 쐐기를 박아두고 싶었다.

"어제 잠도 못 잤잖아요. 계속 신경 쓰여서."

죄송합니다.

402호의 여자는 넙죽넙죽 너른 사과를 했다. 그것이 묘하게 더 성질을 돋웠다.

"이웃 사이에 이런 일로 목소리 높이기 싫으니까, 그만 가볼게요."

네. 조금만 참아주세요.

일단은 사과를 받았으니 되었다고 여자는 생각했다. 그래서 아래층으로 돌아갔다. 길을 막듯 굳건히 버티고 선 비닐봉지의 산을 먼저 넘어야 했다. 죽은 살을 한가득 담은 그것들은 고대의 무덤처럼 보였다.

여자는 밖에 나갔다가 해가 뉘엿뉘엿 저물 때가 되어서야 들어왔다. 도회지 끝자락에 걸친 집은 겨울이라도 늦게까지 해를 붙잡고 놓아주지 않았다. 문을 잠그고 신발을 벗던 찰나 가장 먼저 들린 것이 물방울이 떨어지는 소리였다.

갈아놓고 나간 대야가 뚱뚱하게 부푼 수면을 버티고 있었다.

여자는 몇 걸음 다가갔다. 보라는 듯 짧은 호흡으로 두어 방울이 더 떨어졌다. 수면이 무너져 물이 샜다. 바닥이 젖었다.

여자는 천장을 보았다. 물이 계속 떨어지고 있었다. 마침맞게도 위층에서 무얼 하는지 흐릿한 기척이 들렸다. 랩을 뜯거나 비닐봉지를 부스럭거리는 소리도 함께 들렸다. 물론 아무리 건물이 오래되었다 하더라도 그런 소리까지 위층에서 들려올 리 없었다. 착란이었다. 더 버티고 섰다간 대야에 코를 처박으며 쓰러질 것만 같아, 여자는 관자놀이가 욱신거리는 것을 참고 달력을 곁눈질했다.

넓은 벽걸이 달력은 큼직한 양력 날짜 아래 작은 음력을, 다른 칸에는 24절기나 손 없는 날 등을 품고 있었다. 여자의 눈길이 오늘을 좇았다. 달력 맨 오른편 파란 글씨. 토요일이었다. 저도 모르게 혀를 찼다. 402호가 사람을 부른다 한들 토요일에 누가 왔을지도 모를 일이고, 일요일은 더욱 안 될 일이었다. 결국 내일모레나 되어야 겨우 첫 삽이나 뜰 수 있을 터였다. 그녀는 꽉 막힌 가슴팍을 두드리며 걸레부터 쥐었다. 바닥을 훔치고 대야를 비웠다. 화장실 배수구는 그득 고인 물을 몇 차례로 나누어 삼켰다. 물 내려가는 소리가 더부룩했다.

…그러고도 뭔가 이야기를 한참 하더라고요 이 환자분이.
의사가 말했다.
듣다 보니 이 이야기를 왜 시작했나 도저히 모르겠는 거거든. 지루한 부분은 넘어가고 그대로 며칠이 갔지.

"여봐요! 지금이 대체 며칠째예요?"
키 큰 여자는 눈 한쪽만 내놓은 채 묵묵부답이었다.

"달라지는 게 없잖아요!"

안전 고리를 건 현관이 거기까지밖에 둘의 대화를 허락하지 않았다.

죄송합니다.

"아니, 죄송하면 변화가 있어야 할 것 아녜요?"

그녀가 호통쳤다.

"근데 뭐 하자는 거냐고요 지금?"

정말 죄송합니다. 저희 아가가 자꾸⋯.

"애는 무슨 애 타령이에요? 지금 그쪽 집에서 물이 샌다니까⋯."

그녀는 절레절레 고개를 흔들었다.

"이럴 게 아니라 좀 비켜봐요."

머리가 다 욱신거렸다.

"좀 가서 내가 직접 봐야겠어."

키 큰 여자는 침묵을 지켰다. 당분간 서로의 얕은 숨소리만 들렸다. 몸을 잔뜩 수그린 키 큰 여자의 한 손이 문고리를, 다른 손은 문설주를 감싸 집 바깥까지 나와 있었다. 손가락은 가늘고 긴 철침을 구부려 붙인 것 같았다. 얇고 투명한 손톱은 선홍빛의 혈색 대신 흐린 물거품 같은 색을 띠었다. 깜빡이지 않는 눈으로 402호는 방문객을 바라보았다.

하지만 아가가 지금⋯.

"그럼 경찰 부를 거니까. 아가씨가 알아서 해요."

키 큰 여자의 머리칼이 또다시 이어진 침묵을 가렸다. 그 뒤편에 숨은 입에서 나오는 숨결이 털을 쭈뼛거리게 만들었다. 그러고는 문이 닫혔다. 안전 고리를 푸는 소리가 뒤이었다.

들어오세요.

"그러려던 참이네요."

여자가 처음으로 맡은 것은 비린내였다. 어떤 물건이 아니라 어느 곳. 집 전체에서 야릇한 냄새가 진동했다. 통통 부은 손끝이나 젖은 흙, 미지근한 물에 담가둔 해산물과 비슷한 자취가 키 큰 여자의 집에서는 풍겼다.

발 조심하세요.

중문을 열며 키 큰 여자가 말했다. 손잡이를 조금 돌렸을 뿐인데 문짝이 뭔가로부터 도망치듯 뛰쳐나왔다. 그리고 물이 쏟아졌다.

물살은 굉음과 함께 하얀 파도를 빚을 만큼 거셌다. 어안이 벙벙한 가운데 얼음장처럼 차가운 물마루가 순식간에 종아리까지를 적셨다. 키 큰 여자는 그 안에서도 아무 저항도 받지 않고 움직였다. 나목처럼 가느다란 정강이가 물살을 헤치고 유유자적 돌아다녔다. 여자는 반면 벌어진 일을 이해할 수조차 없었다. 천천히, 대문에 부딪은 물결이 되돌아와 바닥에 고이고, 순식간에 발등이, 발목이 차례로 휩싸이는 것을 느낄 수밖에 없었다. 여자는 중문을 붙잡은 채 눈을 빛내는 키 큰 여자를 보았다. 그리고 저도 모르게 주춤주춤 그 뒤를 따라갔다.

죄송합니다.

중문이 닫히자 집 안이 새까매졌다.

아가 때문에 불을 못 켜요.

"아, 예⋯."

그 집의 전등은 단 한 번도 사용된 적이 없을 것 같았다. 거실 창을 가린 두꺼운 블라인드 사이로 겨우 명암만 분간할 수 있는 수준의 빛이 들어왔다. 여자는 기계적으로 신발을 벗으려다가 그만두었다. 수렁처럼 고인 물은 안 그래도 버벅거리는 생각을 붙잡고 늘어졌다.

한 발짝 뗄 때마다 묵직한 수압이 걸렸다. 바닥은 울퉁불퉁하고 미끄러웠다. 발을 헛디딘 여자는 벽에 손을 짚었다. 끈적한 것이 묻어났다. 벽만 그런 것이 아니었다. 천정도, 세간도 전부 원래 색을 잃고 짓물렀다. 오염된 물건들에서 거무죽죽한 즙이 쏟아지고 있었다.

"이게 다 뭐예요?"

기겁한 여자가 손을 털었다. 키 큰 여자는 성큼성큼 거실로 가 있었다.

"집안 꼴이 이러니 물이 새지!"

그리고 뭔가의 무더기를 뒤적거리는 소리가 났다.

지희 아가가 없어요.

그럼 애가 없어서 집이 이렇단 말인가. 아직도 말 같지도 않은 소리였다. 이웃 간의 갈등으로 초점이 돌아오니 눈앞에 펼쳐진 광경 대신 다시 세속적인 분노가 여자를 사로잡았다.

"집이 이 꼴이 됐는데 애 타령이나 해요?"

키 큰 여자는 쪼그린 채로도 여전히 가늘고 길었다. 그 상태 그대로 여자에게 고개를 돌렸다. 하반신까지 물에 푹 잠긴 것은 신경 쓰이지 않는 모양이었다.

"밑에서 내가 대야 그득 버린 물만 얼마나 되는지 알아요?"

키 큰 여자의 차고 기다란 팔이 무언가를 뒤적거렸다. 거무죽죽한 어둠을 뚫고 보이는 것은 거실 한가운데 작은 텐트처럼 쌓아 올려진 무더기였다. 양손은 그 안에 파묻혀 있었다.

버렸다고요?

거실에 발을 들인 여자를 402호의 눈길이 휘감았다. 발이 꼬였다. 여자는 어색하게 걸음을 멈췄다. 멈춰졌다.

버렸어….

키 큰 여자는 뭔가 생각하는 듯 고개를 갸우뚱거렸다. 초점을 잃은 눈동자가 시선을 쏘았다. 긴 산발이 물에 닿았다. 그것들은 물에 잠겨서도 예리함을 잃지 않았다. 바늘같이 날카로운 머리칼들이 스멀스멀 잉크가 번지듯 퍼졌다. 키 큰 여자는 402호와, 그곳의 물과 하나였다. 여자는 더 이상 복잡한 생각을 하고 싶지 않았다.

가까이 다가가자 키 큰 여자가 뒤지던 더미가 무엇으로 만들어졌는지 알 수 있었다.

처음에는 이런저런 쓰레기들이 보였다. 스티로폼이나 플라스틱 등 정육점에서 쓰는 포장재였다. 그러나 자세히 보니 무너지지 않도록 튼튼하게 만든 뼈대가 있었다. 더미는 그 뼈대를 의지해 쌓였고, 포장재들은 거기에 살을 붙이듯 두른 것이었다. 우습게도 뼈대는 정말 뼈로 되어 있었다. 그것도 살코기를 발라내고 남은 갈비 따위의. 그리고 더미의 가장 안쪽에 무언가 보호하듯 텅 빈 곳이 있었다. 키 큰 여자는 바로 그곳을 뒤지고 있었다.

봐요.

키 큰 여자의 팔이 누군가에게 낚아채인 것처럼 젖혀졌다. 날개를 펼치듯 뻗은 어깻죽지를 따라 등의 윤곽이 꿈틀거렸다. 그렇게 쓰레기로 빚은 둥지가 거칠게 무너져 내렸다. 튀어 나간 잔해가 텀벙텀벙 떨어졌다. 밀어닥친 물살이 여자를 감쌌다.

없잖아요.

그녀는 다가가 키 큰 여자가 가리키는 곳을 보았다.

저희 아가가 없어요.

물 때문이기도 했지만, 처음부터 그곳에는 아무것도 없었다. 원래 있어야 할 뭔가를 잃어버린 것처럼…. 머릿속으로 여자는 빌라의 평면도를 떠올렸다. 제집에서 물이 새던 곳을 떠올렸다. 그리고 지금 둥지가 얹힌 곳을 생각했다. 둘을 포개면…. 왜 그러는지 모른 채 그녀는 몸을 똑바로 폈다. 키 큰 여자가 눈동자만 움직여 그것을 좇았다.

아가가 없어, 아가가….

키 큰 여자가 배에 얹은 양손으로 자신을 상냥하게 쓰다듬었다.

분명히 낳았는데.

어두웠고, 여자는 서를 붙잡듯 몰려오는 물을 헤치기에도 벅찼다. 그래서 현관에 이르기까지 키 큰 여자가 줄곧 배를 어루만지는 것도 보지 못했고, 중문을 닫는 것을 포기하고 복도로 나올 때까지 아무것도 듣지 못했다. 햇빛이 감히 발을 들이지 못하는 어두운 402호에서, 저를 향하여 그 크고 깜빡이지 않는 눈길이 달라붙어 떨어지지 않는 것을 몰랐다.

집으로 돌아간 것은 순전히 몸이 이끄는 대로 움직인 탓이었다. 여자는 스스로 깨닫기 전 물방울이 떨어지는 소리부터 들어야만 했다. 집 어딘가에서 바람이 불었다. 몸에 묻은 물이 마르며 오소소 소름이 돋았다. 여자는 질고 매끈한 개흙으로 범벅이 된 신발을 벗을 새도 없이 대야로 다가갔다. 물방울은 떨어졌다. 천장에서부터.

바닥에 가라앉은 덩이도 전과 꼭 같은 모양으로 고여 있었다.

여자는 꽉 찬 대야를 몇 번이나 쏟아 붓던 것을 떠올렸다. 한 번도 두 손으로 그 물을 만져본 적은 없었다. 무엇을 기대하는지도 모르는 채 축축한 액을 갈랐다. 바닥에 저희끼리 뭉친 침전물을 훑었다. 물렁거리는 덩어리들. 묵 같았다. 오돌토돌 저들끼리 솟은 굴곡이 손끝으로 느껴졌다. 검은 핵을 중심으로 투명한 살이 피어오른 모양새였다. 엑. 작은 거품이 뽀골뽀골 올라왔다. 소리가 났다. 여자는 귀를 기울였다. 엑. 에엑.

어린아이가 목젖을 건드려 구역질하는 것과 비슷한 소리였다. 그러나 훨씬 작고 많았다. 그런 것이 물 바깥으로 나왔다. 거품은 순식간에 짙고 두꺼운 포말로 불어났다. 이제 소리가 들리지 않는 대신, 여자의 손끝과 뼈를 타고 직접 진동이 전해졌다. 수면은 우글우글 겁에 질린 것처럼 발광했다. 손을 뺐지만 여운이 살갗에 붙어 떨어지지 않았다. 여자는 미끈거리는 감촉을 지우려 몸부림쳤다. 피부가 쓰라릴 정도로 옷자락을 문댔다.

우리 아가 어디 있어요?

닫지도 않은 문간으로 구부러진 그림자가 집으로 기어들었다. 여자는 소스라치게 놀라 일어났다. 틈으로 보이는 눈길을 무시한 채 대문을 닫았다. 아예 걸어 잠갔다. 든든한 쇠막대가 잠금 고리와 맞물려 맑게 울었다.

우리 아가 어디 있어요?

엉뚱하게도 경첩이 우지끈 들렸다. 박살 난 문설주가 떨렸다. 나사못으로 뿌리박힌 시멘트가 우수수 떨어졌다. 키 큰 여자가 문을 밀지만 반대편 잠금장치와 맞물린 쇠막대가 빠지지 않았다. 어느 정도 밀렸다가는 다시 불안하게 떨렸다. 빨대처럼 휘어진 철문의 모양은 초현실적이었다. 금속의 육중한 비명이 연신 울렸다. 집 안의 여자는 뭘 어떻게 해야 할지 알 수 없었다. 키 큰 여자의 시선이 제가 닿을 수 없는 곳을 좇았다. 힘이 걸리는 곳을 찾아 좁은 틈으로 팔을 불쑥 넣었다. 앙상한 손아귀는 창칼처럼 보였다. 더듬거리는 손끝은 어렵지 않게 큼직한 회전반을 찾았다. 그것을 쥐어 돌리는 모양만은 여느 사람과 다르지 않았다.

안쪽에서 휘어버린 쇠막대는 얌전히 나오지 않았다. 답답한 밀고 당기기만 얼마간 이어졌다. 키 큰 여자는 포기하고 회전반에서 손을 뗐다. 손이 동물의 입처럼 쩍 벌어지며 잠금장치를 단단히 붙잡았다. 꽉 찬 쇠가 마치 알루미늄 캔처럼 구겨졌다. 키 큰 여자는 잠금장치를 송두리째 떼어냈다. 그대로 손을 놓자 신발장 타일이 부서지며 파편이 튀었다. 여자의 뺨에 더운 피가 흘렀다. 잉상한 팔이 문밖으로 빠져나갔다. 지지대를 잃은 문은 다음 충격에 지푸라기처럼 내던져졌다. 건물이 신음하듯 떨었다.

주저앉고 나서야, 여자는 키 큰 여자가 저를 밀쳐 길을 내었음을 알았다. 얼음장 같은 손길이 피부에 말간 열꽃으로 피었다. 키 큰 여자는 집 안이 온통 울리도록 무릎을 꿇고 앉았다. 그 날카로운 무르팍이 바닥을 뚫고 내려갈 것만 같았다. 종이를 접듯 길쭉한 등허리가, 고개가 바닥에 거의 닿도록 수그러들었다. 머리칼이 퍼져 주변을 감쌌다. 키 큰 여자의 가느다란 몸이 대야를 품었다. 그리고 기도하듯 울었다.

아가. 우리 아가들.

와글대던 포말을 여자는 더 이상 느낄 수 없었다. 아직 쩌렁쩌렁 울리는 문의 잔해나 박살 난 벽이 떨어져 내리는 것을 들을 수 없었다. 보이는 것은 크고 매서운 한 쌍의 눈동자뿐이었다.

나머지가 없어.

양손으로는 대야를 감싸며, 키 큰 여자는 엉거주춤 쓰러진 여자를 노렸다. 깜빡이지 않는, 얼어붙은 달처럼 싸늘한 안광으로.

우리 아가들이 없어.

✳

"…그러더라는 거야. 글쎄."

의사가 너스레를 떨었다.

"그리고 막 진료실 왔다고 하더라고요. 자기가 겪은 일이 생시인지 꿈인지 모르겠어서…."

"이야기 끝났어요?"

"아뇨? 박간도 참. 카드는 세 장이거든."

의사가 작게 웃었다.

"보자, 그렇지. 이 사람은 전과자였는데…."

2

"손이 환자분을 따라다닌다고요?"

의사가 물었다.

"그게 언제부터죠?"

"제가 출소하기 최소한 3개월 전부터니까, 좀 있으면 6개월 정도 되겠네요."

환자는 때로 의사 개인과 친밀한 관계를 맺거나 최소한 그런 분위기를 조성해야 한다는 압력에 스스로를 몰아넣는다. 그래서 군이 의미가 없는 개인정보나 온갖 시시콜콜한 자기 행동의 맥락을 털어놓는 경우가 있다. 남자에게는 자신이 전과자임을 밝히는 지금이 좋은 예시였다.

"그렇단 말씀이시죠…."

의사는 만년필을 끼적이며 연신 무얼 적었다. 환자가 그런 그를 빤히 바라보았다. 만년필은 어느 명망 있는 단체에서 받았는지 진한 금박 장식과 더불어 필기체 각인도 있었다. 손이 만년필을 다루는 모양을 쫓던 환자의 시선은 이윽고 자신에게로 향하지 않는 의사의 눈길을 애타게 갈구했다. 그 짝사랑이 결실을 맺는 순간 남자가 말했다. 절박하게.

"선생님, 절 안 믿죠?"

남자는 가슴팍에 책상 테두리가 닿도록 바짝 의자를 당겼다.

"다 환상이라고 생각하죠?"

"글쎄요. 답을 들으려면 질문부터 해야죠."

의사가 손짓했다.

"어떻게 된 일인지 들려주시겠어요?"

석연치 않은 표정을 지으면서도, 환자는 일단 고분고분 입술을 적셨다.

"그전부터 어렴풋이 생각은 했죠. 이렇게 살면 안 되겠다고."

남자가 탄식했다.

"처음엔 푼돈이나 좀 벌자고 했는데, 정신 차려보니 나 모르는 장물아비가 없더라고요."

도벽. 그리고 그걸로 실형까지 살았다면 분명 가벼운 일탈로 끝나지는 않을 것이었다. 의사는 고개를 끄덕이며 재촉했다.

"그런데 그 나이 되도록 공부를 했나 기술을 익혔나. 어영부영 안 되는데 안 되는데 하다가 사달이 났어요. 금고 털다가 장비를 잘못 써서, 여기가 아작났죠."

남자는 텅 빈 손목을 가리켰다.

"이렇게."

상처는 매끈하게 아물어 우묵한 골만 조금 있었다. 멀쩡한 반대 손이 그 위 허공을 쓸었지만 아무것도 걸리는 게 없었다.

"들고 바로 병원 갔으면 고쳤을 거라고 그러더라고요."

남자가 탄식했다.

"바로 가긴 어딜 가요. 걸음아 나 살려라 장비도 다 내팽개쳤는데."

떠올릴 게 많은 모양이었다.

"아무튼 그래요, 손목까지 잘리니까 도저히 이대론 안 되겠다 싶은 거예요. 그래서 자수했고요."

하긴 법정에서 피고인석에 앉는 것만 해도 보통 사람은 겪을 일이 없는 고초니.

"형기 무지막지하게 나왔죠. 자백한 거, 반성의 기미가 보이는 거, 손모가지 날아간 거로 찔끔찔끔 빠지고. 그 뒤로는 쭉 별일 없었어요. 어떻게든 가족한테는 손 안 벌리려고 이 악물고 일했죠. 그 뒤로는 쭉 별일 없었어요."

남자가 뜸을 들였다. 두 번이나 무심결에 반복된 문장. 의사는 그 안에서 남자가 마지막으로 붙들고 있는 평범한 삶과의 연결고리를 보았다.

"잘린 손이 찾아오기 전까지는 말입니다."

환자의 치료과정을 두고 그렇게 말해선 안 되지만, 이제 흥미로운 부분이 나올 참이었다.

"사고가 났을 때 그 손은 어떻게 했나요?"

의사가 물었다.

"교도소에 들고 갈 순 없었죠?"

"원래는 그러려고 했어요. 반입이 되면요. 왜 그런 거 있잖아요."

남자는 설명하기가 힘든지 양손을 휘적거렸다. 그러려고 하는 것 같았다. 텅 빈 손목 밑동이 못내 눈에 띄었다.

"보면서 과거의 나를 반성하는…, 알죠, 무슨 말인지? 그렇게 하려고 했죠."

남자가 뒤통수를 벅벅 긁었다. 폼이 어색했다.

"근데 나중에 보니까 별로 그러고 싶지가 않은 거예요."

주로 쓰던 손이 아니라서 그런 걸까? 수십 년을 몸에 익은 습관을 고작 몇 년의 형기로 고치긴 힘들 것이다.

"그 손은 과거의 내 거잖아요. 할 줄 아는 건 도둑질밖에 없는, 그러다가 자기 손목까지 날려 먹은 한심한 새끼잖아요."

남자가 몸을 떨었다.

"그렇게 생각하니까 왠지 기분 나빠서, 그냥 처리해달라고 했어요. 의료폐기물로."

의사는 이야기를 계속해달라는 듯 눈짓했다.

"음. 감방에서 잠결에 일어났더니 그게 내 가슴팍에 있었어요. 잘린 손이."

환자가 잠시 허공을 쳐다봤다. 눈길이 멍했다.

"흙이나 낙엽도 묻히고 있더군요. 마치 정말 쓰레기장에서 여기까지, 감옥까지 온 것처럼."

"알겠어요."

의사는 부지런히 메모했다.

"같이 방을 쓰던 수형자들은 전혀 몰랐나요? 알았다면 어떤 반응을 보였죠?"

"몰랐어요. 그리고 제가 원래는 6인실에 있었는데, 출역수 되면서 2인실로 옮겼거든요."

남자는 노역하면서 돈 버는 건 똑같지만 출역수가 되면 외부 작업도 맡을 수 있다는 것, 보통 한 방에는 벌금수끼리 묶이고 그 안에서도 출역수가 벌이가 낫다는 것을 설명했다.

"아무튼 그래요."

그가 말을 이었다.

"같이 있던 놈은 맹해서 감출 것도 없었죠. 손도 얍삽하게 처신 잘 했고요."

"처신이라는 건, 남들이 있을 땐 함부로 모습을 드러내지 않았다든가?"

"다 잠들면 그때 나타났죠. 원체 작아서 숨기도 잘 숨더라고요."

남자가 말했다.

"못 나올 때도 대충 눈치는 챘어요. 돌을 던진다든가, 주머니에 물건을 넣는다든가. 덕분에 솔직히 좀 편해진 경우도 많았죠. 도둑질을 시켜서…."

남자는 그 말이 어떻게 들릴지 한발 늦게 깨달은 모양이었다.

"아뇨. 생각하시는 그런 게 아니라. 나쁜 짓은 못 했어요. 그러면 가석방도 못 됐게요."

남자가 황급히 양손을 내저으며—여전히 눈에 띨 수밖에 없는 그 상처—부정했다.

"그놈이 어디서 가져와도 그냥 버리거나 돌려줬고요. 애초에 정말 나쁜 꿍꿍이가 있었으면 그놈으로 탈옥을 했겠죠. 안 그래요?"

"화제가 꽤 빨리 넘어갔는데, 손을 만났을 때 이야기를 좀 더 해보죠."

의사가 대화를 다시 올바른 방향으로 돌려놓았다.

"좀 더, 그… 독립적으로 움직이는 손에 익숙해지기 전 말입니다."

"음, 얼마 동안은 그냥 헛것인 줄 알았습니다."

남자가 어깨를 으쓱거렸다.

"왜 있잖아요. 영화에 많이 나오는 거. 죄책감, 환상. 그런 거. 그래서 그냥 무시했죠. 그러니까 계속 귀찮게 하더라고요."

남자가 작게 한숨을 쉬었다. 귀찮게 한다는 건 아까 말한 돌멩이나 작은 물건들 이야기일 터였다.

"그쯤 되니 환상이라는 생각은 못 하겠더라고요. 아니지…."

남자는 입술을 핥으며 방금 자신이 한 말을 정정했다.

"못 하겠다기보다는, 환상이라도 무시할 수가 없었어요. 어쨌든 영향이 있으니까요."

의사가 고개를 끄덕였다.

"그래서 단둘이 있을 때는 진지하게 꾸중도 해봤죠. 그러면 풀이 죽어서 터벅터벅… 그게 어떻게 걷는지 아세요?"

남자는 엄지와 검지를 직각으로 펼치곤, 두 끝을 바닥에 대고 힘주어 눌렀다. 그 상태로 뻗은 중지를 세 번째 다리로 삼아 바닥을 디뎠다. 남은 두 손가락과 손목 뿌리는 바짝 중앙으로 곧추세워 어떻게든 무게 중심을 잡았다.

그것을 보며, 의사는 만년필을 잠시 내려놓았다.

"아무튼 그래요. 계속 들러붙으니까 어떻게 하긴 해야겠단 말이에요. 그때 떠올린 게 그거죠. 뭔가 가져오게 시키면 되겠다."

남자가 불안한 빛으로 웃었다.

"어차피 예전의 내가 할 줄 아는 건 그게 다니까요."

의사는 계속해서 이야기를 들어주었다.

"그래도 사리사욕은 채우지 말아야지, 엄숙하게 다짐했습니다. 원반던지기죠 그러니까. 뭔가 가져오라고 시키고, 가져오면 다시 돌려놓으라고 시키고."

"손만큼 작은 도둑이라면 아무한테도 안 들켰겠군요?"

"네. 처음엔 걱정 좀 했는데 나중 가니 무덤덤해지더라고요."

남자가 말을 이었다.

"오히려 솜씨는, 말이 그렇다는 겁니다. 솜씨는 나보다 더 낫더라고요. 하긴 걔만큼 작은 도둑을 잡으려면 고생깨나 해야죠. 근데 엉뚱한 데서 문제가 터지더라고요."

의사는 환자의 눈초리가 매서워진 것을 보았다.

"가져오는 건 기가 막히게 잘하는데, 돌려놓는 걸 못했어요."

"상대적으로 솜씨가 서툴렀다는 건가요, 아니면 돌려놓는 걸 거부했다는 건가요?"

"거부했어요."

남자가 눈을 빛냈다.

"가끔은 아예 줄다리기처럼 버팅기더군요. 그래서 타일렀던 적도 있어요."

남자는 정말 눈앞에 그 말 안 듣는 손이 있는 것처럼 목을 풀었다.

"봐라. 난 지금 감방에 있지 않냐. 내가 뭘 가질 수도 없고, 가진다고 해도 교도관들이 가만 안 둘 거다. 너도 마찬가지다. 우리가 지금 하는 건 놀이다. 그러니까 갖다주고 와라."

"손과 대화가 가능했다고요, 이건 처음 나오는 말이네요."

의사가 물었다.

"혹시 손이 어느 정도 대답도 할 수 있었나요?"

"글씨 같은 건 못 적었어요. 그래도… 느낌이라는 게 있잖아요? 그런 거예요."

남자가 말했다.

"예전에 내가 달고 있던 놈인데 그 정도는 되죠."

"그렇군요. 그래서 설득이 통했나요?"

의사가 빈손으로 팔뚝을 긁적였다.

"손이 말을 들었어요?"

"네. 그 뒤론 별일 없었어요."

남자가 말했다.

"돌려주고 와라, 버려라. 고분고분 잘 따랐어요. 그러다가 가석방으로 나왔죠. 그때부턴 바빠 죽겠어서 그놈 걱정할 시간도 없었어요."

남자가 잠시 말을 멈추었다. 시선을 푹 내리깐 채로.

"근데, 손은 그렇게 생각 안 했나 봐요."

똑 똑. 그때 진료실 문을 누군가 두드렸다. 환자를 앉힌 상태라 흔한 일은 아니었다. 의사는 눈살을 찌푸렸다. 그러나 남자의 반응은 더 심했다. 의자 바퀴가 헛돌도록 자리를 박차고 일어났다.

"앉아 계세요!"

기우뚱거리는 남자의 몸은 공포로 얼어붙어 뻣뻣했다.

"위험할지 몰라요."

의사가 만류하기도 전 남자는 성큼성큼 문으로 다가갔다.

"위험하다고요?"

"거기 누굽니까?"

남자는 의사를 무시하고 떨리는 목소리로 물었다. 대답이 돌아오지 않았다.

"손입니다. 확실해요!"

남자의 눈길이 숨결만큼이나 거칠게 번뜩거렸다.

"방금 노크 소리가 좀 아래쪽에서 들렸죠?"

"어⋯."

의사는 기억할 수 없었다. 하지만 눈앞의 진지한 표정이 얼핏 그런 기색을 주었다. 환자가 문고리에 손을 둘렀다. 껌이라도 씹듯 입술을 계속 질겅거렸다. 큰 결심이라도 한 듯 벌컥 문을 열어젖혔다.

"⋯아무도 없네요."

그랬다. 당연하게도 문 바깥에는 아무도 없었다. 당연하게도? 하지만 노크 소리를 **둘 다** 듣지 않았던가. 남자는 아무 일도 없던 것처럼 문을 닫고 자리에 앉았다.

"선생님, 아직 제 말을 안 믿죠?"

"⋯아직 질문이 충분하지 않은 것 같네요."

의사는 자기가 전에 끼적거린 것들을 훑었다. 기록을 다시 이어가야 했다.

"이제 막 본격적인 문제 이야기로 들어가려던 참이죠?"

"네, 그래요⋯ 내가 첫 단추를 잘못 끼웠어요."

잠시 목을 가다듬는 환자였다.

"아예 하지 말라고 해야 했는데. 우리가 지금 감방에 있으니까 하지 말라고 하면, 개는 그런 줄 안 거예요. 밖에 나가면 마음껏 훔쳐도 되는구나!"

남자가 머리를 감싸 쥐었다.

"처음 들어간 데가 김치공장이었어요. 며칠 출근해보니 해볼 만하구나 싶었죠. 근데 어느 날 보니까 도둑이 들었다 하더라고요."

그는 당시의 기억을 곱씹는 듯 몸을 떨었다.

"사무실 금고 싹 털렸다고, 경찰도 오고 개판이었죠. 근데 솔직히 말은 안 해도 나도 알죠."

그 말을 꺼내는 남자의 표정이 유독 서글퍼 보였다.

"들어온 지 얼마 안 된 새끼가 전과자인데… 뻔하잖아요, 사람들 하는 생각이야."

남자가 마른 입술을 핥았다.

"저는 바로 알았어요. 누가 털었는지."

"환자분 손이?"

남자가 고개를 끄덕였다.

"안 그래도 며칠간 전혀 안 보였거든요."

퀭한 눈가가 파르르 떨렸다.

"그날 숙소 갔더니 손이 와 있더라고요. 훔친 물건 들고 의기양양하게."

말꼬리가 처량하리만치 늘어졌다.

"질겁해서 당장 돌려놓으라고 했는데 말을 안 들었어요."

"그때부터는 설득해도 소용이 없었나요?"

"좀 신중하게 생각했죠. 어설프게 구슬렸다가 더 큰 일이 될 수도 있으니까."

남자가 어두운 기색으로 말을 이었다.

"잠깐은 아예 어떻게 해버릴까 하는 생각도 했어요. 솔직히, 좀 이상한 말이긴 한데 정도 들었거든요."

좀이 아니라 아주 이상한 말이라는 것을, 한편으로 환자 본인도 알고 있을 터였다.

"그래도 이대로 놔두면 안 되니까… 마침 숙소에도 나밖에 없으니, 그냥 빨리 처리해버릴 수도 있었죠, 그때."

"그런데 그렇게 못 했고요."

의사가 물었다.

"왜죠?"

그는 손끝으로 상담지를 톡톡 두드렸다.

"그냥 없애버리면, 숙소에 훔쳐온 물건들이 그대로 남잖아요!"

남자가 허무하게 웃었다.

"나 또 들어가면 엄마랑 동생은 어떡하고… 그래서 훔친 걸 돌려놓을 때까지는 개가 필요했어요. 그리고 좀 세게 나가기로 했죠."

의사가 흥미롭다는 듯 고개를 끄덕였다.

"아예 혼쭐내서 반항할 생각도 못 하게."

"손이 그 말을 들었나요?"

"불만스러워 보여도 으름장을 놓으니 일단 하라는 대로 하더군요. 그래서 연극을 좀 시켰어요."

남자가 킥킥거리며 웃었다. 처음이자 어쩌면 마지막이 될 것만 같은 미소였다.

"남의 글씨체로 괴발개발 사과문을 쓰고, 뒷산에 물건들이랑 같이 묻어놓으라고 시켰죠. 근데—"

환자가 손톱을 세워 반대 손의 우묵한 상처를 박박 할퀴었다.

"—아, 지금 생각해보면 그냥 저질러야 했어요."

뭉툭한 새살이 어리둥절한 붉은빛으로 물들었다.

"그때 덮쳐서 죽였어야 했어요. 차라리 내가 욕먹고, 잘리고, 감방 다시 가는 한이 있어도."

의사는 펜꽂이에서 수수한 볼펜을 뽑아들었다. 찰칵찰칵 꽁무니를 눌러 심을 확인했다. 주둥이를 문질러 잉크가 잘 나오는지도 확인했다.

"당신을 인정하긴 했나요?"

그리고 다시 기록을 이어나갔다.

"자기 주인, 상급자로?"

"인정이라기보다는, 챔피언 같은 자리를 두고 싸우는 거로 생각했나 봐요. 그래서 그날부터는 사사건건 날 이기려고 했죠."

남자가 흐물흐물 웃었다.

"이긴다는 게… 이긴다는 게 스포츠처럼 건전한 거면 얼마나 좋겠어요. 그놈은 날 쫓아다녀요."

환자가 몸을 숙였다.

"어딜 가든."

목소리를 낮추었다.

"날 없애려고요."

의사는 남자의 어깨가 들썩거리는 것을 보았다.

"선생님은 생각해본 적 있어요? 우리 생활의 얼만큼이나 되는 부분이 전혀 볼 수 없는 것들에 의존하는지?"

환자가 이곳저곳을 가리켰다. 그곳에는 아무것도 없었지만 사실 어느 것이든 있었다. 전등과 연기감지센서, 콘센트, 무선 신호

공유기…. 알량한 육안으로는 따라잡을 수 없을 만큼 크면서도 빠르고 섬세한 일상의 체계들.

"내 말은, 물 하나를 틀더라도 벽 뒤에는 그… 거대한 시스템이 있잖아요. 물을 끌어와서 정화하고 섞고 분배해주는."

남자가 말했다.

"그런 시스템이 너무 커서, 어디 중간에서 조금만 망가져도 우린 그 끝 제일 작은 발가락 하나 붙잡고 쩔쩔매잖아요."

그의 목에 벌겋게 핏대가 섰다.

"그 약삭빠른 놈이 작정하고 이런 시스템에 장난질 쳐놓으면, 우리가 뭘 할 수 있겠어요?"

"예시를 들 수 있나요?"

"예시요, 많죠. 엄청나게 많죠. 아주."

남자가 멀쩡하게 남은 손으로 몸을 긁기 시작했다.

"우리 숙소는 그날부터 전기도 안 들어왔어요."

손톱자국이 고랑처럼 깊게 팼다.

"물이나 가스도 그런 식이죠. 관을 잠그거나 계량기에 장난을 치거나. 어디 뭘 빼고, 더 끼워 넣고. 더 짜증나는 게 뭔지 알아요?"

작고, 날래고, 잡을 수도 내쫓을 수도 없는 도둑.

"그게 하는 짓거리가 날 죽이진 못해요. 정면으로 붙으면 난 그놈을 그냥 밟아 죽일 수 있어요. 근데 그놈은 직접 안 나서잖아요. 내 앞에."

그런 것이 있다면 참으로 끔찍하리라.

"잠도 제대로 못 자요. 아무리 열심히 대비해도, 누가 알아요? 나는 모르는 작은 틈새가 있을지? 그놈이 거기로 숨어들어서 콱

칼침이라도 박으면?"

남자가 가슴팍을 두들겼다.

"그놈은 내가 항복할 때까지 이렇게 생각하도록 만드는 거예요. 서서히 말라 죽도록….'

그 울림이 진료실 바깥까지도 들릴 것 같았다.

"난 생활이 있잖아요. 산 사람이잖아요. 못 먹으면 죽고 못 자면 죽어요. 근데 그놈한텐 그런 게 없어요. 먹지도 자지도 않고 24시간 계속 나만 괴롭히는 거예요."

남자는 자리에서 일어났다. 의자가 등받이를 깔고 벌렁 쓰러져 버렸다.

"자기한텐 그게 다니까, 어떻게 해서든 날 항복시키기만 하면 되니까!"

의사는 깜짝 놀라 고개를 들었다. 한창 필기에 열중하던 획이 굵고 거센 불순물이 되어 상담지를 횡단했다.

"선생님, 저를 안 믿죠, 그렇죠?"

의사는 대답을 유보했다.

"아뇨. 그런 게 아니라, 선생님이 진짜 어떻게 생각하시는지는 몰라도요, 아니 알아도 별로 중요하지도 않아요."

환자의 시선이 상담지로 향했다.

"선생님, 저를 안 믿죠? 그렇죠?"

엉망으로 마무리 된 필적. 그러나 그가 주목한 것은 그것을 쓴 손이었다. 그 안에 쥔 것이었다.

"선생님, 왜 펜을 바꾸셨죠?"

"예?"

"바꾸셨잖아요. 그냥 볼펜으로."

의사는 손에 쥔 것을 난생처음 보는 것처럼 살폈다.

"아깐 만년필이었는데."

"아… 별 이유는 없습니다."

남자의 표정은 변하지 않았다.

"그냥 잡히는 대로 꺼낸 거니까."

"아까 그 만년필은 어디 있나요?"

의사가 그 말을 듣고 책상 아래를 흘끔거리는 동안 남자가 단호하게 몸을 돌렸다.

"저는… 저는 그냥 가보겠습니다. 더 있다간 진짜로 위험해져요."

미처 붙잡을 새도 없었다. 의사는 저도 모르게 따라 일어섰다. 손을 뻗었을 때는 이미 남자의 뒷모습마저 잡을 수 없이 멀어졌다. 의사의 등 뒤로 매서운 바람이 슬쩍 들어왔다. 부르르 허리가 떨릴 만큼 찼다. 그래서 팔뚝을 비비며 몸을 돌렸다. 칠칠맞게도 외풍을 들이며 상담에 열중한 걸까. 그런데 뭔가 이상했다. 처음부터 연 것이라면 갑자기 춥다고 느낄 이유가 없었다. 도중에 연 것이라면, 왜? 그리고 누가?

의사는 창틀에 걸터앉은 손을 보았다.

손은 엄지와 뿌리로 바닥을 디딘 채 검지와 중지로 창문을 받치고 있었다. 남은 두 손가락으로는 최신의 전리품, 금박 장식이 된 만년필을 거머쥔 채였다. 창문을 여는 게 힘에 부치는지 그것은 약지까지 살짝 펴 바닥을 디뎠다. 그러면서도 만년필은 놓지 않았다. 그대로 의사는 창문이 열리는 것을 지켜보았다. 제가 지나갈 만큼 넓은 틈을 내자 손가락이 일어섰다. 환자가 묘사한 대로, 세 다리로 몸을 지탱하고 남은 둘로는 만년필을 집었다. 멋들어진 필기체 각인이 빛났다. 인사라도 건네듯 서성인 뒤 홀가분한 몸짓으로 그것은 뛰어내렸다.

바람 소리가 났다.

✳

"집은 저쪽인데요."

박 간호사는 침착하려 애쓰고 있었다.

"알아요."

의사가 성의 없이 대답했다. 차 문은 모두 잠겨 있었다.

"40 이상으로 밟으려면 이쪽이 나아서."

"납치하는 건가요?"

"꼭 들었으면 해서 그래요, 박간. 그리고 이렇게 안 하면 하지도, 듣지도 않을 이야기니까."

"카드가 세 장이라고 했죠."

박이 물었다.

"그럼 다음이 마지막이에요?"

의사는 대답하지 않았다.

3

"생수병에 붙은 라벨 방향을 보고, 처음으로 위화감을 느꼈다…."

의사가 고개를 들었다.

"구체적이네요."

"네. 선생님은 생수병 버리실 때 비닐 라벨 뜯어서 버리세요?"

"으음."

의사는 멋쩍게 머리를 쓸었다.

"솔직히, 귀찮아서요."

그러면서도 여자에게서 눈길을 떼지 않았다.

"그러면 구체적으로 위화감을 느낀 대상이, 그 라벨인가요 아니면 주변 환경인가요?"

"딱 라벨이요. 정확히."

딱 라벨이다. 의사가 여자의 말을 따라 했다.

"저는 평소에도 분리해서 버리거든요. 그래서 그날도 눈치챘죠."

여자는 이야기를 시작했다.

"라벨을 뜯는데, 붙은 방향이 평소랑 반대더라고요. 무슨 말인지 아시겠어요?"

의사는 그녀가 휘적휘적 손짓하는 것을 바라보았다.

"병에 빙 둘러서 감긴 게, 끝자락 겹쳐진 게 평소랑 반대더라고요."

"라벨이 거꾸로 감겨 있었다. 예, 이해되네요."

"같은 제품이었거든요. 근데 그런 건 처음이었어요. 디자인이 바뀌었나? 하고 말았어요."

여자가 말했다.

"근데 버리면서 보니까 다른 병들도 다… 생각해보면 그게 징조였던 것 같아요."

의사가 고개를 끄덕였다.

"다음 날 일어나보니까 생수병만 그런 게 아니더라고요."

여자가 양팔을 크게 휘둘렀다.

"온 세상이 다 뒤집혀 보였어요. 진짜 딱 저만 빼고 다 그렇게 변한 거예요.

"온 세상이. 본인만 빼고 그러니까… 글자나 그림도 전부."

의사는 무엇을 백팔십도 뒤집는 몸짓을 했다.

"거울에 뒤집은 것처럼?"

"네. 거울처럼. 딱 그렇게요."

여자가 두 눈을 질끈 감았다.

"TV를 켜도 자막도 거꾸로, 집 안 물건들도 다 거꾸로. 전등 스위치나 치약 뚜껑이나 단추나 커피 얼룩 묻은 이불, 달력, 시계… 이런 식으로 진짜 딱 저만 빼고 전부 좌우로 뒤집혔어요."

머릿속에 남은 광경을 그것으로 씻고 싶다는 듯.

"거울까지 뒤집히는 바람에 내 모습도 제대로 볼 수가 없어요. 아시죠? 무슨 말인지."

여자가 부연했다.

"원래 좌우만 바뀌는데 그게 한 번 너 바뀌니까. 병소에 내가 보던 얼굴이 아니잖아요.

"거울도 뒤집혔다…."

의사는 뭔가 깊이 생각하기 시작했다.

"그때부터 아무것도 못 하고 집에만 틀어박혀 있었어요. 휴가철이라서 다행이지 출근까지 했으면 진짜 미칠 뻔했어요."

여자가 절레절레 고개를 내저었다.

"집에서도 계속 그냥. 내가 무슨 병에라도 걸린 건지 찾아보려고 해도 TV든 인터넷이든 다 뒤집힌 글씨고, 대신 남는 시간에는 밖을 봤어요. 진짜 딱 사소한 거라도, 하다못해 조그만 전단 같은 거라도 아직 안 뒤집힌 게 없을까 해서요."

의사는 여자의 손을 보았다. 여자는 말을 흐리며 약지에 낀 반지를 매만졌다.

"근데 없는 거 있죠. 진짜 하나도."

세월이랄 것까지는 아니지만, 평소의 흔적인지 손가락 뿌리가 오목하게 들어가 있었다. 수수한 반지가 손길을 따라 조금씩 돌아갔다. 의사는 유심히 그것을 지켜보았다.

"다음 날에 남자친구가 걱정된다고 왔는데, 개도 뒤집힌 거 있죠. 보자마자 진짜 펑펑 울었어요. 왜 그러냐고 하는데 정말…."

여자는 계속해서 반지를 매만졌다.

"…암튼 그래서 개랑 얘기했어요. 뭐, 병원 가면 어딜 가나. 안과에 가나 정신과에 가나…. 그래도 누가 옆에 있으니까 좋았어요."

그 물건이 손가락에 끼워진 채로 몇 바퀴나 돌아갔을지 알기 힘들었다.

"알겠습니다. 구체적인 이야기 들려주셔서 도움이 많이 되겠네요."

의사가 허리를 펴며 정리했다.

"일단은 지속적으로…."

"아뇨."

필요 이상으로 단호하게 말을 자른 탓인가, 여자는 잠깐 스스로도 당황한 듯 보였다. 그러다가 다시 평정심을 되찾았다.

"아직 안 끝났어요."

여자가 목을 가다듬었다. 그 뒤로 이어질 말이야말로 진짜 중요한 부분이라고 암시하듯.

"사실 처음만 무서웠지, 며칠 지나니까 어떻게 살 만하더라고요. 진짜 무서운 건 더 있다가 일어났어요."

그녀는 두 손을 모았다.

"자는데 갑자기 이상한 소리가 들리는 거예요."

"어떤?"

"와자작, 하고. 뭔가 뭉개지는 것처럼."

그리곤 그 사이에 있는 것을 이겨 부수는 시늉을 했다.

"그래서 부엌에 가보니까 생수병이 하나 찌그러진 거예요."

그 광경을 곱씹는지 여자의 말이 조금씩 느려졌다.

"처음에 둔 자리 그대로인데, 아무도 안 건드렸는데… 꼭 혼자서 무너진 것처럼."

"맨 처음 라벨이 이상하다고 생각한 생수병과 같은 종류였나요?"

"네. 계속 마시던 브랜드니까…. 완전히 같은 건 아니죠."

그런 자질구레한 설명들.

"그건 버렸으니까, 그래도 말은 됐겠네요."

여자가 무언가 깨달았는지 히죽 웃었다.

"처음 변한 것부터 다시 돌아가는 거니까요."

여자는 시곗바늘이 돌아가는 것을 보았다.

"구겨진 병 있잖아요. 보니까 전에 봤던 거랑 다르게 라벨이 제대로 붙어 있더라고요. 원래대로 돌아간 거예요."

바늘들은 보이지 않는 질서를 따라 발생한 일들의 순서를 더듬었다.

"다른 건 아직 다 반대로 뒤집혀 있는데, 혼자만 돌아가다 그렇게 된 거죠. 근데 그게 끝이 아니에요."

여자가 하나하나 손가락을 꼽기 시작했다.

"이상한 소리가 들려서 가보면 뭔가 엉망진창으로 망가졌는데, 자세히 보면 그것만 원래대로 돌아가 있는 거예요. 하나씩 하나씩 고쳐지는 것처럼."

"뒤집힌 물건들이 차례차례 원래대로 돌아갔는데, 전부 망가져 있었다⋯."

"생수병 구겨진 게 처음, 다음 날은 시계였어요."

여자가 말을 이었다.

"시계. 거실에 걸어놓은 거. 뭔 소리 나서 가보니까, 볼 만하더라고요. 치즈처럼 엉겨붙은 게⋯. 얼마 지나니까 또 달력이 그렇게 됐죠. 탁상달력 침대 바로 옆에 놓은 거였는데. 그다음엔 덮고 자는 이불이었어요."

무슨 노랫말이나 무용담이라도 되는 것처럼 그렇게 하나하나 나열되었다. 다가오고 있었다. 무엇이? 어디를 향해?

"커피 얼룩이 제자리로 돌아갔는데, 숨이⋯."

문득 여자는 자신을 빤히 바라보는 의사와 눈이 마주쳤다.

"아. 죄송해요. 너무 저만 떠들었나요?"

그리고 여자는 말하는 내내 반지를 어루만지고 있었다.

"아뇨. 이야기하러 오신 거니까요."

의사가 손짓했다.

"얼마든지 더 하셔도 됩니다."

여자의 손가락 뿌리, 반지에 눌린 살갗이 답답하게 조였다. 그것은 어느새 잘 돌아가지 않았다.

"이불이 마지막이었어요."

여자는 뻑뻑한 가락지를 억지로 돌리다가 방향을 바꿔 쓰다듬었다. 반대편 손등에 뿌듯이 힘줄이 솟았다.

"이런 식으로 뭐가 망가질지 무서워하면서 사느니 차라리 다 뒤집힌 곳에서 사는 게 낫겠어요."

의사는 잠자코 그것을 지켜보았다.

"불안해서 잠을 못 자겠어요."

여자가 호소했다.

"또 눈뜨면 뭐가 원래대로….."

✳

의사는 잠시 입을 다물었다. 박 간호사는 그렇게 생각했다. 침묵은 쉽사리 깨지지 않았다. 대신 신발 밑창이 페달을 지나 바닥을 지르밟는 소리만 났다. 헛발질이었다. 의사의 발이 브레이크를 찾을 때까지 조금 더 걸렸다. 차가 멈추었다.

시내 밖 간선도로는 굳이 해가 지지 않아도 인적이 드물었다. 가로등이 오가는 이 없는 길을 밝히는 가운데 둘은 멈춰 있었다. 박 간호사는 천장 손잡이를 부여잡던 손길을 놓고 옆자리를 힐끔거렸다. 취한 것을 넘어 아예 잠들거나 해버린 줄 알았건만 그 반대였다. 술 냄새는 여전했지만 눈빛은 전에 없이 또렷했다.

"그게 끝이에요? 상담해준 거?"

"박간. 그 여자가 뭐라고 했죠?"

의사가 물었다.

"세상이 자기 빼고 다 뒤집혔다고?"

그리곤 잠시 숨을 골랐다.

"그래서 거울 속에서도 자기가 원래대로… 근데, 박간이 한번 생각해볼래요?"

의사가 말했다.

"거울을 뒤집는다고 거기 맺히는 상도 뒤집히나?"

박 간호사는 생각했다. 그러나 먼저 차 문부터 열려 했다. 안전벨트를 푸는 손길은 신속하고도 정확했다. 의사는 재빨리 기어를 넣었다. 몸이 확 뒤로 젖혀지는가 싶더니 이내 차는 백팔십도 방향을 틀었다. 다시 시내로 향하게 된 두 사람이 서로를 보았다.

"부엌의 생수병, 거실 시계, 자기 방 달력, 덮는 이불. 점점 가까워지죠. 다음은 뭐겠어요? 근데 너무 진지하게 생각하지 말고요."

의사가 말했다. 녹아 흘러내리는 말문을 애써 붙들어 세우며.

"박간 이제 집에 데려다줘야죠. 그 전에 진짜 딱 한 개만 더합시다. 박간. 기적의 생환자."

의사가 힐끔 박 간호사의 얼굴을 곁눈질했다.

"기적은, 원래는 일어나면 안 되는 일이거든."

그것이 정확히 무슨 뜻인지 따져 묻기에는 미처 경황이 없었다.

"내가 박간한테 험한 말 하고 싶은 건 아닌데요, 되면 안 될 일이란 말이야. 그래서 네 번째 카드가 그래 나온 거거든."

흰 이를 빛내며 웃던… 마치 소독약처럼 깨끗한 미소의 해골.

"앞의 세 장을 피할 방법으로, 그것밖에는 뽑을 게 없던 거거든."

올 때보다 훨씬 빠른 속도로 차는 달렸다. 야경이 성큼성큼 다가왔다.

"계속 버티면 시샘을 받는 거야."

그것의 손에 들린 낫, 여문 곡식을 훑어내는 겨울의 사자… 끝을 알리는 사신의 그림.

"그래서 이상한 사건을 던져대요. 슬슬 덫으로 모는 것처럼 그 주변까지. 원래 자기가 가질 사람에다가 괘씸죄로 얹는 거지요, 싹 그냥."

붉은 정지등이 둘을 붙잡았다. 다리를 처음 움직여보는 사람처럼 의사는 발꿈치를 내리눌렀다. 브레이크가 찍히며 대화도 중단

되었다. 힘이 달려 주차 대신 중립으로만 뺀 기어. 새하얗게 질린 박 간호사가 그 찰나 질끈 입술을 깨무는 것을 의사는 보지 못했다. 돌연 문을 열어젖힌 박 간호사가 도로로 뛰어든 것 또한 예상 밖의 일이었다. 우회전 차선에서 슬슬 주둥이를 빼던 택시가 화들짝 뛰어올랐다.

"빨리, XX동 XX번지요!"

공포를 억누르고 가까스로 내뱉은 박 간호사의 목소리를 의사 또한 들었다. 얼떨떨한 듯 멈춰선 택시가 곧 출발하였다. 차창 속 빈 차 알림이 착실하게도 꺼졌다. 멀어지는 후미등을 의사는 착잡한 눈빛으로 바라보았다. 선명한 그것은 점차 도시의 야경으로 녹아들어 머지않아 눈밭의 발자국처럼 보이지 않게 되었다. 남겨진 의사와 함께 덜렁 열린 조수석 문짝이 머쓱하게 흔들렸다. 택시 뒤로 잘 들어오던 다른 우회전 차량들은 졸지에 앞길을 가로막힌 꼴이 되었다.

클랙슨이 짐승 떼처럼 사납게 울어댔다. 주변을 걷던, 무관계한 행인의 시선까지 일제히 의사와 그의 덜렁 열린 문짝을 보고 있었다. 의사는 상반신을 기울였다. 몸이 안전벨트에 걸려 손이 닿지 않았다. 그는 벨트를 풀고 재차 눕다시피 몸을 뺐다. 조수석을 가로지른 손끝이 팔걸이를 스쳤다. 알코올에 절인 운동신경은 처음의 기회를 놓쳤다. 무심결에 기어를 밀쳐 주행에 맞춘 의사의 허벅지는 자신이 무얼 하는지도 몰랐다.

막 노란빛으로 바뀐 신호를 보고 통과를 확신한 레미콘 기사는, 고개를 디밀던 승용차를 보지 못했다고 진술했다.

한편 도로 한복판에서 난데없이 승객을 태운 기사의 이야기도 있었다.

기사는 무슨 말이라도 꺼내야 할까 고민하다가 그러지 않기로 했다. 흘깃 백미러로 살핀 승객의 안색은 곧 죽을 사람의 그것처럼 창백했다. 박 간호사는 파르르 떨리는 입술을 깨물며 고개를 숙였다. 계속 얼굴을 들지 않았다. 기사가 기적의 생환자로 뉴스를 탄 자신을 알아볼지 모른다는 계산적인 생각은 할 수가 없었다. 머릿속에는 방금 들은 얼토당토않은 말을 몰아낼 마음뿐이었다. 갈퀴처럼 구부린 손가락이 벅벅 얼굴을 할퀴었다. 손끝에 무언가 맺혔다. 얕은 상처가 자꾸 생겼다.

아무리 집요하게 파헤치더라도 머릿속 기억을 끄집어내기에는 턱없이 부족했다. 박 간호사는 의사의 기묘한 이야기가 현실과 맞닿는 지점을 떠올릴 수밖에 없었다. 천장에서 물이 샌다며 투덜거리는 어머니. 의수를 달 형편도 못 되어 한 손으로 교도소에 들어간 오빠. 그리고 얼마 안 가 휴가철을 맞이할 젊은 여자인 자신을 떠올렸다.

돌연 약지 뿌리가 빠듯하게 아팠다. 당연하게도, 그녀는 항상 같은 쪽으로 반지를 끼었다. 양손을 펼치자 반지는 그대로 있었다. 그러나 자국이 없었다. 고리는 뻑뻑하게 살을 꽉 조였다. 불그스름하게 눌린, 반지에 맞게 줄어든 자국은 정작 그 반대편에 있었다. 틀린 그림 찾기처럼 자국과 반지가 각각 반대편에서 서로를 관찰하였다.

어느 쪽에서 처음부터 옮겨갔는지, 또는 아직 남아 있는지 그녀로서는 알 수 없었다.

● 초고 2021년 1월 1일

세상이 넓어지며 우리네 생각의 촉수는 깊게 뿌리내리길 포기했다. 우리는 하루에도 수천 가지의 무언가를 보고 듣지만 개중 진정 안다고 말할 수 있는 것은 손에 꼽을 만큼도 없다. 그렇게 스쳐 지나가는 것 중에는 내 일은 아니겠지, 하고 넘기게 되는 이야기들이 태반이다. 교통사고나 큰 병, 낡은 속임수로 남의 돈을 노리는 보이스피싱 사례 등.

그리고 개중 많은 것들이 막상 발등에 떨어진 불이 되거든, 즉 '내 일'이 되거들랑 항상 일어나는 일이 또 있다. 모든 게 소문과 똑같이 굴러가진 않더라는 것. 직접 겪은 사람이 아니면 설명할 수 없는 묘한 뉘앙스. 나중에 '한 발 떨어져서 보면'이라는 단서가 붙지만 당시 그걸 겪은 사람에겐 도저히 물러날 겨를이라곤 없던 그런 일. 그래서 아무리 곱씹어보더라도 그 순간만큼은 온 세상의 무정한 광야 한복판에 나 한 사람만 똑 나뒹굴었던 것 같은 기묘한 서글픔.

문자가 온 것은 늦은 밤이었다.

✳

'엄마 나 지금 폰 망가져서 인터넷으로 문자하고 있어'

나는 미혼자다. 더군다나 엄마라고 불릴 만한 사람도 아니다. 부모 노릇 하기에 부족하다는 게 아니라 생물학적으로 엄마가 될 수 없다. 아무튼 그런 나에게 첫 삽도 뜨지 못한 가족계획의 완성품부터 대뜸 들이미는 이 문자는 물론 보이스피싱이다.

'보면 빨리 답장해줘'

시쳇말로 '안 봐도 비디오'다. 내 머릿속에는 이미 손금만큼이나 자세한 일의 전개도가 펼쳐졌다. 폰이 망가졌다는 말로 확인 전화를 방지한 뒤 '급히' '편의점으로 가서' '기프티콘을 사달라'고 하겠지. 그 뒤는 구매한 기프티콘에서 현금화할 수 있는 일련번호만 쏙 빼먹고 끝. 나나 친구들이나 게임에 관심이라곤 없어서 정확한 사용법까지는 모르지만, 대충 이런 식일 터이다. 진부하기 이를 데 없다.

중장년층에게 생소한 '기프티콘'이라는 침목을 하나 괴어놓았을 뿐 기본적으론 지인 사칭이라는 닳고 닳은 수법이지 않은가. 그리고 이 수법이 잘 알려진 것만큼이나, 이건 재미있는 기회다. 어수룩한 사기꾼을 재치 있게 살살 약 올리면 괜찮은 무용담도 될 테다. 세간에는 이런저런 보이스피싱 경험담만큼이나 그런 사람들한테 함부로 장난치지 말라는 경고도 많지만…. 그놈들이 열받아봤자 뭘 할 수 있단 말인가?

갖고 있는 건 내 전화번호랑 이름 석 자뿐. 기껏해야 내 번호를 훔쳐 음식을 주문하는 그야말로 찌질하기 그지없는 일 아닌가. 사기꾼들도 어차피 업(?)을 내팽개쳐둔 채 나 한 사람만 계속 괴롭힐 수도 없을 것이니 글쎄. 여차하면 전화번호를 바꿔버리면 끝날 일이다.

'엄마가 문자 좀, 늦게 보았네'
그런 생각으로 나는 답장을 보내기로 했다.
'지금, 학교야?'
"오타도 좀 섞어서… 보내기!"
답장이 갔다. 소위 '아재체'를 흉내낸 것이었다. 조금 오버한 것 같지만 이런 짓이나 하는 사기꾼이라면 어차피 무지렁이들 아니겠는가. 의심은커녕 입질이 오자마자 풀 스윙으로 대를 거두어들일 것이다. 아직도 이런 수법에 기꺼이 속아주려는 세상 물정 어두운 분이 계시는구나. 분명 두 손을 싹싹 비비며 군침을 흘리겠지. 고마우신 분. 그대께서는 오늘 우리의 일용할 귤껍질과 덮고 잘 생활정보지 한 겹을… 어라!
내가 보낸 답신을 다시 검토했다. 치명적인 실수를 했다는 생각에 짧게 깎은 머리카락이 바짝 곤두섰다. '지금 학교야?'라니! 이 야밤에 학교는 무슨 학교? 돌아오지 않는 답장. 아아, 어쩌면 사기꾼이 눈치챘을지 모른다. 에이, 재수 옴 붙었네 하며 싯누런 침을 탁 뱉고 다음 사기 대상을 물색 중인지 몰랐다. 그렇게 되면 더 놀려먹을 수도 없다.
"아냐—'
수신음이 울렸을 땐 그래서, 내용보다는 답장이 왔다는 사실 자체에 더 마음이 갔다.

'─지금 학원이야'

"학원? 무슨?"

눈살이 찌푸려졌다. 그야 이 시간이면 학교보다는 학원이라는 게 더 어울리지만….

"설정에 공을 들이는 놈들이야."

나는 어디선가 본 싸구려 수사물의 주인공 말투를 따라 중얼거렸다.

"보통내기가 아니지. 치밀하게 대화를 이끌어가는 거야."

한편 그러면서도 한 손으론 답장을 쳐서 보냈다. 손가락들은 익숙한 관성을 타고 화면 위를 미끄러졌다. 투명하고 거의 종잇장처럼 얇은 디스플레이다. 전화기는 얼마 전 기계를 통째 돌돌 마는 모델이 나오자마자 산 것이었다. 정면에 어떤 물리적 버튼도, 베젤도 없고 심지어 디스플레이 진동 기술을 채택하여 스피커마저도 제거한 현대과학의 집성체. 원래 혁신적인 제품은 초도물량이 다 떨어질 때까지 추이를 지켜보고 살지 말지 결정하는 게 맞지만, 만화영화에나 나오던 놀라운 기계를 직접 내 손으로 만져볼 수 있다는 기대감만으로도 지갑을 벌리기엔 충분했다.

"그래, 공부, 열심히…."

연달아 두 번째 수신음. 나는 쓰던 것을 멈추고 그 내용을 보았다.

'쪽지 시험 3연속 불합격하고 엄마 친구 소개로 새로 등록한 데잖아'

머릿속에 불이 들어왔다. 빨간색이면 경고, 푸른색이면 안심. 켜진 불은 그러나 한 번도 본 적 없는 빛깔이었다. 의미 불명. 그 말이 딱 알맞았다.

"…설정 치밀하네. 응."

사기꾼이 보낸 수상쩍은 문자 앞에서 나는 어떤 표정을 지어야 할지 알 수 없었다.

"빈틈이 없어. 응."

누가 내 말을 되받아쳐, 맞아, 맞아, 네 말이 옳아. 라고 도장이라도 찍어주길 바라는 듯 나는 굴었다. 편안하게 늘어져 있던 몸은 어느새 두 발로 일어선 채 방 안을 빙빙 돌고 있었다. 무심한 상태라는 걸 보여주고 싶지만 실은 누구보다도 일이 돌아가는 것을 의식할 수밖에 없는 여느 을(乙)의 모습처럼, 나는 내가 초조해하는 것도 모른 채 초조해하고 있었다.

쪽지 시험 불합격? 엄마 친구 소개로 등록한 학원? 너무 자세하다. 그냥 보이스피싱은 아닌 것 같다. 어쩌면 치밀한 조사가 뒷받침하는 정확한 목표가 있었는데 그만 나한테 잘못 걸어버린 걸까. 하지만 그렇게 따져도 말이 안 되긴 마찬가지다. 그 집 자식이 학교에서 쪽지 시험 치른 것과 그 성적을 하나하나 조사하는 대신 처음부터 각종 금융정보를 노렸다면 굳이 누굴 사칭할 필요도 없지 않을까?

물음표의 미궁을 헤매던 차 수신음이 울렸다. 사기꾼과의 대화창이 아니라 다른 번호에서 온 것이었다. 내용을 살폈다.

'알림 XX은행 ***409101'

"뭐?"

'월말 자동이체 예금주 원리원점학습수학 450,000원'

"이게 뭐야? 뭐?"

내 말투는 또 어느 싸구려 수사물의 피해자 흉내인가? 잘 모르겠다. 다시 보았다. 내 주거래은행이 맞고, 뒤에 적힌 계좌번호도 내게 맞다. 전화번호도 평소에 은행에서 보내던 그 번호다. 근데 돈이 나가? 어디로? 원리원점학습… 수학학원?

한동안은 허둥지둥 휴대전화도 제대로 쥐기 힘들었다. 그러나 수도 없이 본 보이스피싱 피해 사례를 되새기며 마음을 다잡았다. 그래. 이건 그거다. 결제되지도 않은 것을 보내놓곤 확인하려면 여기 눌러보세요~ 라며 피싱 사이트로 유도하는 부류다. 폰에 은행 애플리케이션을 깔아두었으니 거기 직접 접속해서 잔고를 확인하면 될 일이다. 나는 황급히 홈 화면으로 돌아와 앱을 찾았다. 그때 문자의 한 구절이 낙인을 찍듯 머릿속에 새겨졌다. '자동이체.' 그렇지. 자동이체잖아.

내가 그렇게 되도록 해놓았는데.

쪽지 시험 결과는 언제든지 홈페이지에서 확인할 수 있었다. 세 번 연속으로 불합격이라니. 조금 있으면 기말고사도 치를 텐데 진지하게 이야기해보아야겠어. 그렇게 생각하며 손톱을 매만지던 것도, 아침에 기운 없이 집을 나서던 모습을 보며 그래도 지가 제일 힘든가 보지? 생각했던 것도 떠올랐다. 그날은 그래서 늦게 들어온 아이한테 별말 않고 치킨을….

"뭐? 무슨 소리야 이게?"

이상한 느낌이 들었다.

"잠깐만, 내가, 그때… 언제?"

잠깐이나마 내게 자식이 없다는, 아니 없을 수도 있다는 생각이 들었다. 통장 잔고는 내 기억과 정확히 맞아떨어졌다. 자동이체된 것을 두고 쓸데없이 호들갑을 피우고 있었다. 아마도…. 나는 아이에게서 온 문자를 두고 내가 무엇 때문에 그리 난리를 피

웠나 후회스러웠다.

'엄마 암튼 지금 편의점 갈 수 있어??'

그때 수신음이 울렸다.

'가면 기프티콘이라고 카드 같은 거 있어'

그 두 문장이 도화선이 되어 내 시야를, 육안이 아닌 나 스스로를 투명하게 걷어주었다. 요동치는 스노우 글로브처럼 엉망진창이던 머릿속이 일제히 가라앉았다.

그래. 편의점과 기프티콘. 있지도 않은 내 아이. 이건 보이스피싱이다. 여기 있는 이곳의 젊은 남자인 내가 지금 보이스피싱 시도를 맞닥뜨리고 있다. 더도 덜도 말고 딱 그렇게 된 일이다. 명료해진 잇속으로.

"아유, 엄마 지금, 바쁜데, 어쩌지?"

나는 복수의 칼날을 벼렸다. 이제 이 어수룩한 사기꾼을 더욱 더 깊은 연극 속으로 끌어들일 일만 남았다.

"…그리고 편의점에서, 뭐 사면, 비싸. 오케이, 전송!"

답장은 금방 돌아왔다.

'잠깐도 안 돼? 엄마 이거 돈 버는 거야 15만 원짜리 6장 사면 돼'

90만원이라니? 자식이 쪼르르 달려와 사달라고 내미는 것치곤 좀 비싼 것 같다. 어쩌면 사기꾼은 내 번호의 주인이 부유한 사모님이라고 생각하고 있는지 모른다. 은행 창구에서 접수 순서를 갖고 실랑이를 벌이는 자칭 VIP 고객이 아니라, 전화 한 통이면 곧장 지점장과 독대하며 따끈한 커피까지 대접받을 수 있는 그런 사람 말이다.

여기서 뭐라고 더 보내면 사기꾼의 속을 살살 긁을 수 있을까,

그런 고민을 하며 휴대전화의 모서리를 매만졌다. 홈 버튼은 하
얗게 벗겨진 부분이 고스란히 드러났고, 오래되어 케이스도 여러
번 바꾸었다. 칠이 바랜 부분들도 드문드문 있었다.

'전에 상품권도 잘못 샀잖아 엄마 이거도 사면 환급해준대. 빨
리 가야 돼'

이건 또 무슨 강박적인 뒷조사의 산물인가. 나는 혀를 차다가
불현듯 무언가 떠올렸다. 찬장 맨 위에 올려놨었는데? 있다. 빳
빳한 봉투다. 안에는 더 빳빳해서 손을 베일 것만 같은 지역사랑
상품권이 5만 원권으로 열 장. 500,000원. 1인 구매 한도다. 상품
권 자체는 특별할 것 없이 으레 있는 지역화폐다. 잘못 샀다는 게
그런데 무슨 뜻이지? 나는 아이와 나누었던 대화를 곱씹었다.
다음 주에 가서 산다니까? 그렇게 들었다. 그럴 시간 없어. 저번
달에도 못 샀잖아. 그냥 내일 바로 가. 라고 대답했다.

기억이 났다.

한 달 1인 구매 한도가 50만 원. 처음엔 조금 늦게 가도 그만큼
넉넉하게 챙길 수 있었다. 구매 장려를 위한 할인율도 무려 10퍼
센트. 즉 50만 원어치를 사면 실제로 지출하는 것은 45만 원. 그
렇게 알뜰살뜰하게 살림을 꾸리고 다음 달이 되어 또 사러 갔는
데 웬걸? 할인율이 그새 5퍼센트로 줄어들었다. 이제 사람들이
몰릴 만큼 몰렸으니 그런 걸까.

"참 내. 손바닥 뒤집듯이 정책을 바꾸니까 허구한 날 욕만 먹지."

아쉬운 대로 일단 구매는 했다. 2만5천 원이라도 돈 버는 건
그대로니까. 그런데 한 번 더 이게 웬걸? 며칠 만에 할인율이 원
래대로 돌아왔다. 10퍼센트. 업체랑 손발이라도 안 맞은 걸까?

이유는 알 수 없었다. 배포처에 전화를 걸어 항의도 해봤지만 이미 이번 달 치를 다 샀다면 어쩔 수 없다며 난색을 표할 뿐이었다.

"아 거 봐! 좀 있다가 사면 2만5천 원 더 버는 건데! 엄마 때문에 괜히 일찍 가서 고생만 했잖아."

틀린 구석이라곤 없는 그 말에 꿀 먹은 벙어리가 되던 순간이 고스란히 떠올랐다.

"하여튼 책상물림 한 양반들이 펜대 굴릴 줄만 알지…. 아유, 그래서 뭘 사면 된다고?"

나는 글씨가 작다는 생각을 하며 화면을 확대했다. 손가락이 미끄러져 홈 버튼을 뒤덮은 우둘투둘한 비즈 스티커를 스치고 지나갔다. 아이가 어린 시절 장난치다가 붙인 것이었다. 보기 흉하긴 했지만, 버튼이야 잘 눌리기만 하면 그만이니까.

'거기 뒤에 긁으면 숫자 나와 엄마'

문자가 왔다.

'그거만 보내주면 내가 알아서 할게 엄마'

숫자라. 아마 일련번호다. 그것을 등록하면 지정된 금액이 입금되는 식. 말하자면 가장 중요한 부분. 나는 휴대전화의 금이 간 부분을 어루만지다가 깜짝 놀랄 수밖에 없었다. 손아귀에 쥔 것은 분명 내가 직접 사용자 설정을 끝마친 내 전화기였지만, 어떤 버튼도 이음새도 없이 종이처럼 얇고 매끈했다. 아이가 어릴 때 분명 좀 더 투박하고 튼튼한 모델로 바꿨던 기억이 났는데, 어머니, 소리로 말문을 여는 판매원을 보며 내가 언제 이렇게 나이를 먹었을까 생각하던 게 생생한데…. 보이스피싱, 보이스피싱, 보이스피싱. 왠지 몰라도 그 말이 자꾸 머릿속을 맴돌았다.

거미줄에 붙잡힌 것처럼 생각의 보폭이 자꾸만 어긋났다. 나보다 먼저 잡혀 죽은 벌레들의 유령이 푸르스름한 메아리로 떠돌았다. 보이스피싱. 보이스피싱. 보이스피싱. 귓구멍이 간지러웠다. 맛이 들리는가 했더니 소리가 풍겼다. 어렸을 때는 어딜 가든 집 전화가 있었다. 비누 냄새가 나는 수화기. 기다란 몸통을 쥔 채 양쪽 끝을 귀와 입에 대고 있으면 가끔은 목소리가 나오기 전 뚜- 하는 연결음이 간지러웠다. 전화기 속 목소리. 나에게 말하는 목소리. 얼굴도 본 적 없는 누군가의 **보이스피싱!**

나는 자리를 박차고 일어났다. 내가 언제 다시 앉아 있었는지 알 수 없었다. 무분별하게 흩뿌린 물감 자국이 특정한 순간 특정한 관점에서 한 폭의 대형 프레스코화로 탈바꿈하는 것 같았다. 그리고 프레스코화가 정확히 뭔지도 모르면서 그저 그럴듯한 어감 때문에 이 순간 떠올려버렸다는 점이 더욱 이 보이스피싱에 대한 분노를 부채질하였다.

안 되겠다. 뭔가 이상하다. 잘못된 건 확실한데, 잘못되었다는 그 간편한 인식 탓에 가려진 더 큰 부조리가 이 사기꾼에게는 있다. 재치 있는 입담이고 누굴 골려 먹고를 떠나 당장 그만두어야 한다. 장난에 말려든다고 생각하는 사람의 장난에 나는 말려들고 있었다.

"나, 아이, 없음."

나는 어설픈 흉내를 집어치우고 내 정직한 분노를 담아 꾹꾹 엄지를 눌렀다.

"이럴 시간에 다른 일이나 찾아보셈, 차단함."

타이핑이 완료되는 대로 띄엄띄엄 날 선 말을 전파에 실어 보냈다. 그런데 도중에 사기꾼의 말풍선이 끼어든다.

'엄마 근데 타자 되게 빠르다'

아니야, 아니야, 아니야, **안 돼!**

'원래 그렇게 못했잖아'

뭐지? 뭔데? 뭐가? 나는 근거 없는 두려움에 사로잡혀 방 안을 둘러보았다. 지금 당장 누군가가 이곳으로 들이닥칠 것만 같았다. 세상의 어딘가에서 오직 나를 죽이기 위해서라는 목적만을 내건 채 수백 건의 회의와 계획이 입안되고 있는 느낌이었다. 무슨 일이 벌어졌던 것 같은데, 다만 확실한 것은 내 심장이 바싹 오그라든 채 부스럭거리고 있다는 것뿐이다.

'예전에 내 젖병 데우다가 손 다쳤다며'

"아악!"

'흉터 볼 때마다 그 얘기 했잖아'

억눌린 신음은 덧난 상처처럼 내 몸속을 휘저었다. 나는 손목을 감싸고 주저앉았다. 손가락의 뼈마디가 쑤신다. 날씨가 꾸무럭거릴 때마다 항상 있는 일인데, 인제 와서 유난 떨 까닭이 없다. 나는 소금꽃처럼 얼룩덜룩 색이 섞인 손바닥을 살폈다. 화상치료의 흔적이었다.

그날따라 유독 아이가 밥을 보챘지. 삶던 젖병을 대충 헹구었다고 생각하고, 충분히 식었겠지, 잠깐은 괜찮겠지 생각하며 맨손으로 쥐었다. 그런데 웬걸. 아직 삶의 관록도 굳은살도 덜 박인, 말하자면 초보 엄마라서 그랬을까. 섬뜩한 불길함이 등줄기를 타고 올라왔다. 이내 끔찍한 고통이 손을 휘감고 놓아주지 않았다. 치실처럼 가느다란 불길이 손금 구석구석까지 파고들어

생살을 헤집었다. 비명을 지르며 젖병을 집어 던졌지만 고통은 쉬이 가시지 않았다. 한편 큰 소리가 나자 아이도 완전히 목을 놓아버렸다. 와아앙. **와아아앙!**

그것도 이제 오래전 일이 되었다. 정말 아팠지만, 그래도 가장 먼저 떠오르는 것은 따로 있었다. 손가락 사이사이를 부드럽게 마사지해주자 아픈 것도 좀 줄어들었다. 나는 웃으며 다시 휴대전화를 집었다. 두껍고 볼품없어진 내 손. 소싯적 처녀 시절엔 버스에서 만난 웬 할머니가 대뜸 손이 예쁘다고 칭찬도 했었는데. 킥킥대며 반대쪽 손을 쓰다듬는데 어라.

피부가 탱탱했다. 그리고 선이 굵고 묵직했다. 꼭 남자처럼…?

"이게 뭐야?"

물론 그것은 내 손이다. 나만의 손이다. 나일수밖에 없는 지금 나의 손이다.

"너 누구야?"

젊고, 남자이며, 결혼도 안 했고 따라서 기프티콘을 보낼 자식도 없는 나만의 두 손이다.

"무슨 짓을 하는 거야!"

뻔한 말. 뻔한 반응. 내가 아닌 누구라도 할 수 있는 말. 그러나 그게 바로 핵심이다. 누구라도 나처럼 할 것이다. 할 수밖에 없을 것이다. 당장 소용돌이에 휘말렸는데, 천지를 뭉개는 돌풍이 내 귀청을 찢고 비명마저 집어삼켜 버리는데, 그 상황 어디에 좀 더 똑똑하게 굴 기회 따위가 있단 말인가.

'그것도 생각나네. 엄마 생각나?'

뒷목이 지글거렸다. 층층이 쌓인 뼈가 저희끼리 층간소음을 주고받는 것처럼 아팠다.

'예전에 나 데려다주다가 뒤에서 받힌 거'

허리를 숙이는데 옆구리가, 어깨가, 등이 쑤셨다. 누가 몸속에 갈고리들을 걸고 이리저리 잡아당기는 것 같다. 후두둑 무언가 떨어졌다. 나는 머리를 끌어올려 묶으며 방바닥을 살폈다. 손등에 길고 비스듬하게 상처가 나 있다. 벌어진 틈에서 알로에처럼 방울방울 피가 맺혔다. 더 아픈 것은 그러나 이 집에 얽힌 추억이다. 내내 전세살이를 하다가 아이가 중학교에 올라갈 무렵 여기저기서 변통하여 마련한 집. 비록 입지가 안 좋아 주변이 끝을 모르고 치솟을 동안 고사리 기지개 켜듯 빼꼼 올랐지만 그래도 우리 가족이 사는 우리 집이었다….

생각이 가물가물 명멸했다. 강의 여울이 된 듯 흐늘거리는 눈앞으로 거울이 지나갔다면 그 속에 매번 비치는 얼굴은 그때그때 달랐으리라. 코딱지만 한 언덕을 두고 짓이긴 양측 병사들의 몸을 추적추적 바르는 정신 나간 고지전처럼, 찰나에 불과한 시간 나는 내가 생각하는 내가 내가 아는 나인지 알 수 없는 상태로 몇 번씩이나 스스로의 주인과 하인의 역할을 바꿔 맡았다. 나는 몸을 일으켰다. 나는 자식이 없지만, 나는 결혼하지 않았지만, 나는 젊고 튼튼하지만, 아아. 찬장 맨 위편에는 상품권이 든 봉투와 아이가 초등학교 사생대회에서 받아온 트로피가 있고. 일찌감치 만들어둔 청약통장과 입시설명회 기념품들이 있고.

"나가! 나가!"

나는 허벅지를 꽝꽝 두드리며 발걸음을 옮겼다.

"나가! 나가!"

내 집을 털러 온 도둑놈이 있었다면 그 순간 나는 그에게 모든 것을 위임한 채 줄행랑을 쳤을 것이다. 그곳을, 내 집을 당장 떠나는 게 효과가 있을진 몰라도 당시의 내가 유일하게 할 수 있는 일이었다. 입안에서 피 맛이 났다. 온몸에서 힘이 빠지고 고통의 파도가 밀려와 의식을 고꾸라뜨렸다. 몸의 아래위로 동아줄을 동여맨 채 줄다리기의 기준점으로 삼아진 것 같았다. 허리가 끊어지지 않도록, 제정신에서 벗어나지 않도록 나는, 문자가 왔다.

'어렸을 때 공원에서 같이 보드 타다가 부딪쳤잖아'

아아, 안 돼. 안 돼. 안 돼.

'엄마 다리 부러지고'

예정된 일이다. 나는 이제 늙었다. 젊은이들에 비하면 아무래도 뭐든지 반 박자 늦고 더 고되다. 종아리 밑으로 영 뻣뻣해진 다리가 몸의 나머지를 맨바닥으로 엎어뜨렸다. 허우적허우적 팔을 내밀지만 이마와 콧등이 이미 충격을 나누어 먹었다. 머릿속에 언 밥을 한가득 쳐넣은 것처럼 사고가 마비되었다. 코피가 터지자 무슨 연유인지 다리뼈가 쑤셨다. 쇠를 박아 고정한 것이다. 덕분에 공항에서 매번 치료 이력을 설명해야 했지. 아이는 일찌감치 금속검색대를 통과하여 저만치에서 기다리고. 다시 문자.

'참 그러고 보니 그냥 내가 살걸 그랬나'

문자가 어디서 어떻게 나오는지도 모르겠다. 내가 어딜 보고 있는지도 모르겠다. 내 휴대전화는 헌신적으로 화면을 밝혔다. 천장의 등은 환하게 켜져 있지만 대화창의 빛에 비하면 거의 느껴지지도 않는다. 잠드는 이는 그 사실을 모른다. 그는 눈앞의 모든 것을 기억에 꿰어 내붙이면서도 아직 자신이 보고 있다고 믿는다.

'엄만 안 그래도 몸조리 잘해야지'

나는 배를 깔고 엎드려 있었다. 가슴이 늘어진 곳부터 아랫배까지, 개미둑처럼 불룩하게 솟은 살집이 바닥에 닿았다. 찼다. 갑자기 위험하다는 생각이 들었다. 벌떡 일어나려다가 천천히 몸을 가누었다. 매사에 행동을 조심해야 한다. 큰일 난다. 왜냐하면, 왜냐하면 나는.

'막내도 있는데'

나는 악몽처럼 부푼 뱃가죽을 보고 울부짖었다. 개구리가 억지로 나팔 소리를 내려는 것처럼 우스꽝스러웠다. 문득 내 아이를 떠올렸다. 문자 너머의 아이. 원리원점학습수학에 다니는 내 아이. 딱 거기까지만, 오직 내 배가 아파서 낳은 아이라는 사실만 필요할 뿐 정확히 아들인지 딸인지, 몇 살인지조차 의미가 없는 기묘한 혈육의 정.

"아니야! 아니야!"

팔다릴 바동거리자 힘을 못 이긴 몸이 이쪽저쪽으로 튀었다. 목청껏 소릴 질렀지만 쉬어버린 목소리는 어떻게 들어도 내 것이 아니었다. 나도 모르는 나를 규정하는 경계선들이 폭격하듯 마구 쏟아져 내렸다. 제각기 작은 기억의 왕국을 구축한 그 모든 진짜배기 추억들 속에서 조각상처럼 분명한 실체를 갖춘 것은 물론, 다리엔 쇠를 박은 채 올려 묶은 머리에 머잖아 늦둥이의 엄마가 될 중년 여성이었다. 나는 위험하다고 생각했다. 생각하려 했다. 나는 여기에 있다. 내 휴대전화는 칠이 벗겨지고 액정에 금까지 간 구닥다리 모델이 아니다.

나는 다리가 부러지고 손을 데었다. 교통사고도 겪었다. 십수

년간 누군가의 엄마로 살며 점차 스스로를 돌보는 것을 잊어갔다. 머릿속의 내밀한 부분에서 쉴 새 없이 종소리가 울려 퍼졌다. 경고의 의미였다. 나를 잇던 가장 깊고 단단한 생각의 뿌리들이 내뿜는 단말마였다. 그러나 그들이 부르짖는 것은 고통이 아니었다. 오히려 그 반대였다. 덧씌워지는 경험 속 가장 위험한 것은 고통이 아닌 그 뒤에 오는 것이었다. 고통보다도 더욱 진한 망각이었다.

아이가 우는 소리를 듣자 손의 아픔은 한결 덜해졌다. 얼마나 배가 고팠으면 그렇게 보챘을까, 평소에 투정도 않고 잘 자던 아이인데. 내던져버린 젖병을 얼추 헹궈 식힌 뒤 분유를 채웠다. 아이를 어르기 시작했다. 병을 쥔 손에서 살갗이 흘러내렸지만 가까스로 참았다. 병원은 이 뒤에, 다 먹인 뒤에.

둔탁한 충격이 차를 뒤흔들었다. 몸이 확 쏠리며 안전벨트의 모양으로 통증이 새겨졌다. 욕지기가 솟았다. 온몸의 내장을 활시위에 걸어 팽팽하게 당겼다가 발사한 것 같았다. 벌써 고개는 조수석으로 돌아가 있었다. 괜찮아? 괜찮아? 주문이라도 외듯 그렇게 물었다. 손이 닿지 않을 만큼 먼 곳이라 더럭 겁을 먹었지만, 이내 붙들린 것은 제 몸이라는 걸 알았다. 안전벨트를 풀고 바짝 몸을 빼서 다시 물었다. 카시트 속 아이의 눈동자가 겁에 질려 있었다. 연거푸 물었다. 괜찮아? 괜찮아?

질문은 반복되었다. 보드를 타고 있었다. *엄마 괜찮아? 엄마 괜찮아? 와아아앙.* 아이는 몸을 가누려다 엉겁결에 제 엄마를 밀어버렸음을 뚝뚝 구슬 같은 눈물을 흘리며 피력했다. 생전 처음 느껴보는 감각. 스멀스멀 다리뼈를 휘감는 낯선 통증을 어떻게 해석해야 할지 몰라 나는 아주 일상적인 일이라도 되는 것처럼 몸을 뒤집어 앉았다. 다리 아래로 귀신이 들러붙은 기분이었다. 피멍이 망울망울 올라오기 시작했다. 괜찮아, 엄마 괜찮아. 아이의 말은 그대로 대답이 되어 돌아갔다. 울먹거리는 아이의 뺨을 쓰다듬었다. 너무 놀라지 않았으면, 너무 죄책감 가지지 않았으면.

아아, 나는 아프지 않다. 오히려 반대다. 내가 아프길 바란다. 그것으로 말미암아 아이가 아프지 않았으면, 부디 그 일로 자책하지 않았으면, 부디 그 일이 괴롭지 않은 기억으로 남았으면 바란다. 진심으로 바란다.

"나한테… 왜 이러는 거야."

다음 문자가 올 때까지 나는 아무것도 할 수 없었다.

"대체… **대체 왜!**"

'*말했잖아 엄마*'

우리는 서로 많은 말을 했다. 그 모두가 기억에 남을 순 없지만, 지금처럼 확실한 것은 별로 없었다.

'*15만 원짜리 6장이야 엄마*'

나는 홀린 듯이 일어났다.

'*뒤에 긁어 나온 숫자 나한테 보내줘 알았지?*'

나는 나갈 채비를 했다.

✳

그 뒤의 나는 전화를 받던 때의 나와는 다른 사람이 된 것 같다. 그때의 나는 그리고 다행히 지금까지 이어지는 중이다.

편의점은 걸어서 채 5분도 안 되었다. 그러나 당시에는 한 걸음 한 걸음마다 별 사이의 월경지를 넘나드는 듯 이루 말할 수 없는 기묘한 감각이 날 붙들고 늘어졌다. 보도블록의 금을 밟으면, 횡단보도가 아닌 곳에 서면, 과 같은 어린 시절의 유치찬란한 금기들이 돌연 부활하여 그 잔인한 규칙으로 전 세계 모든 사람의 영혼을 옥죄고 있었다. 나는 무너질 것처럼 비틀거리며 편의점에 들어섰다.

라면이 꼬불거리는 것이 나의 의무가 아니듯 내가 기프티콘을 사는 것을 막지 않은 나도 나의 운명이 아니다. 나는 그렇게 홀가분해진 마음으로 집까지 돌아왔다. 그런데 별안간 신의 손에서 떨어져 마녀를 벌하는 망치처럼 하나의 낱말이 뇌리를 또박또박 후려치는 것이었다. 스타카토로 나는 그 다섯 글자의 각인을 보았다.

보 이 스 피 싱

전화사기. 흔한 수법. 현금화. 지인 사칭… 기프티콘. 나는 내가 무슨 짓을 하고 있었는지 깨달았다. 화들짝 놀라 고개를 쳐들자 고개는 원래 쳐들려 있었다. 이전까지 대체 무슨 일이 일어났는지, 그때의 나는 왜 그렇게 굴었는지 알 수가 없었다. 잽싸게 휴대전화를 켜 사기꾼의 번호를 수신 차단하자 속이 조금 편해졌다. 다시는 이런 뻔하디뻔한 수법에 속아 넘어가지 않으리라. 고작 보이스피싱 따위. 고작 보이스피싱 따위. 너무 익숙해진 나머지 더 이상 아무도 그 단어의 어원이나 본뜻을 고민해본 적 없는 죽어버린 낱말 따위에 감히.

기프티콘은 어떻게 했냐고? 물론 환불받으려 했다. 그러다가 문득 막역한 친구가 떠올랐다. 게임을 좋아하는 아이다.

심심찮게 서로 집에 들러 해가 지도록 게임을 하고, 밥도 어찌나 자주 얻어먹었는지 양쪽 엄마들이 나중엔 아들 친구 입맛을 더 까다롭게 따지게 되었다. 그 친구 덕분에 컴퓨터 게임도 자주 하게 되었다. 요즘은 사는 것이 바빠 못 본 지 꽤 되었는데 마침 얼마 뒤가 그 친구 생일이었다.

생일 선물 한 번으로 90만원은 물론 좀 과하지 않은가, 생각할 수 있다. 그러나 그리움의 값이라면, 그리고 이런저런 핑계를 대느라 만남을 피해 온 죽마고우로서의 미안함을 표시하는 비용이라면 괜찮을 것 같았다. 같이 게임도 많이 하는 녀석이니 분명 알아서 잘 쓸 것이다.

무슨 게임인지는 모르지만.

번호를 보내주고 자초지종을 밝히자 친구가 금세 읽었다. 조만간 밥이나 먹자. 나는 친구에게 그렇게 보냈다. 읽음 표시는 떠오르지 않았고 답은 돌아오지 않았다. 다만 선물을 받아갔다는 메시지를 보아하니 목적 자체는 달성했다. 뭐, 굳이 드러내놓고 약속까지 잡는 건 우리 사이에 낯간지럽다. 보낸 기프티콘이나 유용하게 써주면 고마울 일이다.

서로 바쁘니 어쩌면 앞으로도 오래 못 볼지 모르겠다고, 나는 의연하게 생각했다.

● 초고 2019년 7월 5일

「정말 정정하시네요!」

밥집 선전과 생활 정보를 반반으로 섞은, 식당에서 습관적으로 틀어두곤 하는 프로그램이었다. 같이 밥을 먹으러 와서 대화거리가 떨어졌거나 다른 이유로 눈 둘 곳이 없는 이들만 간간이 시선을 돌렸다.

「역시 최고령 어르신께선 건강 관리도 남다르세요!」

화면은 주름살이 자글자글한 노인을 비추었다. 소위 말하는 '화면빨'을 빼더라도 그 나이에 걸맞지 않게 혈색이 진하고 동작이 날랬다.

「별다른 건 없고 내가 결혼을 안 했어.」

노인이 활짝 웃자 줄 하나 삐뚤어지지 않은 크림색 건치가 드러났다.

「집에서 누구한테 시달릴 일 없으니 이렇게 좋은겨.」

와하하하. 방청객의 웃음소리는 연구소에서 샬레에 배양한 것처럼 들렸다. 그 광경을 빤히 바라보던 두 남자가 있었다.

"확실히 다 운인 것 같아."

오징어 다리를 씹으며 남자가 맞은편의 친구에게 말했다.

"뭐가?"

화면 상단에는 '국내 최고령 어르신'이 어쩌고저쩌고하는 자막이 떠 있었다.

"오래 사는 거?"

말을 꺼낸 남자가 고개를 끄덕였다. 오징어 다리가 잘게 씹혀 넘어갔다.

"술 담배 안 하고 운동 꼬박꼬박 하다가 콱 죽는 사람도 있고, 누구는 그냥 사는 대로 살면서도 백 살 넘게 먹잖아."

친구도 수긍한다는 듯 고개를 끄덕였다. 화면 속 노인이 선홍빛 잇몸을 드러내며 웃는 찰나 뉴스 속보의 배너가 화면 아래편을 메웠다.

「[속보] 창원 XX방파제 철거작업 중 백골 시신 발견」

"웬 시신."

"어우, 살벌하네."

둘이 동시에 내뱉었다. 아직 많은 내용이 없어서인지 속보 자막은 금세 내려갔다. 같이 떠오른 담청색 레터박스만 우두커니 남았다. 꼭 화면에 둘러놓은 콧수염 같았다.

"방파제에서 웬 시신? 으시시하네."

뉴스 자막이었더라면 '으스스'로 표기되어 나왔을 말이었다.

"조폭이나 뭐 그런 건가."

"그런 거 아닐걸. 의외로 저런 경우 많아."

친구가 별거 아니라는 듯 어깨를 으쓱거렸다.

"방파제에서 시체 나오는 게?"

"애들이 놀다가 빠질 수도 있고, 낚시꾼이 그럴 수도 있고."

"빠져? 방파제에?"

남자는 문득 자신이 방파제에 대해 아는 것이 별로 없다는 것을 깨달았다.

"그게 되나?"

바닷가에 자주 가지 않은 탓에 방파제라는 사전적 의미만 알지 곧잘 떠오르는 구체적인 이미지가 없었다.

"너 테트라포드라고 알지?"

다행히 친구는 숟갈을 내려놓고 본격적인 설명을 시작했다.

"방파제가 그거 쌓아서 만드는 거잖아. 큰 블록."

친구는 몸짓으로 그 모양까지 빚어가며 설명했다. 삼각뿔의 뼈대처럼 생긴 구조물은 어느 방향으로 눕든 다리 세 개로 몸을 지탱한다. 파도를 견디는 것뿐이 아니라 흡수하기 위해서 그것들은 처음부터 정확히 쌓일 수가 없게 설계된 것이다.

"애네가 딱 맞물릴 수가 없잖아. 또 막상 보면 엄청 커."

친구가 말을 이었다.

"그런 게 얼기설기 엉켜서 바다에 반쯤 잠겨서 몇 년을 있단 말이야. 이끼 잔뜩 끼고, 물때 먹어서 미끌거리고…."

남자는 그 찰나의 뜸을 촉매로 삼아 더욱 이야기에 집중할 수 있었다.

"근데 멋모르고 그 위에 있다가, 발이라도 헛디디면?"

"빠지겠네."

친구가 바로 그거라는 듯 식탁을 두들겼다.

"얌전히 들어가는 것도 아니지. 콘크리트 블록이잖아."

숟가락을 그릇에 문대는, 소름끼치는 소리와 함께 설명이 이어졌다.

"떨어지면서 어디 부러질 수도 있고, 그대로 기절할 수도 있어. 그 상태로 밑에 물까지 차 있다?"

"그대로 그냥…."

"빠져 죽지. 운 나쁘면."

친구는 그리고 잠시 머뭇거렸다.

"아님 오히려 그게 나을 수도 있고."

남자는 의아하다는 듯 고개를 갸웃거렸다.

"안 빠지고 살았다고 쳐. 거기서 소리 지른다고 누가 오나?"

친구가 설명을 계속했다.

"어떻게 해서 불러와도, 정확히 어디 빠졌는지를 모르니 구멍마다 일일이 뒤져야지. 그동안 얼마나 버티겠어?"

남자는 그 상황을 머릿속에 그려보았다. 테트라포드에 빠진 자신을 떠올렸다.

뼈가 한두 군데 부러졌을 수도 있다. 소금기에 전 상처에선 피가 비오듯 샘솟을 수도 있다. 차디찬 바닷물이 그를 놀리듯 이리저리 넘어뜨리고 밀어붙인다. 바닥의 물컹거리는 개흙은 누군가를 떠받치기는커녕 수렁처럼 빨아들인다. 그곳은 좁은 구멍에 갇혀 썩어 가는 물고기와 해파리와 따개비들의 구릿한 악취와 콘크리트의 냉담한 벽이 맞물려 이루어진 감옥이다. 손바닥만 한 햇살이 비치는 와중 몸을 휘감는 짠 물. 파도가 칠 때마다 철썩철썩

메아리가 울리고 역한 비린내가 코를 찌른다. 피 흘리며 우는 사람을 바라보는 갯강구와 죽은 살을 주워 먹는 게들. 오지 않는 도움을 그리다가 끝내 기력이 다한 사람. 절로 간담이 서늘해지는 광경이었다.

"소름 끼친다 야."
"그지? 나 어릴 때 바닷가 살았잖아. 그때도 그랬거든."
친구가 고개를 끄덕였다.
"남들 못 오는 포인트라고 그 위까지 꾸역꾸역 건너가고 그래. 근데 무슨 일이라도 생기면 우리는, 거기 산단 말이야 우리는."
남자는 격하게 동조했다. 자신도 그런 상황을 겪어봐서가 아니라, 뉴스에서 나름 주워들은 것이 있어서였다.
"전에 보니까 그런 사람들은 자기들 낚시한 거 뒷정리도 안 한다 그러더라고."
"어휴, 말도 마."
친구가 손사래를 쳤다.
"거기서 먹고 마신 거, 음식물 쓰레기고 뭐고 다 그냥 벌려놓고…."
친구는 그러나 석연치 않은 침묵을 그 뒤로 늘어뜨리는 것이었다.
"근데 뭐, 바다 더럽게 쓰는 건 솔직히 동네 사람들도 할 말 없어서."
바닷가에 사는 사람들이라고 딱히 바다를 어화둥둥 보살펴주진 않는다는 것도 이제 상식이 되었다. 어딘가에 펼치거나 사실상 버려놓곤 그대로 찾지 않는 어망, 어선에서 휙휙 던져버리는 쓰레기 등의 예시는 많이들 알고 있었다. 잘게 나뉜 미세 플라스틱이 지구상에서 가장 깊은 해구에서까지 발견되었다는 뉴스는 많은 이들의 관심을 끌었다.

어쨌든 화두는 밥집에서 습관적으로 틀어두는 방송이었다. 마찬가지로 습관적으로들 그것을 보았다. 백골이 된 시신의 뉴스는 빠르게 모두의 기억에서 잊혔다. 그래서 이 두 친구의 이야기는 여기에서 끝난다.

＊

"누구요?"

남자는 경계심을 감추지 않고 물었다. 자기 집 대문을 붙들고 얼굴만 내민 채.

"들어가도 됩니까?"

방문자는 방문자대로, 대문 밖에 몸을 숨긴 채 되물었다.

"미쳤어요? 여기가 무슨 나눔의 집인 줄 압니까."

남자가 헛웃음을 지었다.

"아니면 영화를 너무 많이 봤거나."

의문의 방문자는 굴하지 않았다. 그는 오히려 용감하게도 머리를 들이밀어 집주인의 눈을 노려보았다. 대문 안쪽의 남자는 움찔하면서도 방문자에게서 시선을 떼지 못했다. 목이 늘어난 티셔츠와 올이 나간 바지. 땟국에 전 피부, 제각기 두피를 탈출하려는 듯 헝클어진 머리칼, 맞지도 않는 모자. 방문자는 전문적으로 코디한 걸인처럼 보였다. 꾀죄죄한 차림새와 달리 눈빛만은 형형했지만 그게 장점으로 작용할 리 없었다.

"경찰 부르기 전에 빨리 가쇼."

"난 답을 압니다. 당신이랑 당신 친구들이 조사하는 문제."

남자는 듣지 않고 문을 잡아당겼다. 누구나 던질 수 있는 허풍일 뿐이었다. 집안에 아픈 사람이 있지? 아뇨 없는데요? 그렇다면 아직 기회가 있군! 따위의 같잖은 대중심리학.

　"방파제서 발견된 백골 연구를, 당신들이 하고 있지 않소?"

　집주인의 손이 경련했다.

　"그걸 어떻게?"

　"당신이 내 말을 듣고 판단해보는 게 어떻소?"

　알 수 없는 진실을 손에 쥔 자의 방문. 세속의 논리에 얽매인 주인공의 문전박대. 꼭 미스터리 영화의 한 장면 같았다. 남자는 갈팡질팡 머릿속의 탐침을 휘젓다가 결국 문을 열었다. 방문자는 퀴퀴한 냄새를 풍기며 응접실까지 터벅터벅 들어왔다.

　"답을 알고 있다고요?"

　"단도직입적으로 확인하지."

　뒤이어 그의 입에서 나온 말에 남자는 입을 쩍 벌렸다.

　"백골이 한 구가 아니었지. 맞소?"

　남자는 홀린 듯 방문자를 바라보았다.

　"양손으로도 다 못 꼽을 만큼 많이―"

　그것으로 말은 그치지 않았다.

　"―방파제 아래편에 사실상 인간의 뼈로 된 지층이 발견되지 않았소?"

　남자는 애써 불편한 기색을 감추었다. 그랬다. 방문자의 말이 맞았다. 연구실에 어른 허리까지 오는 부대 자루가 물밀듯 쏟아져 들어왔다. 섞여 들어온 모래 따위를 덜어내고도 부위별로 작은 묘지를 차릴 정도였다. 빛바래고 파먹히고 부패한 백골이 끝을 모르고 나타났다.

"그렇다고 하더군요."

차곡차곡 쌓인 그것들은 금방이라도 폭풍우를 부를 비구름처럼 보였다.

"나야 현장조사가 아니라 분석만 맡았지만."

남자는 뒷말을 늘렸다.

"이건 짚고 넘어갑시다."

그리고 손을 펼치며 방문자가 끼어드는 것을 막았다.

"당신 이걸 어떻게 알죠? 언론에도 안 풀린 정보인데."

"안 푼 게 아니라 못 푼 것이겠지."

방문자가 시니컬하게, 그러면서도 무언가 꺼리는 투로 대거리했다.

"차라리 대규모 살인 사건이라면 대중은 울고 분노할지언정 능히 받아들였을 테니까."

그는 자신감에 차 있으면서도 내내 무언가를 두려워했다.

"그러나 싸구려 괴기소설에나 나올 법한 기이한 면모가 사건에 있다? 그런 것을 발표해봤자 세상은 적당히 상식적인 오해를 덧붙여 진짜 일어난 일을 덧칠해버리지. 그렇기에 차마 함부로 풀 수 없고 풀어서도 안 될 성질의 것."

남자가 침을 삼켰다. 방문자는 확실히 무언가 알고 있었다. 문제는 그것이 자신이 파악한 진짜 사실에 얼마나 부합하느냐 하는 것이었다.

"그래요."

그가 설익은 추측을 대강 짜깁기한 음모론만 들고 찾아왔다면 더 이상 이 만남은 중요하지도 긴급하지도 않았다.

"안 그래도 그 많은 사람이 모두 사고사한 건 아닐 거라고 생각했습니다."

남자는 짐짓 태연하게 말을 이었다.

"그 시신들이 거기 들어간 이유를, 어쩌면 범인을 아는 건가요?"

떠보는 질문이었다. 남자가 아는 한 조사팀이 파악한 사건의 핵심은 범'인'을 밝혀내는 일 따위가 아니었다.

"내가 범인이오."

방문자는 쥐가 파먹은 듯한 턱수염을 만지며 대답했다.

네?

남자는 감탄에 더 가까운 얼빠진 반응을 흘렸다.

"반응이 왜 그렇지? 상식적으로 당연히 예상해야 하는 것 아니오?"

방문자가 천연덕스럽게 눈짓했다.

"더욱이 시신까지 발견된 사건이면 으레 범인의 정체나 소재가 최우선 관심사일 텐데? 내가 이렇게까지 무게를 잡았으면 당연지사 그걸 밝히러 온 것 아니겠소?"

남자는 어리둥절해져 눈만 깜빡였다. 자신이 의자에 궁둥이만 걸친 채 방문자에게 몸을 바짝 당겨 앉은 것을 의식했다. 방문자 뒤편으로는 익숙한 자기 집 응접실의 풍경이 보였다. 어디선가 썩은 과일 냄새가 났다. 오래된 엔진이 점차 추력을 되찾듯 그는 무언가를 깨달았다.

얼굴이 붉어졌다.

"당신도 이게 평범한 사건이 아니라는 걸 알고, 나도 아오."

방문자가 엄숙하게 말했다.

"범인이니 뭐니 하는 것은 떠보려고 한 말인 것까지 다 아오. 정확히 사건의 어떤 부분이 당신들을 괴롭히는지도."

남자는 이제 정반대로 의자에 몸을 파묻었다. 등받이가 부서질 것처럼 뒤로 젖혀졌다. 정체 모를 방문자의 예리한 눈길이 그를 꿰뚫었다.

"백골의 유전자 검사를 했는데, 그것들은 아직 살아 있는 사람의 것이었지."

남자의 뒷머리가 쭈뼛 일어섰다.

"전부 다."

서슬 퍼런 칼날이 스치듯 등허리와 팔뚝의 살이 오소소 튀었다. 손아귀에는 끈끈한 땀이 고였다. *그걸 어떻게 알았죠?* 또다시 묻고 싶었다. 그러나 이미 불필요해도 한참 전부터 불필요해진 말이었다. *이자는 이미 다 알고 왔다.* 남자는 생각했다.

"맞습니다."

그는 몸이 떨리는 것을 참고 대답했다.

"오류일 가능성은 없고 말이오."

방문자가 말했다.

"어떤 기계로 어떤 검사를 하더라도 결과는 동일했소."

그보다 분명할 수 없이 또박또박 일의 핵심을 밝혔다.

"모든 뼈는 현재 살아서 멀쩡히 돌아다니는 사람의 것이었지, 안 그렇소?"

물론 연구소에서 전 국민의 유전자를 가지고 있는 것은 아니었다. 그러나 동원할 수 있는 모든 데이터베이스를 털어 의미가 없는 정도까지 오차율을 좁히는 데는 성공했다. 발견된 뼈들의 주인은 그렇게 의학적으로 오래전 사망했지만 정상적으로 경제

활동을 하는 이들로, 이것이 무엇도 해결할 수 없는 결론이라는 것은 부정할 수 없었다.

"…그 말이 맞습니다."

남자가 인정하자 방문자는 탄식했다. 그는 고개를 치켜들고 허공으로 시선을 흘렸다. 외마디 신음은 길게 늘어지면서도 소리가 줄어들지 않았다. 의자의 팔걸이를 짓이기는 방문자의 더러운 손아귀. 남자는 잠시 눈살을 찌푸렸지만 이내 더 중요한 문제로 눈길을 돌렸다.

"그 답을 안다고요?"

"답, 이라고 할까."

방문자는 꿈을 꾸는 것처럼 흐리멍덩한 눈으로도 지체없이 반응했다.

"차라리 아니었으면 좋았을 텐데. 이젠 모두의 문제가 되어버렸소."

"어떻게 된 일입니까? 이게 무슨 일인지 정말 알고 있어요?"

방문자가 머리를 숙였다. 턱이 가슴팍에 콱 박힐 것 같았다. 그러다가 실로 꿴 것처럼 다시 천천히 고개를 들었다. 그 하나하나의 동작이 더없이 위태로워 보였다.

"듣기 전에 한 가지 약속만 해주시오."

남자가 고개를 끄덕였다. 뒤에 무슨 말이 나오는지도 모르면서.

"부디 내 말을 끊지 마시오."

방문자가 부리부리한 눈으로 말했다.

"나 자신도 믿기 힘들고, 이게 남의 입을 타고 전해지는 순간 얼마나 허무맹랑한 장광설에 그치는지 잘 아니까."

"물론입니다."

물에 빠진 사람은 지푸라기라도 잡는다고 하던가. 설령 그것이 지푸라기보다 더 약하더라도 일단은 타고 올라가야 했다.

"그쪽에서, 당신이 속한 연구소에서도 조사한 게 있겠지. 혹시 그렇게 당한 사람들의 공통점을 찾았소?"

'찾았냐'고 물었다. 공통점이 '있었냐'고 물은 게 아니라. 남자의 온몸에 전율이 흘렀다. 역시 이미 확신하고 온 것이다.

"억지로 엮는다면 조금 있었지만…."

남자는 흥분과 불안을 뒤섞어 고갯짓했다.

"시신과 살아 있는 모습이 동시에 존재할 만한 이유는 단 하나도 없었습니다."

"그렇다면 억지로 엮은 것을 들려주시오."

방문자가 눈을 빛내며 다가앉았다.

"그들 모두가 공유하는 건, 아무리 사소하더라도 중요한 것이니까."

허를 찔린 기분이었다.

"평균을 아주 약간 벗어나는 반사회적 성향이 있었습니다."

남자는 경솔하게 입을 놀린 스스로를 책망했다.

"심리검사로 치면 몇백 문항짜리 시험지에 고작 서너 문제. 통계적이긴커녕 편가르기용 선동으로도 채택 못 할 만큼 아주 미미한 경향이었죠."

"그럴 수 있소."

방문자가 대수롭지 않다는 듯 대답했다.

"어쨌든 규칙에 순응하지 않는 것은 일반적으로 남들의 부정

적 평가를 불러오니까."

알 수 없는 말이었다. 흡사 그들이 왜 반사회적 성향을 갖고 있는지, 아니면 갖고 있는 것처럼 보이는지 이미 다 아는 투였다.

"교체된 이들의 공통점은 둘이오. 후사를 낳지 못한다는 것. 장수한다는 것."

남자의 눈썹이 물음표의 모양으로 일그러졌다. 방문자는 그가 자기 입술을 질겅질겅 씹는 것을 응시했다.

"의아하겠지. 그런 징후는 없었으니까."

방문자가 말했다.

"하지만 성 기능 장애 따위로 분명히 드러나는 증상이 아니오. 그들의 머릿속이, 습관이며 무의식적인 경향이며 남들에게 다가서고 다가오는 데 작용하는 모든 심리 인자가 자연스레, 친밀한 이성 교제와 부부관계와 자식을 낳는 일로부터 그들을 밀어내고 있을 뿐."

방문자는 챙겨온 파일이라도 건네듯 손짓했다. 어쩌면 그의 눈앞에는 한때 정말 그 주장을 입증해줄 증거물들이 놓였을지 몰랐다.

"이미 자식이 있던 경우는 그 수를 더 늘리지 않고, 독신이었던 이들은 그대로 평생 홀로 살길 선택하지."

"잠깐만, 그건⋯."

말을 끊지 않겠다는 약속을 남자는 저도 모르게 깨버렸다.

"'**교체**'라고요?"

그러나 도저히 가만히 있을 수 없었다. 아무렇지도 않게 방문자가 입에 담은 그 괴이한 표현.

"교체를 '당해요', 그 사람들이?"

"과학자인 자네에겐 얼토당토않은 말이겠지. 하지만 한 사람의 인간으로선 어떻소?"

방문자가 남자를 뚫어져라 쳐다보았다.

"그런 상상은 처음부터 어렴풋이 떠올리지 않았소?"

그 시선에 사로잡힌 남자는 그만 스스로 눈을 깜빡이는 것도 잊었다.

"난 그저 직관이 건네준 단서들을 따라 꼬리 물듯 쫓아간 것이오. 왜 시신이 그곳에 있었겠소? 시신을 불러오는 죽음이 과연 삶을 앞설 수 있소?"

남자가 침을 삼켰다.

"어느 순간 맞이한 죽음과 함께, 그들은 교체된 것이오."

방문자가 힘주어 말했다.

"어느 날 어느 때 우연찮게 방파제에 빠진 그들 대신, 무언가가 그들의 껍질을 뒤집어쓰고 세상에 나온 것이란 말이오."

남자가 어쩔 줄 모르고 손을 비볐다. 멍해진 그의 머릿속에 모호한 충동에 가까운 무언가가 들어앉아 이리저리 고삐를 잡아당겼다. 뚜껑을 열어보니 이 우습지도 않은 음모론이 결국 그를 몰아세우고 있었다. 그러나 언뜻 지나간 보고서에는 분명 그런 인상과 부합하는 것들이 있었다.

자식을 낳지 않거나 아예 이성과의 교제를 피하거나. 그런 것들은 한 사람 한 사람의 인생을 송두리째 털지 않는 이상 알아내기 어려운 경향이었다. 그것도 단풍만큼이나 울긋불긋한 백골 무더기 전부를. 눈앞의 방문자가 정말 그 정도까지 도달했을까….

"그 목적이, 사람들을 교체하는 목적이 뭔데요?"

"생각해보시오."

방문자가 말했다.

"잉크가 물을 더럽히듯 그런 이들이 우리의 세상으로 번진다면, 어딘가 어느 곳의 방파제에서 교체된 이들이 꾸준히 우리 사회에 섞여든다면 어떻게 되겠소?"

그는 이미 내심 결론을 정해놓고 있었다.

"벌레를 단기적으로 죽이는 것이 살충제일지언정 충분한 시간과 노력을 들여 그들을 종 단위로 박멸하는 가장 확실한 방법은 따로 있지."

그리고 그 결론을 입에 담는 것을 조금도 두려워하지 않았다.

"개체수를 조절하기 위해 과학자들이 선택한, 유전학적으로 확실한 방법."

한 종에 있어 불임 개체가 늘어난다는 것은 단순히 번식 경쟁을 부추기는 것 이상의 의미를 가진다. 세대를 거쳐 유실되는 유전인자가 늘어날수록 해당 생물종은 적응 능력의 손상을 겪는다. 제아무리 건강한 종자라도 수정 과정에서 DNA의 오류를 교정하지 못하는 이상 필연적으로 쇠락할 수밖에 없다. 서서히 좁아지는 소용돌이처럼, 끓는 물에 삶아지는 개구리처럼, 천천히 그러나 확실하게, 불임 개체를 주입받은 종은 언젠가 멸망한다.

"미쳤다는 소리 듣기에 딱 좋은 주장이군요."

"이런 일이 일어난다는 주장과 이런 일을 바라는 이들이 있다는 주장 중 어느 쪽이?"

그 말을 들은 남자는 결심했다. 그리고 자리에서 일어났다. 블라인드를 닫자 응접실이 어둑해졌다. 그 한가운데서 소리도 없이 움직이는 집주인을 방문자는 바라보았다.

"뭐 하는 거요?"

"할 일을 하는 겁니다."

남자가 대답했다. 방문자가 망설였다. 침묵은 예상할 수 있었지만 대비할 수는 없었다. 방 안에는 돌연 예상한 적 없던 낯선 기류가 흘렀다. 그는 더 이상 구체적으로 무얼 해야 할지 몰랐다.

남자는 알았다.

방문자는 일단 몸부터 일으키려 했다. 남자가 더 빨랐다. 그는 재빨리 책상에 놓인 사무용 가위를 집었다. 손잡이를 모아 쥔 채 휘둘렀다. 가윗날은 빨려드는 것처럼 방문자의 배에 박혔다. 비명은 미처 나오지 못했다.

방문자의 팔다리가 허우적거렸다. 남자는 용의주도하게 날을 올리고 밀고 흔들었다. 둔탁한 날이 안을 엉망으로 헤집고 벌어진 상처로는 피가 폭포처럼 쏟아지도록.

생살이 찢어지는 소리와 함께 방문자가 몸을 떨었다. 그의 눈동자 속에서 계속해서 흐르고 부풀고 맥동하던 힘들이 서서히 잦아들었다. 남자는 달팽이의 눈자루처럼 천천히 오그라드는 방문자를 바라보았다. 바닥이 흠뻑 젖어 있었다. 발치까지 고여 찰박거리는 피 웅덩이를 무시한 채 남자는 홀가분한 표정으로 손을 떼었다. 방문자가 우당탕 쓰러지자 더욱 깊게 박힌 가윗날이 비스듬히 옆구리를 찌르고 튀어나왔다.

그때야 비로소, 남자는 눈을 깜빡이는 것을 기억해냈다.

"참 편리하단 말이야. 이런 도구들."

젖은 비늘처럼 매끄러운 발걸음으로 그는 찬장을 열어 청소도구를 꺼냈다. 남자의 손이 자주 닿는 곳에선 물비린내와 찝찔한 소금 내음이 났다.

"하지만 그걸로 피해를 보기도 하거든. 부서지지도 썩지도 않는 도구들."

남자는 시신 위로 정신없이 표백제를 뿌리곤 묵은 신문지 더미를 꺼냈다. 그것이 피를 빨아들이는 동안 화장실로 갔다. 잠시 후 그는 턱까지 찬물을 담은 양동이를 들고 왔다.

"아, 젠장!"

꼴사납게 널브러진 시신을 보고, 남자는 무언가 떠올린 듯 표정을 일그러뜨렸다.

"그걸 어떻게 알아냈는지 물어봤어야 하는데!"

그러나 당장 저지른 일이 있으니, 해야 할 일도 있었다. 탄식은 길지 않았고, 후회는 앙금처럼 남았다. 남자는 자신의 어리석음을 저주하며 대걸레를 들었다. 응접실 바닥에 카펫 따위가 안 깔려 있어서 천만다행이었다. 그는 구슬땀을 흘리며 콧노래를 불렀다. 곡조는 밤바다의 파도처럼 느리고 음산했다.

"바보 같은 놈. 애초에 연구소에서 뼈가 산 사람 거라는 걸 어떻게 알았겠어?"

그는 걸레질이 힘에 부칠 때마다 중얼거렸다.

"다른 실험에 썼던 내 DNA 기록 때문에 들킨 건데."

연구에서 배제된 탓에 한가한 방문자를 만날 수 있던 것은 어쩌면 천운일 것이다. 그러나 '들켰다'라.

연구소 안에서도 어쩌면 비슷한 상상을 한 사람이 있을 것이다. 어쩌면 이 거지꼴의 방문자는 그들의 끄나풀에 불과할지도 모른다. 비슷한 믿음 혹은 주장의 근거를 공유하는 이들이 얼마나 될지, 그들이 장기적인 계획에 진지한 위협이 될지 판단이 서지 않았다. 남자는 벅벅 바닥을 문지르며 혀를 찼다.

바다를 떠도는 플라스틱 쓰레기들과 마찬가지로, 그것들을 만들어낸 지상에도 해결해야 할 일이 산더미였다.

맺, 장스
T0, OT

● 초고 2019년 8월 3일

"그러고 보니 누가 그랬죠."

간호사가 넋두리했다. 옷은 말라붙은 피로 엉망이었다.

"뭘?"

의사가 물었다. 주머니 속은 꽉 찬 앰플로 가득했다. 소맷부리와 바짓자락이 흥건했다. 아직 마르지 않은 피가 작은 웅덩이를 만들었다.

"그때, 여기 이렇게 되기 얼마 전이요."

둘은 긴 의자에 앉아 각자 제 앞의 벽을 쳐다보았다. 부연 눈길로.

"밤마다 오는 미친 할머니 있었잖아요."

어딘가에서 울음소리가 들렸다. 둘은 눈살을 찌푸렸다.

"그래. 나도 기억나. 여기에… 서낭당이 있었다고 했지."

의사는 손수건으로 콧등을 훔쳤다. 땀이 차가웠다.

"무언가 '모시던' 곳이라고."

조명이 저물고 밝아지길 반복했다. 손뼉을 치는 것 같았다. 짐승의 목구멍처럼 길게 뻗은 복도가 분절되어 나타나고 또 사라졌다. 전기가 울며 칭얼거리는 것에 가까운 소음이 났다.

"맞아요. 원래 이런 곳에는 기가 센 건물을 지어야 한다고 그랬잖아요."

바깥은 어두웠다. 어둠은 포도주처럼 진했다. 아무것도 보이지 않았다.

"그래서 지기를 억눌러야 한다고 그랬잖아요. 경찰서, 군부대 같은 걸 둬서."

본능적으로 둘은 일어섰다. 이윽고 알람이 울렸다. 알람은 어디로 뻗고 또 어디에서 이어지는지도 모를 병원의 복도를 메웠다. 둘이 잰걸음으로 병실을 훑었다. 가끔 문을 열어 환자와 눈을 맞추었다. 보통은 시선을 피했다.

"언제부터일까요?"

의사는 주머니 속 앰플이 덜걱거리는 소리를 들었다. 그대로 내동댕이치고 싶었다.

"아마 첫날부터겠지. 안 그래?"

의사는 덤덤하게 말했다.

"구태여 들이밀지 않더라도 저쪽에서 받는다면 공물이지."

의사는 일이 이렇게 되기 전의 병원을 떠올렸다.

"요양병원에서 심장발작으로, 그 밖에 자연사 혹은 사고사로 눈감은 환자들 전부. 우리는 알지도 못하지만 그렇다니까."

"무슨, 엑소시즘이라도 받았으면 달라졌을까요?"

간호사는 자신도 기대하지 않는 눈빛으로 물었다.

"그럴 리가. 과정만 복잡해질 뿐… 지금이라도 해볼까?"

그만 간호사가 웃었다. 웃음소리는 낚싯바늘처럼 환자들의 마음을 파고들었다. 환자들이 이불자락을 움키고 고개를 숙였다. 의사는 저도 모르게 표정을 누그러뜨렸다. 이 모든 일이 갑자기 평범하게 느껴졌다. 그 정도로 기계적인 습관이 되어가던 터였다.

"왜, 안 될 것 같아? 우리끼리라도 해보자고."

개중 눈을 뜨지 않는 환자가 한 명 있었다. 의사는 익숙하게 다가가 눈꺼풀을 젖혔다.

"십자가를 만들고, 설법이든 코란이든 뭐든 해보자고. 더 센 신을 불러오면."

병실의 텔레비전이 소리도 없이 켜졌다. 화면에는 흑백의 반죽처럼 무질서한 불협화음만 날뛰었다. 스피커를 통해 낮은 숨소리가 났다.

"…좋아."

블라인드로 가려둔 창문이 삐걱거렸다. 침대 바퀴가 진동하기 시작했다.

"그만하자고."

의사는 순순히 선언했다. 텔레비전은 걸쭉하게 끓는 소리를 내더니 꺼졌다. 병실이 다시 쥐 죽은 듯 조용해졌다.

"차라리 원래대로 계속됐으면 더 나았을까요?"

의사는 더욱 꼼꼼히 환자를 살피기 시작했다. 간호사에게 받은 손거울을 그 코 밑에 대었다.

"그건 맞는 말이잖아요. 화도 안 냈을 텐데."

간호사는 숫제 제 입으로 답까지 내렸다. 어떤 결론이든 인제 와서는 아무 소용도 없는 까닭이었다.

"글쎄. 환자 사망률이 안 떨어졌다면 우린 금세 실업자가 됐겠지."

의사가 손짓했다.

"오늘은 이분이야. 준비해둬요."

그는 주머니 속 앰플을 꺼냈다. 그리고 그 안에서 차갑고, 신선하고, 깨끗한 액을 추출했다. 주사기 날을 튕기는 것까지 간호사는 보았다. 그녀가 부옇게 김이 낀 손거울을 받아들고 방을 나섰다. 긴 복도의 어딘가 '식당' 명패를 단 곳을 찾았다. 양 문을 밀고 들어갔다.

벽에 걸린 조리원들은 모두 발이 땅에 닿지 않았다.

"아유, 언니. 벌써 일할 시간이야?"

조리원들은 수더분하게 지껄이며 몸을 내렸다. 역한 냄새가 났다.

"요즘 더 자주 깨우는 것 같아. 배고파질 일이라도 있나."

"이러다가 익숙해지겠어."

조리원들은 허리 아래로 하반신 대신 길고 두꺼운 줄을 늘어뜨렸다. 고무나 구리 대신 질긴 살로 된 줄은 그대로 콘센트처럼 벽 속으로 파고들었다. 어차피 식당 안만 돌아다닐 수 있다면 그들에게는 상관없었다. 간호사는 잽싸게 물러났다. 그 줄에 휘감기고 싶지 않아서.

"오늘은 누구야?"

"402호실 XXX세요."

간호사는 죄지은 것을 고백하듯 말했다. 시선은 신발코를 벗어나지 못했다. 식당에 들어서자 발바닥에 비릿한 감촉이 스몄다. 보드랍고 따뜻했다. 배수구가 작동하지 않은 지도 오래되었다. 수

챗구멍에 걸리는 고기 조각만 모아도 1인분의 사람이 될 성싶었다. 그래서 생긴 얕은 바다가, 불그죽죽한 빛으로 찰랑거렸다. 간호사는 제 발목을 자르고 싶었다.

"아 그 사람! 이제 간 거야?"

"질기기도 하네. 난 훨씬 일찍 갈 줄 알았지 뭐야."

"언니는 농담도 참. 할 말이 따로 있지."

"어디 그럼 보자… 402호실 이제 세 명 남았겠네!"

조리원들의 수다가 매미 우는 소리처럼 식당을 울렸다. 그들은 분주히 도구를 준비했다. 뼈 칼, 톱, 큼직한 양동이, 그리고 고기를 다지는 망치가 필요했다.

아주 많이.

"그럼 이제 얼마 안 남았네. 401호실엔 안 그래도 두 명이 끝인걸."

간호사는 그만 눈을 질끈 감았다.

"저희 병원, 원래 없었잖아요."

조리원들이 그녀를 바라보았다.

"4층, 원래 없었잖아요."

앵무새처럼 매번 되풀이되는 대화였다.

"원래 3층도 없었잖아요. 호실도 이렇게 많지 않았잖아요."

간호사는 역한 냄새를 참으며 말했다.

"4층이 다 되면, 또…."

문이 소리 없이 열렸다. 이동식 침대 끄트머리가 고대의 공성추처럼 밀고 들어왔다.

"김 간호사, 뭐 해요?"

환자의 고개가 힘이 실리는 방향으로 이리저리 움직였다. 그 뒤편으로 의사가 땀으로 젖은 얼굴을 내밀었다.

"이리 와서 좀 거들어요."

그는 문을 고정할 심산인지 침대를 가로질러 팔을 뻗었다. 손이 닿지 않았다. 그래서 침대 난간을 붙잡던 것을 놓고 몸을 바짝 기울였다. 간호사는 힘 실을 곳을 찾던 의사의 손이 환자의 얼굴을 짓누르는 것을 보았다. 싸늘해진 입이 볼썽사납게 열렸다. 누렇게 변색된 이와 시퍼렇게 변한 혓바닥이 보였다.

"김 간호사!"

그녀는 허겁지겁 달려가 의사를 도왔다. 그녀가 문을 고정하는 사이 의사는 허리를 똑바로 펴고 땀을 훔쳤다. 손에 묻은 환자의 침을, 아직 식지도 않은 그것을 침대보에 문질러 닦았다. 간호사는 아직 닫히지 않은 그 입을 보았다. 오래된 플라스틱 같은 냄새가 났다. 그녀는 별안간 환자의 몸뚱어리를 관절이 박살나도록 당겨보고 싶었다. 피부가 터지고 뼈가 제자리를 벗어날 때까지 가지고 놀고 싶었다. 오래된 그네처럼 연거푸 삐걱대는 턱. 초인종처럼 맞닿는 아랫니.

"언니, 괜찮아?"

허리를 구부리고 토악질하는 간호사의 귓등으로 듬성듬성 위로가 들렸다.

"좀 쉬지그래."

그러나 그 말을 타박이라도 하듯 식탁이 헐떡였다. 보다 못한 의사가 손짓했다. 조리원들은 간호사에게 다가오던 것을 멈추고 일로 복귀했다. 그녀는 보지 못했다. 얕지만 바닥이 보이지 않는 바다가 아래편에 있었다. 반쯤 소화된 일천 번째, 어쩌면 일만 번째의 점심이 스르르 가라앉았다. 건물은 아무나 함부로 받아들이지 않았다.

적어도 쓸모가 남은 한.

"빨리 끝냅시다."

의사가 손뼉을 쳤다.

"점점 바라는 게 늘고 있으니 원."

조리원들은 환자를 작업대로 옮겼다. 능숙하게 옷을 잘라 벗겼다. 그러곤 일을 시작했다. 식탁이 내내 그것을 바라보았다. 식탁은 수십 명이 동시에 앉고도 남았다. 그러나 식탁보 대신 거대한 혀를 얹고 있었다. 촘촘하게 난 무수한 봉오리는 하나같이 말간 침에 젖어 있었다. 이 병원의 다른 모든 부분이 그러하듯 이곳은 살아 있었다. 테이블이 그것의 혀였고 바닥은 창자였다. 그리고 다른 모든 살아 있는 것들처럼, 병원은 음식을 먹어야 했다.

환자의 가죽을 남김없이 긁어낸 뒤였다. 실톱이 갈빗대를 도려내는 소리가 났다. 조리원들은 횡격막을 뒤집어 안에 있는 것들을 끌어냈다. 짜고 비린 물로 가득한 고기 주머니를 연거푸 꺼냈다. 간은 배내똥처럼 누렜고 폐는 잔뜩 쪼그라들어 있었다. 신장에선 코를 찌르는 쉰내가 났다. 난생 처음 뛰기를 멈춘 심장은 잠시 꿈을 꾸는 것처럼 보였다. 그 밖의 자잘한 것들은 조금만 세게 쥐면 겁먹은 짐승이 똥을 지리듯 터졌다. 조리원들은 신중하게 그것들을 분류했다.

조리원들은 창자를 한데 모은 것을 조심스레 양동이에 부어 넣었다. 흠뻑 젖은 새의 날갯짓과 비슷한 소리와 함께 악취가 올라왔다. 내용물을 천천히 휘젓자 체액이 누렇게 뜨기 시작했다. 조리원들은 구슬땀을 흘리며 주걱에 걸리는 것을 동강 내고 뭉갰다.

머잖아 양동이 속은 죽처럼 희끄무레한 진창이 되었다. 건더기는 빨려드는 것처럼 가라앉았다. 식탁은 모든 것을 지켜보았다. 기다리는 것이 어찌나 괴로운지 낮은 신음을 냈다.

"괜찮으세요?"

간호사는 바깥으로 나왔다.

"자네가 들어야 하는 소리 아니야?"

의사가 말했다. 둘은 서로를 바라보았다.

"…좀 걷지."

호실이 끊임없이 이어졌다. 이미 '소모된' 1층과 2층, 3층을 거쳐 병원이 예비해둔 곳이 나타났다. 400번, 500번, 600번… 아이가 뜀박질로 계단을 오르듯 경중경중 명패와 호수가 붙어났다. 아직 문이 열리지 않았지만 병원은 모두 예비해두었다. 원래는 언제의 어디에 있던 곳인지도 알 수 없었다. 그 안을 만두소처럼 채우는 환자들도 마찬가지였다. 기억도 의식도 불분명한 채로 그들은 어느 순간 '생겨났다.'

의사도 간호사도 아무 말 없이 복도를 걸었다. 검은 창밖엔 무엇이 있는지 알 수 없었다. 언젠가부터 졸음이 쏟아졌다. 익숙해졌다. 습관과 피로에 전 몸은 두려움을 의식하지 못했다. 내디딘 발 앞에 다른 발이 유령처럼 끌려왔다. 그러던 것이 한참, 어느새 식당 앞이었다. 그 복도는 도넛처럼 끝과 끝이 물려 있었다.

작업이 끝난 고깃덩이를 식탁에 진상하는 소리가 났다. 식탁은 기다림을 반찬 삼아 더욱 거센 욕망을 풀어헤쳤다. 먹잇감을 마음껏 탐닉했다. 간호사는 그것의 무수한 맛봉오리가 촉수처럼 살코기를 휘감는 것을 떠올렸다. 비비고 덮쳐서 머금고 오물거렸다. 살이 연신 스치는 축축한 소리는 발정기를 맞은 짐승의 그것 처럼도 들렸다. 불경했다.

아무렴. 그렇지 않은 곳인들 여기에 있으랴.

"멈출 수 있었을까?"

처음으로, 의사가 먼저 간호사에게 물었다.

"이 정도로 강해지기 전에 뭔가 했다면 달라졌을까?"

의사는 창문을 보았다. 그 바깥의 풍경을 아직 도로와 가로등, 다른 건물들 따위가 양분하고, 병원 안에서 휴대전화도 이메일도 터지던 때를 떠올렸다.

"몰랐잖아요…. 아무도 안 믿어줬을걸요."

간호사가 힘 빠지게 웃었다.

"우린 지금 여기가 어딘지도 모르잖아요."

둘이 창문을 바라보았다. 아무것도 없는 곳을 진정 눈으로 느 낄 순 없었다.

"우리 머릿속? 지옥? 그 사이에 염증처럼 도진."

의사가 꿈꾸듯 중얼거렸다. 그는 연신 눈을 희번덕거렸다.

"긁어내어 악성종양처럼 제거해야 할 차원. 성십자와 플루토늄 의 톱니바퀴 사이에 낀 또 다른 우주."

그는 스스로도 무슨 말을 하는지 몰랐다. 간호사는 의사의 깎 지 않은 손톱이 머릿속을 벅벅 긁는 것을 보았다. 헌 살갗에서 너 덜너덜 진물이 흘렀다.

"차라리 그때 우리도 같이 나갈 걸 그랬어요."

물론 진심이 아니었다.

"아직도 저길 떠돌고 있을 거야."

의사가 말했다.

"빠져나가지 못했을걸."

그가 고개를 갸웃거렸다.

"우리까지 따라갔으면 지금 여긴, 아니면 우리가 선택된 건가, 마지막까지? 하지만 저긴 통발이야."

말이 휘감기듯 빨라졌다.

"이 병원이 자기 안으로 하는 짓을 밖으로도 못할까? 여긴 이 병원의 우주야. 복도를 늘이고 줄이는 것처럼 자기가 어디 있는지 모르는 사람들을. 전번에 새로 들어온 환자가 목걸이를 끼고 있었어."

간호사도 기억했다. 둘은 그 목걸이를 오래 눈여겨보았다.

"기성품이니까 흔할 수도 있지. 하지만 내가 전에 본 건 한 명밖에 없었어. 자네도 알지?"

의사가 웃는 것처럼 흐느꼈다.

"촌스럽다고 우리끼리 그랬잖아."

병원이 큰 소리를 냈다. 만족스럽게도, 고통스럽게도 들렸다. 불만을 터뜨리는 것 같기도 했다. 처음에는 그런 소리가 들릴 때마다 허겁지겁 다른 식사를 준비하곤 했다. 그조차 몇 주, 몇 개월을 이어지니 무덤덤해졌다. 연유는 몰라도 그것은 요사이 끊임없이 배고파했다. 의사는 제 팔이 움직이지 않는 것을 알았다. 간호사가 두 손으로 그것을 감쌌다.

"조금만 더 참자고요."

"방법이 있는 것처럼 말하네."

의사는 중얼거렸다. 그러다가 불현듯 무언가 떠올렸다.

"아직도 기억하고 있는 건가?"

"선생님이 말한 거잖아요."

"난 노인의학과가 아니*라서*요."

말이 꼬였다. 아무도 웃지는 않았다. 의사는 벽을 어루만졌다. 병원이 진짜 병원이던 시절 시공하던 것을 어깨너머로 보고 지나갔다. 라이트그레이 시멘트 보드. 그래서 기억이 났다. 아마도. 지금은 그 외양만 흉내낸 무언가. 지금의 병원은 수술칼로 죽 그으면 껍질이 벗겨지고 혈관과 심줄이 튀어나올 것 같았다. 건물 송두리째 신의 살이 되고 피가 되었다. 그래서 자라는 걸까? 그렇다면 늙고 병들기도 할까?

다른 모든 살아 있는 것이 그렇듯이?

"그때 뭐라고 하셨죠? 이 건물이… 꺼지기 직전 촛불 같다고."

"희망 사항이지."

의사가 자조적으로 말했다.

"그냥 먹성이 좋아진 게 아니라고 어떻게 확신하나?"

알람이 울렸다. 식사가 끝났다. 조리원들이 축축한 바닥을 지나쳐 벽에 대롱대롱 매달렸다. 의사는 무심코 식당 벽을 두드렸다. 소리는 빵빵해진 내벽을 뚫지 못하고 튕겨 나왔다. 허겁지겁 식사를 끝낸 병원이 씨근대며 숨을 고르는 것이 느껴졌다. 젊은 시절 담배를 뻑뻑 피우던 노인처럼…. 의사는 그 가설을 더욱 믿고 싶어졌다. 이 이상으로 상황이 기이해질 수 없다면 합리적인 방법이 무슨 소용일까?

"이제 얼마 쉴 수 있겠네."

의사가 고개를 돌리며 말했다.

"김 간호사도 눈 좀 붙이지."

"됐어요."

그녀는 발끝에 말라붙은 것을 털며 대답했다. 살점은 여전히 신선했다. 어느 부위건 누구의 것이건 항상 그랬다. 전극을 달고 번개를 내리면 금세라도 두 눈을 번쩍 뜰 수 있을 것 같았다. 어느 것도 썩지 않았다. 곰팡이나 균 따위가 제 공물 한 톨이나마 침범하도록 병원은 두지 않았다.

"선생님은 여기 나가면 뭘 할래요?"

간호사가 눈을 비비며 물었다.

"어느 날 문 열었더니 주차장이랑 경비실이 딱 보이면? 그리고 그냥 나쁜 꿈 꾼 것처럼 아무 일도 없게 되면?"

"일단 좀 자야지. 늘어지게."

둘은 고개를 끄덕였다.

"그리고… 교회라도 다녀야지."

"저는 천일염 가마니로 사서 뿌리고 다닐 거예요."

간호사가 소금을 뿌리는 몸짓을 했다.

"복도, 병실, 보일러실, 창고… 싹 다, 새우 굽는 것처럼."

"여길 종교 재단 병원으로 하면 되지 않을까? 자연스럽게 퇴치될 것 같은데."

"그럼 괜히 더 음침하잖아요."

간호사가 쏘아붙였다.

"더 이상한 게 끌려 오면 어떡해요."

시시껄렁한 잡담이 줄곧 이어졌다. 발을 옮기는 둘을 따라 복도가 메아리쳤다. 아직 열리지 않은 방도 텅 빈 병실도 공평하게 수다를 엿들었다. 안의 환자들도 마찬가지였다. 인기척은 잠시나마 병원 복도를 사람 사는 곳처럼 만들어주었다.

"어라… 잠깐."

의사가 간호사를 멈춰 세웠다. 그러더니 모래사장을 파고들듯 오물오물 발가락을 움직였다. 밑창에 바짝 붙인 발바닥으로 바닥을 파고들었다. 앞꿈치로 한 번, 뒤꿈치로 한 번. 그것을 몇 차례 반복했다.

"왜 그러세요?"

간호사는 더 이상 무미건조할 수 없는 표정으로 그를 걱정했다.

"흔들리지 않았어?"

의사는 손가락을 세웠다. 마치 그게 탐침이라도 되는 것처럼.

"벌써 새 병실 들어올 때인가?"

"그럴 리가요. 아직 401호에는 손도 안 댔는데."

간호사의 말이 떨어지기 무섭게 세상이 흔들렸다. 지진이라는 표현은 맞지 않았다. 인간이 스스로 가졌는지조차 알지 못하는 아주 이상한 감각을 그것은 일깨웠다. 둘은 병원의 진동에 휩쓸려 신음했다. 그뿐이었다. 접수대의 작은 화분 하나, 벽의 먼지 한 톨 제자리를 벗어나지 않았다. 그 모든 것이 병원의 일부이고 움직임을 빚어내는 그것의 위장이요 살과 뼈인 까닭이었다.

간호사는 제 인중을 만져보고 나서야 콧등이 뭉개진 것을 알았다.

의자에 박은 이마는 짓무른 과일처럼 벗어졌다. 그녀는 나뒹구는 피부 껍질을 주워 모았다. 그것으로 달리 할 수 있는 게 없음을 그 뒤에야 깨달았다. 그녀는 그리고 흑연 가루를 털 듯 한때 제 몸이었던 물질을 훌훌 내버렸다. 의사는 아예 사지를 펴고 바닥에 누워 있었다.

"선생님, 괜찮으세요?"

의사는 신음했다. 전등에서 내리꽂히는 빛이 천벌처럼 동공을 파고들었다.

"선생님?"

간호사는 울며 의사의 팔을 잡았다. 갑자기 웃어야 한다는 생각이 들었다.

"아이고, 이번엔 특히 심하네."

의사는 목소리는 멀쩡한데 몸을 일으키지 않았다.

"김 간호사, 새로 생긴 병실 확인하러 가세."

꼭 잠꼬대를 하는 것 같았다.

"여긴가? 처음 보는 문인데."

정말 그랬다. 간호사는 경멸하듯 그것을 바라보았다. 명패도 호수도 없었다. 새로 생긴 방임은 분명한데 그 목적을 알 수 없었다.

"나가는 문이었으면 좋겠네요."

실없는 소리와 함께 간호사가 문을 열었다.

"그동안 열심히 한 보상으로."

사우나처럼 후끈한 증기가 밀려 들어왔다. 피부가 익어버릴 정도로 독했다. 간호사는 손잡이를 놓고 주춤주춤 물러났다. 비명을 질러야 한다고 스스로 생각했다. 목구멍이 상했는지 숨을 쉴 때마다 불덩이를 삼키는 것 같았다.

"새로운 식탁인가 보네."

의사가 가운으로 코와 입을 막고 우물거렸다. 간호사에게도 손수건을 건넸다. 누렇고 불그스름한 얼룩이 온통 묻어났다. 방 안엔 작은 원탁이 있었다. 굳이 식탁이라 부른 것은 그 위에 얹힌 혓 탓이었다. 식당의 그것과는 달리 아직 작고 얇았다. 정신 사납게 침을 뚝뚝 흘리며 그것은 둘을 바라보았다. 이윽고 새된 목소리로 울었다. 울음소리는 병원의 그것보다 훨씬 가냘팠다.

간호사는 발끝을 오므렸다. 뭔가 느껴졌다. 어떤 정서였다. 병원이 그것에게 품는 감상이었다. 보듬고 아끼고 사랑해주고 싶은 마음. 애정. 부모가 자식에게 그러하듯이. 진통을 겪은 어미가 기진맥진하여 제 새끼를 바라보듯. 의사는 새로 울리는 알람을 들었다. 그에 맞추어 어린 신의 혀가 신음했다.

500번의 병실이 열리는 소리가 들렸다.

딱 좋아! 딱 좋아! 무서운 게 딱 좋아!

● 초고 2018년 11월 7일

1

지옥의 형벌치곤 심심한데. 그걸 처음 보고 그렇게 생각했다. 물론 이의를 제기하진 않았다. 어차피 제기한들 저승의 심판관들이 받아들였을지 모르겠지만.

난 죽었다. 지루한 이야기이고 길게 할 생각은 없다. 사람들이 관심 가질 것은 죽기 전의 나와 죽은 뒤의 나겠지. 살아 있을 적의 나로 우선 말할 것 같으면 요트를 몰고 바다 위에 자주 나가던 부류였다. 좋은 경치를 볼 수 있는 것도 있지만 가급적 사회 같은 거대한 체계에서 멀리 떨어져 바다 한가운데 남겨진 뒤에야 비로소 알 수 있기 때문이다. 갑판 안에서는 내가 그야말로 왕이자 심판관이자 신이라는 사실을.

으리으리한 여객선의 선장 같은 것으로 그렇다고 날 착각해선 곤란하다. 내 배는 그저 청새치가 들이받으면 홀랑 넘어갈 작은 요트에 불과하다. 규모가 작을지라도 내 요트에서는 내가 모든 것을 결정한다는 의미에서 한 말이다. 육지의 체계에 몸을 의탁한다면 난 내가 아니라 어떤 부분에 불과하다. 누군가가 고안한 계획에 따라 누군가가 만든 물건에 앉아 누군가의 의사결정에 따라 움직이고 말한다. 그러나 바다에선 다르다.

매번 어느 쪽으로 뱃머리를 돌릴지, 눈앞의 파도를 옆으로 흘릴지 정면으로 타 넘을지 결정할 수 있는 칼자루가 나에겐 쥐어진다. 스스로 운명을 선택할 자유란 얼마나 즐거운가. 매일 아침 수백의 다른 고깃자루와 함께 자신이 어떠한 조작도 할 수 없는 대중교통에 스스로를 밀어 넣는 우리는 안타깝게도 이러한 쾌감을 느끼기엔 너무 멀리 와버렸다.

그러나 달콤한 일탈은 잠시뿐, 점차 배를 타고 나간다는 행위 자체가 또 다른 일상이 되었다. 그리고 일상이 소중하다고 말하는 사람들은 격자 속에 갇혀 몸부림쳐본 적조차 없는 햇병아리일 뿐이다. 세상 어느 누가 일확천금을 손에 쥐는 순간 날 내려다보던 일상의 아니꼬운 낯짝에 칼을 꽂지 않을 수 있단 말인가?

바다도 결국 그렇게 되었다. 처음엔 바라보기만 해도 좋던 햇살이, 풍랑이 지루해졌다. 배를 모는 것도 이젠 너무 쉽다. 전부 눈 감고도 할 수 있다. 물집 잡힌 손으로 팔뚝을 마사지하던 일이 엊그제 같은데. 이래서야 매일의 습관을 무심결에 되풀이할 뿐.

그래서 난 동승자를 고르기로 했다.

멍청한 이들은 술자리 상대에게 재산을 자랑하기 위해 자기 요트를 보여준다지만, 난 달랐다. 순수한 권력의 시현. 내겐 지루해진 일상일지라도 일반인이 보기엔 여전히 놀라운 일임을 증명할 관객이 내겐 필요했다. 왕이 자신을 추켜세울 어릿광대를 필요로 하는 것과 비슷한 일이다. 그래서 나를 잘 모르는 이들로, 바다와는 별로 연이 없는 이들로 동승자를 골랐다. 이 배에서 내가 갖는 영향력을, 무소불위한 지배력을 드러내고 싶었다. 물론 가끔은 의견충돌을 빚기도 했다. 꼭 배의 조종법 같은 고리타분한 분야가 아니더라도, 사람과 사람 사이엔 무수한 갈등이 깃들기 마련 아닌가?

갈등은 빚을 수 있다. 그러나 그들은 왕에 대한 존중이 없었다. 바다 위에 떠오른 배란 단순히 교통수단에 머물지 않는다. 물결에 몸담았음에도 그와 격리된 또 하나의 독자적인 세계. 항해에 나선 나는 작은 세계의 운명을 고스란히 거머쥔 권력자다. 한낱 관객이 그럼에도 나의 권위를 끌어내리려 할 때마다, 나는 그들을 나의 세계에서 추방하는 것으로 답했다.

나라고 해서 유일한 신하를, 어릿광대를 내칠 때마다 내심 눈물짓지 않았겠는가? 엄정한 정의가 혹 나약한 동정에 허물어질까 봐 재빨리 뱃머리를 돌리면 그들은 점차 멀어졌다. 고래고래 소리 지르다가, 흐느껴 울다가, 당황하여 아무것도 못 하다가, 결국 바닷속으로 사라졌다. 내가 이 말을 법정에서 읊자 사람들은 나더러 광인이라고 불렀다. 얼마 전 편지를 받았는데, 내가 연쇄살인마라도 되는 것처럼 추켜세우는 글귀라 그대로 갈가리 찢어버렸다. 그날은 속이 안 좋아 밥도 제대로 뜨지 못했다.

경찰이라고 해서 더 나을 건 없었다. 시시각각 내뱉는 숨이 생의 마지막에 가까워지는 것을 나는 알았다. 그래서 피해자 가족들을 만나고 싶었다. 그러나 진심 어린 사과를 전할 기회조차 그들은 허락하지 않았다. 그래 내가 마치 반성하지 않을 것처럼 말이지. 하지만 그들은, 물론 조의를 표할 생각이긴 했지만, 바다에 집어

삼켜진 이들은 정말이지, 너무 무관심했다.

비행기 기장에게, 나라의 대통령에게 경의를 표하듯 왜 나에게 존중을 표하지 않았던가? 그들의 행실이 당시 자신의 모든 것을 오롯이 맡긴 이에게 응당 바쳐 마땅한 종류의 것이었던가? 그들이 한 번이라도 스스로 이런 질문을 던졌더라면 내가 범죄자가 될 일도 없었을 것이다.

그리고 형이 집행되었다.

지루하게도 저승에서조차 법관들은 나를 불러 세웠다. 그러고는 이승과 비슷한 말을 늘어놓았다. 밤색 로브를 입은 채 한 손엔 망치를 거머쥔 얼간이가 누군가의 존중을 받을 수 있는 장소란 세상에서 법정뿐일 것이다. 그들은 학위를 따고 시험에 통과하여 스스로의 지위를 입증했다고? 그럼 내가 요트를 구매하고 자격증을 딴 건? 수없이 많은 항해를 성공적으로 마친 건? 이런즉 나 또한 동승자에게 존경받을 자격이 있지 않았을까?

막대한 모순에 가까스로 눈 돌리며 그들은 나를 유죄로 판정하였다. 그래, 미친놈들 틈에선 나처럼 근면하고 논리적인 지식인이 박해받을 수밖에. 그들은 나를… 마네킹으로 만들겠다고 했다. 그리고 이야기는 처음으로 돌아간다.

마네킹이 되는 형벌이라? 나름 해볼 만하다는 생각이었다. 조금 둔감하고 심심한 삶이야 되겠지만. 지금보다야 나을 게 아닌가. 소설을 보면 아무것도 없는 정적을 굉장히 무섭게 묘사하곤 한다. 차라리 끝없는 고통이 낫다는 둥…. 근데 그 작가 놈들은 교도소에서 어깻죽지를 밟혀 만들어진 날개뼈 사이 둔덕으로 다른 죄수의 것이 비벼진 경험이 있을까? 일이 치러진 뒤 관절이 빠진 것을 알게 된 경험은? 특히 부러진 뼈가 생살을 찢어발기는 기분은 정말, 으윽! 겪어본 적 있다고?

그럼 넌 나보다 먼저 이곳에서 고통 받고 있을 거다, 이 거짓말쟁이야.

마네킹이 괴로우면 얼마나 괴로울 것인가? 기껏해야 멋진 옷 걸치고 쇼윈도 바깥 지나다니는 사람들 좀 보면 끝인데. 오히려 활기찬 거리를 구경하는 것이 재미없어질 이유가 없다. 지옥의 고리타분한 양반들에겐 형벌일 수 있지만, 지금의 나로선 딱히 나쁘지 않은 처우다. 이런, 떠들다 보니 어느새 사위가 밝다.

새 몸으로 들어온 건가?

난 주위를 둘러본다. 그런데 어째 태양이 눈높이에 있다. 자세히 보니 하늘도 보인다. 내 머리 위가 아니라 눈앞에 평평하게 펼쳐져 있다.

"자, 여러분! 지금부터 심폐소생 실습을 시작하겠습니다."

인간 시절의 기억을 되살리자 서서히 감각이 돌아온다. 나는 단단한 곳에 등을 대고 바르게 누워 있다.

"잊지 마세요. 이 인형은 실제 인간이랑 흡사하게 만들어져서, 반드시 갈비뼈가 부러질 정도로 세게 눌러야 합니다."

주변에는… 사람들? 다들 날 보고 있잖아?

"그럼 첫 번째 학생부터 나와 해볼까요?"

2

여자는 저를 우러르는 이들을 보았다. 맨살이 바깥과 닿지 못

할 정도로 꽁꽁 묶인 채였다. 몸을 두른 거친 밧줄이 흐린 피멍을 그렸다. 화형대의 표면이 그녀의 연약한 살갗을 찔렀다. 선혈이 흘러 발치의 장작더미를 적셨다. 주변을 에워싼 사람들은 불안한 시선으로 그것을 보았다. 혹여 불이 붙지 않으면 어쩌나 걱정하는 투였다.

"지독한 것!"

어수선한 가운데, 수염이 덥수룩한 노인이 나섰다.

"여태 반성의 기미를 보이지 않다니, 네년은 실로 마녀가 맞는 게로구나!"

사람들이 고함으로 동조하였다. 여자의 입술이 슬며시 비틀렸다.

"나는 마녀라고, 당신들이 처음부터 정한 일이 아닌가요."

제 피와 마찬가지로 독살스러우리만치 붉었다.

"이제 와 울며불며 빈다면 이 모든 걸 없던 일로 해줄 건가요?"

그녀가 싸늘하게 웃었다.

"당신들의 십자가란 그 정도 무게밖에 안 되는가 보군요."

"무엄하구나!"

노인이 일갈했다.

"그분의 이르심이, 네 죄의 사함이 아직 멀지 않거늘 되레 그분을 모독하다니!"

횃불은 조용히 춤추듯 타올랐다.

"내가 언제 그분을 모독했단 말인가요."

여자는 여전히 입을 다물 생각이 없어 보였다.

"엊그제까지만 해도 여러분은 내 이름을 불렀지요. 그런데 갑자기 불길을 들이대며 나더러 악마와 정을 통한 여자라니."

그녀가 잠시 말을 절었다.

"누군가 모독당해야 한다면 그것은 당신들입니다."

"저런 파렴치한!"

"역시 마녀가 틀림없는 게야!"

섬뜩한 분노가 되레 군중들 틈으로 퍼졌다.

"꽤 당당하구나."

횃불을 쥔 장정이 여자에게 다가갔다.

"네년은 이것이 무엇인지 아느냐?"

횃불에선 가문비나무 기름 냄새가 났다. 여자는 열기를 견디지 못하고 고개를 돌렸다. 그녀의 앞머리 몇 가닥이 기이한 형상으로 말려들었다.

"어디 한번 대답해보아라, 마녀야!"

노인이 기세등등해져 물었다.

"이것이 무엇인지 너는 아느냐?"

"…정화의 불이 아닙니까."

여자는 악문 잇새로 간신히 말을 뱉었다.

"당신네가 주교좌성당까지 가서 받아온 것이지요."

"그렇다! 모든 악인과 마녀를 불태우는 불길!"

노인이 선언했다.

"이 불에 닿은 죄인의 영혼은 영원히 그분의 안식 바깥을 떠돌 것을 네년도 물론 알겠지!"

사람들이 점점 바짝 다가왔다.

"그런데 어찌 그렇게 여유롭단 말이냐?"

횃불에선 별똥별처럼 무수한 불티가 이리저리 튀었다.

"어떻게 그리 여유로우냐고요?"

여자가 가까스로 코웃음쳤다. 넘실거리는 열기가 그녀의 뺨을
발그레하게 만들었다.

"나는 그분의 말씀을 믿습니다. 더불어 그것이 정화의 불이며,
모든 죄인이 그것에 의해 마땅히 벌해질 것을 믿습니다. 그런데
어떻게 불안할 수 있겠어요?"

"촌장님, 이제 그만두시지요!"

장정들이 간언했다.

"마녀의 요술은 실로 교묘하여, 이렇게 말을 섞는 것만으로 해
로운 기운을 퍼뜨릴 수 있다고 하였습니다!"

고통에 겨운 와중에도 여자는 작게 코웃음 쳤다. 끝이 다가오
고 있었다.

"불을 붙여라!"

"마녀를 불태워라!"

"죄인을 벌하라!"

누구랄 것 없이 사람들이 외쳤다. 그 즉시 장정들은 팔을 내렸다.
장작더미 깊숙이, 불티마저 올라오지 못할 만큼 깊이 횃불을 찔
러 넣었다. 사람들은 물러섰다. 마른 나무를 잡아먹고 순식간에
피어날 화염을 상상했다. 그런데 아무 일도 일어나지 않았다.

"촌장님?"

이상하다고, 몇이 생각할 즈음이었다.

"촌장님, 몸이⋯."

사람들은 노인을 보았다. 노인이 저를 바라보는 이들을 보았다.
눈앞이 흐렸다. 얼굴을 비비자 웬 연기가 한 움큼 잡혔다. 기침을
뱉자 목구멍이 열기로 오글오글 구겨졌다. 뱃속이 뜨거웠다. 팔
다리에 힘이 들어가지 않았다. 눈구멍 안쪽이 아주 밝아지더니

206

이내 아무것도 보이지 않았다. 점차 사방이 비명으로 가득해졌다. 줄이 끊어지듯 노인은 나뒹굴었다. 곧 모두가 환하게 타오르기 시작했다.

여자는 정화의 불을 끌어안은 채 몸부림치는 죄인들을 바라보았다.

3

나는 달린다. 무슨 스포츠음료 광고가 아니다. 매일 밤 잠들면 시작되는 꿈이다. 좋은 꿈이냐고? 이런 식으로 시작하는 이야기치고 맨날 좋은 꿈 꿔서 죽겠다는 놈 본 적 있냐?

말이 좀 격하게 나갔다. 그렇지만 누구나 내 처지가 되면 이렇게 말할걸? 악몽, 반복되는, 그것도 현실처럼 생생하게 반복되는 악몽은 어릴 적 공포 만화책에서 졸업한 줄로만 나도 알았다.

꿈의 내용은 이렇다.

오래된 건물이 보인다. 아마 버려진 학교나 정신병원? 어차피 중요한 것은 아니다. 그 앞의 운동장에서 난 뛴다. 닳아 없어진 우레탄의 폐허를 밟아 부수며 뛰고 또 뛰어야 한다. 안 뛰면 어떻게 되느냐고? 좋은 질문이다. 근데 시험해보려면 새하얀 원피스를 입고 기괴하게 웃음 짓는 깡마른 여자에게 한번 붙잡혀봐야 한다.

내가 웃음 '짓는다'고 했지. 그냥 웃는 게 아니라.

보통 귀신이 웃는다고 하면… 소리를 내지 않는가? 나를 쫓는 그런 종류는 특히 더. 숨넘어갈 듯 웃다가 정말 숨이 넘어가버려 귀신이 되지 않았나 싶은데. 이 꿈이 더 거지 같은 이유는 거기에 있다. 그 여자는 웃지 않는다. 아무 소리도 없이 그저 창백하게 부푼 초승달처럼, 입을 벌린 채 날 쫓을 뿐이다.

그러니 도망가지 않고 배길까?

하지만 나도 해결책은 이미 알고 있다. 결국 꿈은 반복된다. 영원히 쫓고 쫓길 수도 있겠지만 그래서야 정신의 소모가 너무 크다. 언제까지고 변비 걸린 고양이처럼 낑낑댈 순 없는 노릇이니, 아무리 무섭더라도 언젠간 마주할 일이다. 그래서 실제 있는지조차 알 수 없는 여러분의 위대한 조언과 지지에 힘입어, 한번 해보려고 한다.

오늘 밤 그 여자에게 한번 잡혀보려고 한다.

운동장이다. 나는 트랙을 내려다본다. 다 해진 선이 어슴푸레 달릴 곳을 표시한다. 저만치 뒤편에서 그녀가 다가온다. 나는 돌아선다. 아예 힘을 빼고 주저앉는다. 그래야 도망갈 마음이 없어질 테니. 버림받은 봉제 인형처럼 널브러진 채 서서히 다가오는 기척을 읽는다. 흐린 소음이 점차 분명한 리듬으로 변한다. 발소리, 옷 스치는 소리, 끝내 그 괴물 같은 여자의 숨소리까지 들린다. 꿈이지만 몸이 주체할 수 없을 정도로 떨린다.

과연 무슨 짓을 할 것인가? 나는 바짝 긴장하여 눈을 감는다.

"하나!"

말소리가 들리고, 조금 있다 둔탁한 충격이 어깨에 걸린다. 손? 민 건가? 어느새 내가 일어나 있다는 사소한 위화감은 잊도록 하자. 나는 눈을 뜬다. 여자는 조용히 있다. 그 소리 없이 방싯 방싯 웃는 상판대기는 그대로지만, 가만 보니 좀 낫다. 적어도 뭘 더 저지를 생각은 없는 모양이다. 하나가 무슨 뜻이야? 꿈속의 나는 입을 열지 않고 전한다.

여자는 고개를 끄덕인다. 수긍이 아니라, 당연한 걸 뭘 묻느냐는 투다. 무슨 뜻이지? 헤아리지 못할 수많은 질문을 남겨두고, 그녀는 돌연 쏜살같이 날 밀치고 달려나간다. 그녀가 트랙 반 바퀴쯤을 재차 돌았을 때야 나는 겨우 다른 생각을 할 수 있었다. 한 바퀴 따라잡았으니 하나, 라는 거구나.

어쩐지 정겨운 냄새가 풍기는 장난이다.

무서운 외관에 걸맞지 않게 순수한 놀이를 즐긴다고 생각할 무렵, 최초의 성공에 고무되었는지 여자는 평소보다 더 빨리 시작점으로 돌아온다. 조금 전과 마찬가지로 흐린 기척이 분명한 리듬으로, 그것이 또 숨결로 바뀌기 직전⋯ 여자는 돌연 품에 여며둔 물건을 꺼낸다.

'드륵' 하고 요철이 맞물리며 날을 뱉는다. 얄팍한 음영을 받아 커터 칼이 빛난다.

"둘!"

4

'도난당한 유전자편집 닭의 행방이 밝혀지지 않은 가운데. 두 번째 협박장이 도착했습니다. 몸값으로 10억 유로, 한화 약 1조 3,000억의 거금을⋯.'

남자는 채널을 바꿨다. 생각 없이 볼 수 있는 것 아무 종류라면 괜찮았다. 머리는 이미 협박장을 쓰며 실컷 혹사시켰으니 좀 쉬고 싶었다.

어두침침한 방이었다. 조명마저도 어쩐지 우울한 빛을 띠었으나 남자로부터 샘솟는 일확천금의 기대가 그것을 어렵지 않게 몰아냈다. 철문이 삐그덕 기울어지며 방문자를 뱉어냈다. 남자의 동료였다.

"왔어?"

남자는 TV에서 시선을 돌리지 않고 물었다.

"귀하신 닭은 어때?"

"잘 있어."

동료는 격리된 방으로 난 문을 닫았다. 몸에 묻은 닭털이 풀풀 날렸다.

"시끄럽게 굴던 건 좀 쥐어패니 괜찮아지더라고."

둘은 많은 이야기를 나누었다. 몸값을 받아낼 방법에 결함은 없는지, 일이 다 끝난 뒤 어떻게 몸을 숨기고 자금을 세탁할 것인지 등등…. 인질극도 아니고 계(鷄)질극이라니, 분명 이상한 일이었다. 10억 유로라는 액수에 대해선 더 말할 필요도 없었다. 그러나 지구를 거닐었고 거니는 모든 생명체를 통틀어 단일 개체로서는 가장 귀중한 것이 그 닭이었다.

유전자가위로 대표되는 초보적인 소꿉장난을 넘어, 인류는 모든 단백질접힘의 가능성을 파악하여 유전염기들의 표현형을 자유자재로 편집하는 지점까지 나아갔다. 이에 종간 유전자를 섞거나 휴면 유전자를 발현시키는 실험은 금세 시시한 것이 되고 말았다. 사람들이 진정 주목한 것은 아예 일어나지 않은 일이었다.

35억 년의 역사에서 중도 교체된 고대의 생명 형태, 혹은 염기가 넷보다 많거나 적은 생물체. 유기물이니 액체 상태의 물이니

하는 시시한 조건들에서 벗어나 전혀 다른 배경과 법칙으로 생육하는 기이한 생명을 그들은 원했다. 그 첫걸음이 바로 유전자편집 닭이었다.

겉보기엔 양계장의 또래 집단보다 조금 크고 살찐 암탉에 불과한 그것이 특출난 이유는 유전자를 '편집한' 닭이 아니라 오히려 '편집하는' 닭이기 때문이었다. 학자들이 그 닭의 신경계에 짜넣은 전기·물리·화학적 조작계통을 재래식 정보 소자로 치환하면 법정 마일 단위의 회로가 튀어나왔다. 그것을 통하여 학자들은 닭에게 특정한 형태의 후손을 '설계'할 것을 '지시'하였다. 닭에게 살집이 붙은 이유 또한 배란 과정에서 필요한 물질을 점토처럼 끌어오기 위함이었다.

유전자편집 닭의 탄생 이벤트로 계획된 '살아 있는 달력'은 많은 논란을 불러일으켰다. 카멜레온처럼 표피 색소를 조절하여 달력의 형식을 나타내고, 철새와 유사한 방법으로 지구자기장을 읽어 알맞은 날짜를 표시하는 그것은 세상에 선을 보이자마자 생명권을 무시한 처사라는 날 선 비판에 시달렸다.

연구원에서는 달력들이 일종의 동면 상태이며 신경절이 없어 주변 환경을 전혀 인식하지 못한다고 거듭 강조하였지만 곤히 잠든 달력의 살갗을 자르는 등 다양한 '학대' 사례가 보고되자 이내 허겁지겁 이벤트를 종료할 수밖에 없었다. 비록 폭력 행위를 방지하기 위해 체액을 푸른색으로 했다지만 바들바들 떨며 즙액을 흘리는 달력은 어쨌든 보기에 안 좋았다.

"그런데 굳이 이렇게 이목을 끌 필요가 있을까?"
그의 동료가 물었다.

"그냥 과학자들 하던 것처럼, 우리가 그대로 이놈 조종해서 귀한 걸 뱉게 하자."

그의 상상력의 한계란 양팔로 안아들 수 있는 한 아름의 부귀영화에 그쳤다.

"쓰레기를 먹고 황금을 뱉는 병아리라든가."

그러나 남자는 동료의 말을 콧방귀 한 번으로 일축했다.

"거기 샌님들은 저 닭대가리한테 명령어 한 번 입력해보려고 논문 수십 편도 더 썼을걸?"

그가 혀를 찼다.

"그런 놈들도 쩔쩔매는데, 우리 명령을 이해나 하겠어? 썩은 알이나 안 나오면…. 참 그리고."

남자가 손가락을 휘적이며 닫힌 문가를 가리켰다.

"저놈 살 엄청 빠졌던데."

"그렇겠지. 아무래도 스트레스 받을 테니까."

"생크림에 마시멜로라도 섞어서 처먹이든가 해봐. 죽어버리면….

남자는 거기에서 말을 멈추었다. 굳이 생각해봤자 뾰족한 수도 대비책도 없는 그런 유독한 상상이었으니.

"아까 낳은 알은 어떻게 됐어?"

"잘 있어."

동료가 고개를 끄덕였다.

"부화한 건 없고. 방금 건초로 덮어주고 왔지."

아직도 부화를 안 했다니? 남자가 노려보자 동료는 어깨를 으쓱할 뿐이었다.

"음…."

그가 턱을 쓰다듬으며 생각에 잠겼다.

"알 사진 보냈지? 연구원 놈은 뭐래?"

닭에게도 마음이 있다면 매일 자신을 돌봐주던 사람이 불한당들과 결탁하여 자신을 납치했다는 사실을 알고 어떤 기분이 될 것인가?

"여태까지 낳은 적 없는 알이래."

더러운 세상의 이면은 접어두고, 닭을 보고 온 동료가 곤란한 표정으로 입을 열었다.

"그래서 혹시 납치 과정에서 어디 잘못된 거 아니냐고. 애가 연구원 안에서만 지내느라 더 민감할 수도 있다던데."

말이 채 끝나기도 전 텔레비전이 꺼졌다.

"빌어먹을!"

일행이 쩔쩔맬 동안 남자는 문을 열고 닭을 가둬둔 곳으로 들어갔다. 천장의 꼬마전구가 침침한 빛을 쏘았다. **끼악!** 조류보단 사람과 더 닮은 울음이 컨테이너를 울렸다. 그가 들어서자마자 닭이 비명을 지른 것이었다. 남자는 뒤따라 들어온 동료에게 태평하게 문 닫을 것까지를 지시했다.

"이것 봐라, 왜?"

남자가 성큼 다가갔다. 닭이 뒷걸음쳤지만 도망갈 곳이 없었다.

"내가 무서워? 닭대가리야? 응?"

남자는 유전자편집 닭을 이리저리 돌리며 그 상태를 살폈다.

"괜찮은데. 상처도 없고."

닭의 상태가 나빠지면 당연히 협상의 가치도 떨어진다. 남자 나름대로 신경을 썼지만, 평소 연구원들의 섬세한 케어에 익숙하던 닭은 텅 빈 눈으로 벌벌 떨고 있었다. 너무나도 겁에 질린 나

머지 자신에게 움직일 수 있는 근육이 있다는 것도 잊어버린 것
같았다.

"속이 곯았나? 병신같이."

"음, 난 알 보고 올게."

동료가 말했다.

"그냥 평범한 병아리라도 낳았을지 모르지."

구석으로 향하는 발걸음. 남자는 이윽고 닭을 놓았다. 아니,
솔직히 말하면 내팽개쳤다. 닭 한 마리의 심사나 살피며 절절매
는 꼬락서니라니. 저도 모르게 힘이 들어갔다. 미처 자세를 잡기
도 전 그 멍청한 닭은 벽에 머리부터 처박으며 떨어졌다. *가만.*
남자는 생각했다. *그냥 죽여버리고 아무 암탉이나 이놈인 척 꾸
밀까?*

예비용 플랜으론 나쁘지 않을 것 같았다. 유쾌한 상상에 빠져
있던 그의 귓전을 무언가의 파열음이 두들겼다. 파삭. 파사삭. 꼭
얇고 속이 빈 것이 열리는.

이를테면 달걀 깨지는 소리 같았다.

"야, 무슨 일이야."

남자는 소리가 들려온 곳을 보았다. 꼬마전구가 밝힌 원뿔의
빛 바깥이었다.

"부화했어?"

"어어."

동료의 말이 칠칠맞게 늘어졌다. 마치 자신이 뭘 보고 있는지
모른다는 듯.

"그런데…"

말이 뚝 끊겼다. 그러고는 낙엽이 쑤석거리듯 자그마한 기척이 연이어 들려왔다. 그 뒤론 작위적인 침묵이 이어졌다. 남자는 전등갓 바깥의 어둠을 노려보았다. 이내 단단한 물체를 눌러 부수는 소리가 났다. 뭔가가 빛이 비치는 곳으로 불쑥 들어왔다. 울퉁불퉁한 바닥에 끌리고 맞고 튕기며 그것은 불쾌한 연주를 했다. 연주가 끝나고 드러난 것은 두 가지 물건의 합이었다.

하나는 동료의 권총, 일부는 그 손잡이를 붙잡은 채 아직 피를 흘리는 손목. 그 절단면은 톱니처럼 삐뚤거렸다. 마치 작은 입질을 무수히 많이 하여 끊어낸 것 같았다. 심지어 총신에도 군데군데 비슷한 도려내어진 자국이 있었다. 탄피도 벗지 못한 채 난도질당한 총알이 쏟아졌다. 비릿한 쇳내가 어느 쪽에서 나는 것인지 차마 가늠하기 싫었다.

작은 기척은 줄지 않았다. 보이지 않는 곳에서, 알의 껍데기는 계속해서 깨졌고 무한한 가능성이 거기에는 있었다. 모체의 극심한 스트레스와 더불어 생명의 위협이 빚어낸 악의에 물든 경우의 수를 남자는 차마 헤아리지 못했다. 저만치서 유일한 탈출구가 닫히는 소리가 들렸다. 닭이 작게 울었다.

남자가 뒷걸음질 쳤지만 도망갈 곳이 없었다.

5

이 바다는 병들었다. 어쩌면 바다가 아닐지도 모른다. 이곳이 심지어 현실이라고도 장담할 수 없다. 어쩌면 지옥에 달라붙은 축축한 뒷골목, 살 썩는 내음이 춤추듯 수면을 더럽히는 이곳에서 나는 기록을 남긴다.

일의 시작은 적군 초계기가 발작하듯 뿌려댄 폭뢰였다. 아이의 헛발질처럼 우수수 떨어졌으되 잠수함은 그것을 모두 피하기엔 너무 크고 둔했다. 최초의 충격으로 기절해버린 내가 눈을 뜬 곳은 다행히 사후세계도 아니었고 적군 포로수용소도 아니었다. 어떻게든 살아남은 모양이다.

순진하게도 그땐 그렇게 믿었다.

잠수함은 자력 항해가 불가능했고 통신을 잡을 수도 보낼 수도 없었다. 무엇보다 치명적인 것은 밸러스트 탱크가 망가져 평형수를 채우지 못한다는 사실이었다. 즉 우리는 잠항도 영영 불가능한 채 선체 절반을 수면 위로 드러낸 상태로 둥둥 떠다녀야만 했다.

이러나저러나 제일 먼저 할 일은 정확한 위치를 측량하는 것이었다. 그러나 설비가 걸레짝이 된 마당에 이것이라고 수월할 리 없었다. 오류가 한계까지 누적된 관성항법장치는 제쳐두고, 궁여지책으로 해저지형을 읽으려 해도 바로 아래 외롭게 솟아오른 해저산을 제외하곤 지형이랄 게 없었다. 이렇듯 우리는 주변 바다를 그저 '망망대해'라고밖에 표현할 수 없었다.

그래서 일단 해가 지기를 기다려야 했다. 별의 배치를 읽기 위해서.

낮 동안의 경계근무를 위해 처음 갑판으로 나간 2인 1조에 내가 포함된 것은 과연 축복이었을까? 해치를 열자마자 우리는 두꺼운 벽에 온몸을 들이받는 것과 비슷한 충격을 느꼈다. 손으로 만질 수 있을 만큼 분명한 악취가 아지랑이의 환상마저 불러왔다. 정신을 놓아버리고 싶은 것을 참고 가까스로 몸을 내밀자 그곳에 바다는 없었다.

대신 드러난 것은 배를 까뒤집은 온갖 물짐승들의 시체였다. 빌딩만 한 고래부터 손톱보다 작은 피라미들까지. 그런 것들이 수평선까지를 온통 빼곡히 뒤덮은 채였다. 하늘엔 구름이 잔뜩 끼어 침침한 햇살이 내리쬐었는데, 그래서인지 죽은 고기들의 하얀 비늘도 어쩐지 건강하지 못한 잿빛을 대신 띠었다. 바다 위에서 맞이한 모든 죽음이 한데 모여 썩어가는 장소, 그들의 마지막 가는 길을 소화시키는 거대한 괴물의 창자처럼 그곳은 보였다.

다른 승조원들에게도 바깥의 풍경이 전해졌고 당연히 차마 입에 담기 힘든 난폭한 상상이 우리 사이를 떠돌았다. 그러나 바다가 끔찍한 풍경으로 우리를 겁주는 만큼 모두가 손꼽아 일몰을 기다렸다. 해가 지고 떠오를 별하늘의 천문도를 우리는 바랐다. 실상 떠오를 별이 가져다줄 것은 대략적인 위치뿐 모든 게 그대로인데. 그만큼이나마 우리는 안심하고 싶었다.

다음 날 눈을 뜨자마자 그 소망의 말로를 전해 들었다. 야간 경계근무를 선 놈이 전하길 구름 낀 하늘은 밤에도 마찬가지라 별이고 뭐고 뭐가 보일 환경이 아니었다.

우린 그날부터 평소보다 적은 식사를 천천히 아껴 먹었다.

경계근무를 설 때면 코에 치약을 짜 넣었다. 갑판에 선 채 코맹맹이끼리 서로 내기를 했다. 농익어 부푼 시체가 터지는 것을 누가 더 많이, 빠르게 짐작하나 겨루는 놀이였다. 고래같이 큰 게 특히 장관이었는데, 불그스름한 조각이 화산폭발처럼 골고루 치솟아 붉은 무지개를 빚었다. 그리고 얼마 안 가 일제히 낙하하여 시체의 대륙을 두들겼다. 우리끼린 그것을 세상에서 가장 더러운 일출이라고 농담 삼아 불렀다.

물론 우리끼리나 그랬고, 별로 웃을 일도 아니었다. 바다 한가운데서 생화학 공격을 당하는 것이나 다름없어 우리는 때로 경계 근무 이상의 책임을 지고 갑판에 나가야 했다. 주로 눈에 띄도록 부패가 진행된 고깃덩이에 총을 갈겨 가라앉히는 일이었다. 가만히 서서 언제쯤 집에 돌아갈 수 있을지 상상하는 것보단 재밌어서 많이들 방아쇠에 손가락을 걸곤 했다. 전적을 올린 뒤 가만히 귀 기울이면, 가라앉은 시체가 해저산과 맞닿으며 우렁우렁 우는 것까지 들을 수 있었다. 묘하게 생물적인 떨림이 그 뒤에 종종 돌아오곤 했다.

수평선까지 메운 시체 전부를 떨어뜨릴 순 없어도 적어도 잠수함을 중심으로 제법 넓은 곳이 청소되었다. 덕분에 근무를 설 때마다 우리를 가둔 이 끔찍하도록 고요한 바다가 바로 코앞에서 넘실대는 것을 감상할 수 있었는데, 딱히 좋을 것은 없었다.

그때쯤 우리의 정성에 탄복하였는지 하늘에서도 변화가 일어났다. 구름이 사라지고 맑은 하늘이 등장한 것이다. 그 까닭에 대하여 잘난 척하기 좋아하는 누구는 부패 가스가 만들어낸 상승기류가 사라진 까닭이라고 했지만 그것은 모르겠다.

중요한 것은 훤히 드러난 하늘에 아무것도 없었다는 사실이다.

야간 근무를 나간 직후엔 뭔가 잘못된 줄 알았다. 달이 있었다. 꼭 부옇게 뜬 치즈 같았다. 하늘이 그대로 비쳐 물속에도 마찬가지로 떠오른 달은 기묘한 착각을 불러일으켰다. 그런데 그것뿐이었다. 분명 구름 한쪽 없이 깨끗한데도, 무슨 일이라도 있냐는 듯

저 혼자 시치미 뚝 뗀 보름달을 제외하곤 별이고 뭐고 전혀 보이지 않았다!

그날부터 하나둘 우리는 스스로 목숨을 놓았다.

더 이상 기다릴 수 없었던 것이다. 아마도. 당시엔 그렇게 생각했다. 잠수함 수리에는 진척이 없고 여전히 위치는 불명인데 이제 유일한 희망으로 손꼽히던 맑은 하늘마저 우리를 저버리지 않았나. 세상 어디에도 '별이 떠오르지 않는 하늘' 따위는 없었다. 이것은 평범한 표류가 아니었다. 뭔진 몰라도 합리로는 감히 재단할 수 없는 일이었다. 우리는 불가해한 소용돌이에 휘말려 서서히 죽어가고 있었다. 돌파구는 없었다.

경계근무를 선 이들, 특히 야간 근무조가 다음 날 돌아오지 않는 일이 허다했다. 해가 떠오르면 우리는 선체에 퉁퉁 부딪히는 절여진 시체나 머리에 바람구멍을 단 채 갑판에 엎어진 시체를 거두어 염했다. 그조차 언젠가부터는 하지 못하였다. 차마 다른 물고기 시체처럼 '처리'할 수도 없어 천천히 그것이 씨알 좋은 포도처럼 부풀다 터져버리는 것까지를 우리는 보아야 했다.

이 시점이 되자 명백해졌다. 우리는 이곳을 벗어날 수 없다. 누구 하나 입 밖으로 뱉지 않을 뿐 점차 스스로의 죽음을 기정사실로 받아들이는 분위기였다. 심지어 잠수함이 망가진 것이 일종의 구색 맞추기에 불과하지 않을까 하는 기괴한 운명론이 우리를 사로잡았다. 일의 향방과는 무관하게 어떤 초자연적인 힘이 처음부터 우릴 이곳에서 벗어날 수 없도록 만들었다는 것이었다. 여기까지 오니 더 이상 계급도 임무도 없었다. 아무도 뭔가 생각할 수 없었고 목표를 세울 수도 없었다. 우리는 존재하는지도 모를 적에게 하나둘 굴복하였다.

난 지금 갑판 위에 있다.

모든 것이 제대로 돌아가지 않는 이곳이라도 달이 뜬다. 성실하게도 한 바퀴 28일의 주기를 꼬박꼬박 지켜 이울고 차오르는 달을 나는 바라본다. 오늘은 그믐에 가까워 그나마 하늘을 밝히던 빛조차 찾아볼 수 없다. 수면으로 시선을 내린 나는 그러나 여전히 밝게 타오르는 달을 발견한다. 기이한 일이다. 이런 상황에서조차. 놈을 바라보는데 갑자기 빛이 한 차례 일렁인다.

이내 모든 것이 명확해진다.

헛웃음이 나온다. 하고 많은 승조원 중에서 특히 야간 근무조가 앞다투어 바다로 몸을 던진 이유를, 허겁지겁 제 아가리에 총구를 쑤셔 넣은 까닭을 나는 너무 늦게 깨달아버렸다.

오늘은 달이 뜨지 않는다. 그런데도 물속엔 달이 있다.

깜빡이는 보름달이 나를 바라본다.

6

어서 오십시오. 도로 위의 동반자 인터트래블입니다. 주차 중 동작 감지 10건, 충격 감지 녹화 0건이 기록되었습니다.

작동 중입니다. 사용자 정보와 동기화 중입니다. 도로 운행 중에는 기기 조작을 삼가주세요.

[출발하기 전 확인해주세요] 운전자가 안전띠를 매지 않았습니다. 안전띠를 매주세요.

목적지를 설정합니다. 자주 가는 곳 1번 '집'을 목적지로 설정하시겠습니까?

목적지가 설정되었습니다. 기존에 입력된 경로를 따라 안내를 시작합니다. 차가 출발합니다.

……

[알람] '딸 생일' 활성화. 알람 해제를 원하시면 사전에 설정한 문구를 말씀해주세요.

[알람] '딸 생일'이 비활성화되었습니다.

음성명령: '근처 차 세울 곳'을 검색합니다.

차가 지정된 주차구역에 정지합니다. 주차구역을 잘 지켰는지 확인한 뒤 좌우를 살피고 내려주세요.

음성명령: '이 근처 빵집'을 '아이스크림 케이크' 키워드를 넣어 상세 검색합니다.

검색 결과 5, 건이 있습니다. 거리순으로 정렬합니다. 목적지로 설정할 곳을 골라주세요.

새로운 목적지가 설정되었습니다. 경로 안내를 시작합니다. 차가 출발합니다.

……

[음성통화 수신] '우리딸' 수신을 원하시면 사전에 설정한 문구를 말씀해주세요.

[통화 중…] 도로 운행 중 기기 조작은 삼가주세요.

……

차가 정지합니다. 유료 주차구역입니다. 주차 티켓을 온라인으로 발급받으시겠습니까?

주차 티켓을 발급받았습니다. 추후 방문할 상호의 영수증 전자 사본이 필요합니다.

[대진당 나들길점]으로부터 [블루밍하트베리아이스케익] 영수증 전자사본이 도착했습니다.

목적지를 설정합니다. 자주 가는 곳 1번 '집'을 목적지로 설정하시겠습니까?

목적지가 설정되었습니다. 기존에 입력된 경로를 따라 안내를 시작합니다. 차가 출발합니다.

……

[문자메시지 수신] '우리딸' 수신을 원하시면 사전에 설정한 문구를 말씀해주세요.

[수신됨] 답신을 원하시면 사전에 설정한 문구를 말씀해주세요.

[답신 작성 중…] 사고다발구역입니다. 도로 운행 중 기기 조작을 삼가주세요.

[답신 작성 중…] 사고다발구역입니다. 도로 운행 중 기기 조작을 삼가주세요.

[급브레이크 경고!] 급격한 감·가속은 차의 수명에 악영향을 미칠 수 있습니다.

차가 운행 중 정지했습니다. 주차구역이 아닙니다. 근처의 졸음쉼터를 검색할까요?

[답신 작성 취소] 현재 내용을 임시 저장하시겠습니까?

음성명령을 이해할 수 없습니다.

음성명령을 이해할 수 없습니다.

음성명령을 이해할 수 없습니다. 좀 더 또박또박 말씀해주세요.

[음성통화 수신] '우리딸' 수신을 원하시면 사전에 설정한 문구를 말씀해주세요.

[수신 거절됨]

[음성통화 수신 차단됨]

[운행 중 정지] 운전자가 자리를 비웠습니다. 차량에 탑승해주세요.

……

[운행 중 정지] 운전자가 자리를 비웠습니다. 차량에 탑승해주세요. 30, 초 동안 입력사항이 없을 경우, 응급 구조 신호를 발신합니다.

[응급 구조 신호 발신 차단됨]

음성명령을 이해할 수 없습니다.

음성명령을 이해할 수 없습니다.

[음성명령 차단됨]

[수동 입력으로 전환됨]

수동 입력: '쌍우ㅍ포'를 검색합니다. 검색 결과 없음.

수동 입력: '빙수뵤'를 검색합니다. '빙수'나 '이 근처 빙수 파는 곳'을 검색할까요?

수동 입력: '방ㅅ+포'를 검색합니다. '방수포'나 '이 근처 방수포 파는 곳'을 검색할까요?

검색 결과 6, 건이 있습니다. 거리순으로 정렬합니다. 목적지로 설정할 곳을 골라주세요.

목적지 설정 취소됨.

차가 정지합니다. 주차구역이 아닙니다. 좌우를 살피고 내려주세요.

문이 잠기지 않은 채로 자리를 비웠습니다.

문이 잠기지 않은 채로 자리를 비웠습니다.

문이 잠기지 않은 채로 자리를 비웠습니다.

[알림] 절전모드에 들어갑니다.

……

[절전모드 해제] 주차 중 동작 감지 2건, 충격 감지 녹화 0건이 기록되었습니다.

음성명령 : '근처 저수지'를 검색합니다.

검색 결과 1, 건이 있습니다. 목적지가 설정되었습니다.

[출발하기 전 확인해주세요] 운전자가 안전띠를 매지 않았습니다. 안전띠를 매주세요.

[출발하기 전 확인해주세요] 트렁크가 열려 있습니다. 트렁크를 닫아주세요.

7

저는 심부름꾼입니다. 용역 같은 게 아니에요! 물론 사전적 의미론 맞지만 여러분이 생각하는 그런 시시콜콜한 일이 아니란 말입니다. 이래 봬도 난 쌍둥이 빌딩의 진짜 주인이죠.

뭐라고요? 그 빌딩들은 뉴욕항만공사 소유라고요? 누가 그러던가요? 세계무역센터는커녕 거기 붙는 유리창 한 장도 못 살 돈 때문에 땀 뻘뻘 흘리며 일하는 사람들이요?

일단 확실히 해두는데, 중력이 공간을 왜곡하듯 많은 돈은 인간 사회의 법칙을 쉽게 왜곡하죠. 이쪽 세계에선 여러분이 잘 아는 논리들이 보통 통용되지 않아요. 전 세계 20퍼센트가 부의 80퍼센트를 끌어안은 시대에 부자가 뭐 그리 특별하냐고요? 어르신들께선 그 80퍼센트의 90퍼센트를 갖고 계세요. 남은 10퍼센트를 두고 다투는 이들을 여러분은 TV로 보조. 기업의 총수, 일국의 왕…. 여전히 감이 잘 안 잡히죠, 안 그래요?

이렇게 해봅시다.

생각할 수 있는 가장 하찮은 동기를 떠올려보세요. 등이 가려워서, 방바닥에 손톱 떨어진 게 보기 싫어서, 입 밖으로 내놓기 싫을 만큼 하찮은 불편. 다 했나요? 그럼 이제 반대편으론 강력하고 위대한 뭔가를 떠올려봐요. 어떤 국가, 교리, 적어도 수백만의 삶을 좌지우지하는 시스템 말입니다.

어르신들께선 보통 앞엣것을 위해 뒤엣것을 만들고 없애죠.

그 표정. 여전히 믿을 수 없나보군요. 어르신들께선 적어도 신화 속 휘황찬란한 기적만 빼고 무엇이든 할 수 있다고요. 근데 이래도 사람들은 꼬투리를 잡아요. 돈이 많다고 그것이 곧 권력을 보장하진 않는다. 법이 있고 정치·외교가 있다…. 네, 나도 알아요. 난들 어쩌겠어요. 여러분이 믿든 믿지 않던 이 세계는 존재하는걸요. 여러분의 가족, 연인, 조국. 때로는 그 모든 게 누군가의 단순한 변덕에 의해 짓밟힐 수 있다는 사실을 알아두길 바라요.

어디 보자… 이번 의뢰는 아드님 이야기로 시작하는군요. 제작 단계의 애니메이션을 보셨다는데—고객님들의 시간은 여러분보다 앞서 흐르죠. 새로 나올 옷과 영화 따위가 대중성으로 오염되기 전 먼저 접해보셔야 하니까요—그게 마음에 안 든다네요. 아드님이 경비행기 조종에 취미를 붙이셨는데, 저런! 애니메이션 등장인물들이 굉장히 '멍청하고 비열한' 방식으로 비행기를 몰다 탑에 부딪힌답니다. 그러니 다음 주로 예정된 방영을 막아달라?

까다로워요, 이런 건.

보통 남들 입에 오르내리는 것을 좋아하지 않으시다 보니 가급적 그럴싸한 명분을 만들어야 하죠. 방영은 막더라도 별 얼토 당토않은 이유로 압력을 넣은 게 발각되면 꽤 귀찮아요. 네?

아뇨, 나 말고 경찰이 말입니다. 시체의 서류 가방이 사라지고 중지가 잘리거나, 정화조에 말려 들어가 숨을 거둔 채 발견되면 좀 으스스하잖아요?

그러니 나름의 이유를 만들어야죠. 방송사 임원들이 알아서 방영을 취소하도록. 또 취소된 이후로도 촬영본이 영영 전파를 타지 못하고 창고 구석에서 썩어가도록 만들어야죠. 그리고 사회적으로도 그것이 자연스레 받아들여지도록 분위기를 조성해야 하고요. 보자,

솔직히 바로 당장은 뭔가 떠오르는 게 없네요. 교육적으로 찔러볼까요? 등장인물들이 어린이들에게 악영향을 끼칠 우려? 쓸 만하지만 부족해요. 게다가 이미 방송사 자체 심의를 거친 상황에서 귀찮은 뒷말이 나올 수도 있죠. 이걸 어떻게 하면 아예 방송할 생각도 못 하도록 묶어버릴 수 있을까요. 비행기를 몰고… 가다가 충돌. 빌딩에.

흠, 좋은 방법이 생각났는데.

잠깐, 내가 쌍둥이 빌딩 주인이라고 말했던가요? 그걸 엮어서 괜찮은 그림으로… 나쁘지 않겠는걸요.

네?

물론이죠. 저라고 왜 안 아깝겠어요. 하지만 부동산이야 또 사면 되잖아요.

안 그래요?

8

싫어하는 사람이 있었어. 이유는 상관없어. 농담으로라도 죽여버리고 싶다고 말 못 할 만큼 그 사람이 싫었어. 내 간절한 소망을 오히려 깎아내리는 것 같아서. 그래서 앞에선 티를 내지 않았어. 누구도 눈치채지 못했지. 한편으론 안심했지만 한편으론 괴로웠어. 매일같이 그 낯을 보고 인사를 주고받아야 했지.

살아 있는 지옥이었어. 식지 않는 숯처럼 내 분노가 조금씩 충동을 부채질했지. 그 충동을 따라 콱 죽어버리면 모든 게 끝났겠지만 첫째, 난 그 사람에게서 도망치고 싶지 않았어. 둘째, 내 장례식장에 그 사람이 오겠지. 펑펑 울며 가족과, 친구들과 껴안고 서로를 위로하겠지. 상상만 해도 속이 느글거렸어. 혹시 몰라, 관 속에서도 참지 못하고 길게 신음할지.

그래서 그 사람의 아이를 납치했어. 그게 더 아플 거였으니까.

경찰에 연락하지 말라고 으름장을 놓으며 널 믿었지. 넌 착한 아이잖아. 감히 도박을 던질 수 없을 거야. 험상궂은 형사들이 집에 들어와 주변인을 탐문하고 협박 전화를 도청하고, 그것이 네 아이를 싸늘한 주검으로 도리어 만들어버리지 않을까 두려워하겠지. 그 보답이라기엔 뭐하지만 변조된 음성으로 나는 약속했지. 시키는 대로만 하면 아이의 목숨은 무사할 거라고.

아무쪼록 내 목적은 돈이 아니니까 말이야.

처음엔 말도 안 되는 액수를 요구하려고 했어. 네 쪽에서 제 새끼를 스스로 포기해버리게끔 만들려 했지. 강요보다는 스스로 마음을 꺾는 게 더 가슴 아프잖아. 그런데 마음을 바꿨어.

너는 체면을 차리는 데 집착하니까. 어떻게든 돈을 마련하려 몸부림칠 거야. 그 숭고한 시련은 만인에게 칭송받겠지. 게다가 혹시 내가 잡히면, 질투와 아집에 가득 찬 광인이 잘나가는 친구를 시샘하여 벌인 일로 신문에 실리겠지. 아, 소위 나의 심리를 '분석'했다는 의사의 인터뷰나 나에게서 모티프를 얻은 텔레비전 드라마의 주인공을 난 쇠창살 너머로 지켜봐야겠지.

그런 건 너무 억울하잖아.

그래서 정확히, 네 전부를 요구했어. 겉으로 난 둘도 없는 친구니까 다 알고 있는 걸. 나에게만은 넌 모든 걸 이야기했지. 하지만 단순히 네 집과 돈만 빼앗고 끝나버릴 순 없었어. 그렇게 되면 널 곁에서 받쳐줄 사람들이 여전히 남을 것 아니야. 그래서 네 관계까지 난 파괴해야 했어. 네가 쥔 모든 것과 더불어 네 가족, 친구, 동료… 연으로 맺어진 모든 이들에게 들러붙어 손을 벌리도록 만들었지.

생각보다 놀랐어. 사실 네가 정말 그렇게까지 무너져줄까 의심했거든.

그런데 넌 순식간에 땅이고 집이고 다 팔아 돈으로 바꾸었지. 연락이 닿는 사람이라면 누구에게든 애걸복걸했고. 나에게까지 찾아온 너의 부탁을, 화학약품으로 젖은 소매를 감추며 나는 사근사근한 말씨로 거절했지. 웃음을 터뜨리지 않으려고 내가 얼마나 노력했는지 너는 알까? 그런데 그 모습을 보며 한편으론 더욱 정나미가 떨어졌지. 넌 조금도 고민하지 않았으니까. 그저 아이일 뿐인데, 그걸 위해 네 삶을 통째로 내려놓다니. 안 그래? 이 오만한 철부지야.

아무튼 넌 약속한 돈을 가져왔지. 정확히 내가 말한 대로 옷을 입은 채 매서운 삭풍이 몰아치는 밤하늘 아래 여행 가방을 내려놓았고. 난 멀리서 그걸 지켜보며 소리죽여 웃었어. 이윽고 떨리는 목소리로 넌 물었지. 이제 정말 아이를 볼 수 있는 거냐고. 넌 언제까지고 부정하겠지만 그때 너의 목소리는 이미 반쯤 체념한 채였어. 그 지경까지 떨어져 놓고서도.

넌 그때까지도 의심했을 거야. 그렇지? 내가, 아차차. '유괴범'이 아이를 해코지하지 않았을까. 이미 죽은 아이를 여전히 살려 둔 척 연기하며 돈만 받고 사라지지 않을까.

그럴 리가 있니. 난 돈을 벌려고 아이를 납치한 게 아닌걸. 네가 괴로워하는 모습. 단지 그것 하나만 바라보고 모든 일을 벌였잖아. 네가 돈을 구하기 위해 동분서주하던 동안 맹세컨대 나도 그만큼 바빴다고. 네 아이와 관련된 일이었는데, 들려줄까?

그 아이가 왜 그렇게 변했는지?

왜 더 이상 너와 눈을 마주치지 못하는지, 툭하면 식은땀에 젖은 채 바닥을 구르고 검게 변한 치아는 왜 갓 뜯은 풀처럼 들쭉날쭉한지, 입안이 바짝 말라 살갗이 찢어지고 악취가 풍기는지, 텅 빈 껍질처럼 늘어난 피부는 또 왜 군은 딱지투성이인지?

네가 준비한 돈은 이제 거의 남지 않았어. 대금을 치러야 했거든. 그 천박한 사람들한테 물건을 구하는 게 얼마나 힘들었는지 넌 알기나 하니? 세상에, 메스암페타민이 그렇게 비싼 줄 몰랐지 뭐야. 해본 적 있어? 물론 아니겠지. 넌 헤로인을 코로 들이마시며, 주사까진 쓰지 않으니 그냥 가볍게 즐기는 거라고 자위하는 어설픈 범생이가 아니었으니까. 처음부터 해보지도 않았고 관심도 없었겠지.

조용히 화장실로 들어가, 새카매진 눈을 해가지곤 비틀대며 나오는 양아치들을 보며 넌 눈살을 찌푸렸을 테니까. 콧방울에 묻은 흰 가루와 침 자국이 말라붙은 신용카드 끄트머리를 보며 넌 구역질까지를 했겠지? 지금은 어때? 보지 않고 싶어도 차마 무시할 수 없지? 네가 그렇게까지 해서 구해낸 아이잖아.

약을 구하는 게 늦어지거나 백방으로 돈을 구하는 널 지켜보는 게 지루해지면, 일부러 약을 끊고 그걸 구경했어. 온몸에 벌레가 기어 다닌다고 고래고래 소리 지르다가 제발 묶은 걸 풀어달라고 울먹이고, 그러고는 보이지도 않는 벌레가 무서워 그 자리에서 똥오줌을 지리고. 그 지경이 되어서도 기절까지는 안 하더라고. 익숙해져서 그런가 봐.

몇 번은 변덕스레 묶은 것을 풀어줬어. 어차피 그때쯤 네 아이는 가죽을 쓴 나목이나 다름없었는걸. 반항한다면 뜨거운 맛을 보여주겠다고 내심 다짐했는데, 혁대를 푸는 순간 그 아이는 미친 듯이 제 몸만 긁더라고. 아직도 벌레 타령이지 뭐.

피가 펑펑 쏟아졌지만 네 아이의 손가락이 하도 열심히 살을 파헤치는 통에 그 틈으로 싯누런 지방이 그대로 보일 때도 있었어. 고통스럽다기보다 황홀해 보이더라. 상상 속의 벌레를 아마도 때려잡는가 보지. 차갑고 더러운 바닥을 뒹굴며, 온몸을 제 배설물로 덧칠하며 정신없이 스스로를 긁어 없애는 그 모습을 너도 한번 봤어야 하는데.

마지막 날에는 가장 섬세한 작업을 했지. 약에 취해 움직이지 못하는 그 아이의 발뒤꿈치와 힘줄을 도려냈어. 손목은 좀 힘들었어. 자칫하면 정맥이 끌려 나와 너와의 약속을 지키지 못할 수도 있었는걸. 하지만 해냈지. 그래서 네 아이의 손은 그저 하느작 하느작, 춤추듯 부유하는 살덩이가 되었고. 넌 오늘도 울부짖는 그 아이의 입에 영양식을 떠 넣겠지.

넌 물을지도 모르겠어. 아니, 차마 입 밖으로 꺼내진 못하겠지만 내심 궁금할 거야. 다리를 못 쓰게 하고 엄지를 자르는 것보다 더 많이 그 사람을 괴롭게 할 방법이 있을 텐데, 이를테면 이를 뽑거나 귀를 자르거나. 왜 그런 것들을 더 하지 않았지? 라고 말이야.

말했잖아. 넌 남들 앞에서 체면 차리기에 집착하잖아. 그래서 난 네 아이를 겉보기엔 멀쩡하게 만들어줬지. 예전과 다르지 않은 네 소중한 자식이, 행복한 가족이라는 족쇄가 널 옭아매도록. 그러니 넌 평생 그 아이를 내려놓지 못하겠지. 아무리 길고 괴로워도 그렇게까지 해서 되찾은 혈육인걸. 그걸 포기한다면 지금까지의 네 노력은 뭐가 되는 걸까.

안 그래?

9

부모님이 돌아가셨다. 장례를 마치고 집으로 돌아온 나는 뭔가에 홀린 듯 다락방부터 찾았다. 아주 어릴 적 이사 오고 나서부터 떠난 적 없는 집이었다. 내가 학교에 들어가고 다리 사이에 털이 나고 대학에 입학하고 끝내는 두 분을 잃게 되기까지의 행적이 그곳에 고스란히 남아 있었다. 움직일 때마다 삐걱거리는 마루가 악기의 건반처럼 느껴졌다. 정신없이 드리운 거미줄은 오선지가 되고 달라붙은 먼지는 음표가 되었다. 그 음울한 장송곡 속에서 정리를 시작했다.

무얼 기대했는지 모르겠다. 어쩌면 어릴 때 갖고 놀던 장난감이나 쓰던 일기장쯤을 어렴풋이 상상했을 것이다. 현실로부터 눈을 돌리기 위해선 짧은 입가심 정도의 추억이면 충분했다. 그런데 다락방 맨 구석 커다란 서랍 속 그게 있었다. 비디오카메라. 뚱뚱한 육면체 모양에 옆구리엔 손등을 꿰는 튼튼한 가죽띠를 두른.

집어 들자 새삼 무식할 정도로 묵직했다. 그만큼 많은 가족의 과거가 이 안을 거쳐 갔으리라. 나는 스스로의 머릿속을 뒤적이듯 그것을 양손으로 굴렸다. 스마트폰은커녕 배불뚝이 폴더폰이나 겨우 들고 돌아다니던 시절이었다. 아버지가 일본 출장을 가서 사 왔다는 비디오카메라는 우리 가족과 언제 어디든지 함께했다. 여행을 갈 때도, 학예회를 할 때도, 그게 아니라도 그냥 심심해지면 누구든 카메라를 집어 들어 온갖 시시콜콜한 일상을 녹화하였다.

나도 몇 번인가 시답잖은 것을 찍곤 그것이 테이프에 담겨 우리 집 텔레비전에 나오는 것을 신기해하던 기억이 났다. 이사 오기 전까지는 곧잘 썼는데. 짐을 풀며 까맣게 잊곤 내내 그렇게 둔 모양이었다. 어떻게 그럴 수 있었는지 알 수 없었다.

나는 카메라 옆에 기절한 도서관처럼 잠들어 있는 비디오 테이프들을 발견했다. 양팔에 다 받쳐 들지 못할 만큼 많았다. 금방이라도 조개가 껍데기를 열어젖히듯 과거의 생생한 순간을 내뱉을 것처럼 보였다. 그러고 보니 다락 어딘가 재생기가 있을 것이었다.

거실로 상자를 갖고 내려왔다. 재생기는 이미 먼지 한 톨 묻어

나지 않도록 깨끗이 닦아 연결까지 해놓았다. 문제는 테이프였는데, 아직 정보가 보존되어 있을까 솔직히 의심스러웠다. 나는 상자를 뒤적여 테이프 등짝의 라벨을 읽었다. 제일 오래된 것을 골라 투입구에 넣자 너무 오래 잊고 있던 친숙한 반동이 되살아났다. 비디오 헤드가 뒤집혀 필름을 드러내고 재생기 내부 회전자가 그것을 붙잡아 휘감는 기적이 어렴풋이 들려왔다.

첫 테이프는 꽝이었다. 아무것도 나오지 않았다. 라벨에 적힌 것으로 보아 아마 말도 못 하던 시절의 내가 아장아장 걷다가 넘어지는 장면을 담고 있을 것이었다. 한 분이 카메라를 잡고 있었겠지. 아들이 우는 걸 보곤 화면 밖에서 한 분이 들어오고, 다른 한 분도 카메라를 놓고 어린 나를 달래주었을까? 기울어진 비디오카메라가 비추는 추억은 얼마만큼이나 그 시절을 담고 있을까?

쓸쓸한 빛으로, 나는 괜히 힘주어 일시정지 버튼을 눌렀다. 늙어버린 용수철이 힘겹게 팽창하며 제자리를 지켰다. 눈시울이 달아오르는 것을 참고 테이프를 뺐다. 그렇게 차례로 다른 것들을 골라 밀어 넣었다. 어느 것은 비교적 볼 만했고 어느 것은 처음과 마찬가지로 꽝이었다. 꼭 최근에 가깝다고 온전하지도 않았고 그 반대도 아니었다.

나는 어린이집 첫날 어린 내가 엄마 손을 잡고 아장아장 대문을 나서는 것은 볼 수 있었지만, 이 집으로 이사 오기 전 학교 친구들과 마지막 생일파티를 하던 것은 볼 수 없었다. 그런 식으로 군데군데 드러나는 결락이 가슴 아팠다. 그것을 메우기 위해 다른 테이프를 허겁지겁 찾아 투입구에 넣길 몇 번이나 반복하였다. 창문 그림자가 기울다가 끝내 침침한 웅덩이처럼 밤의 *끄트머리*

만 간신히 드러낼 때까지 나는 자리에서 일어나지 못했다.

어느새 남은 테이프가 별로 없었다. 그나마도 하나같이 글씨가 뭉개지거나 누렇게 떠올라 내용물을 짐작하기 힘들었다. 이것저것을 집었다가 내려놓길 반복하는데, 돌연 테이프 하나가 달라붙듯 손아귀에 쥐어졌다. 빼내어 살피는데 라벨이 보이지 않았다. 나는 남은 테이프 중에서도 라벨 붙지 않은 것이 있나 찾아보았다. 딱 그 하나뿐이었다. 근거는 없지만 그 알량한 특수성이, 마치 그동안 잊고 있던 추억 중에 으뜸으로 중요한 부분을 찾아내는 데 성공했음을 증명하는 것 같았다.

비디오를 이리저리 돌려가며 먼지까지 떨어낸 뒤 투입구에 넣었다. 매끄럽게 들어가는 느낌이 좋았다. 그 기대를 저버리지 않기 위해서일까 화면이 곧장 떠올랐다. 나는 편안히 앉아 이 정체불명의 테이프가 담고 있을 우리의 과거를 기다렸다.

집이었다. 어릴 적 이사 오기 전 집이 아니라 내가 있는 바로 여기였다. 화면 속 집에서는 갓 사람을 받아들인 풋풋한 벽지와 화학약품의 냄새가 풍겼다. 짐을 옮긴 직후인가? 이리저리 정신없이 흔들리는 앵글에서 나는 거실 탁상을 들여놓기 전 쳐놓은 텐트를 보았다. 첫날밤 여행 온 것 같은 분위기를 내보자고 거실에 텐트를 쳐놓고 모두가 잠을 청한 기억이 났다. 보아하니 영상이 녹화된 것이 딱 그다음 날 아침 같았다.

화면 속에선 두 분이 가벼운 잡담을 나눌 뿐 어린 나는 보이지 않았다. 화장실이라도 갔나 부질없이 2차원의 디스플레이 안쪽을 훑다가, 불현듯 그때의 내가 무얼 하고 있었는지 깨달았다. 그를 따라 줄줄이 엮인 기억의 씨줄과 날줄이 마치 뿌리채소를 캐듯

덩달아 딸려왔다.

세 명이 전부 늦게 일어나 뒹굴거리다가, 아침을 해 먹으려는
데 가스가 아직 안 들어온 것을 알았다. 이왕 텐트까지 친 것 밖
에서 먹는 느낌을 내자며 버너에 양은 냄비를 올리고 캔 참치까
지 털어 넣은 라면을 그날 아침으로 먹었다. 그 과정에서 주변 지
리도 익힐 겸 나는 반찬을 사오라는 심부름을 부탁받았다. 두 분
은 집에서 아들을 기다렸다.

요즘은 애들 혼자 두기가 불안하다고 수학여행까지 따라가는
엄마들도 있다는데, 참 태평한 시절이었구나 실없이 생각할 무렵
화면 속 초인종이 울렸다. 그만큼의 세월이 흘렀는데도 지금과
다를 게 없어 조금은 놀랐다. 어머니는 심부름을 마치고 돌아온
나를 맞으러 현관으로 나갔고, 아버지는 카메라를 바닥에 내려놓
았다. 그리고 문이 열렸다.

무슨 일이 벌어지는지 처음엔 이해하지 못했다.

갑자기 화면 너머 세상이 마구 흔들리더니 뭔가 깨지고 부서
지는 소리가 났다. 그러고는 익숙한 비명이 들렸다. *무슨 일이야?*
아버지가 말했다. 앵글 탓에 종아리까지만 겨우 보였다. 현관에는
어머니가 쓰러져 있었다. 머릿속이 하얗게 변했지만 곧 나도 화
면을 보며 비명을 질렀다. 마찬가지로 종아리까지밖에 드러나지
않는 괴한들이 아버지에게 덤벼들었다. 휘파람처럼 예리한 소리
가 몇 번 났다. 피가 튀어 얄팍한 젓가락질 같은 무늬를 빚었다.

어린 나는 심부름을 가 있느라 저 일에 대해선 전혀 모르고 있
을 거다. 도와줘야 한다. 멍청하게도 영화를 보듯 잠깐 그렇게 생
각했다. 미처 눈앞의 광경을 우리 집, 우리 가족의 일로 받아들일
수 없었다. 그러나 서서히 충격이 가라앉자 더 큰 의문이 떠올랐다.

어떻게 지금의 내가 이걸 모를 수가 있지?

괴한은 여유롭게도 시신을 구석으로 치웠다. 한 명이 그러는 동안 다른 한 명은 어질러진 집기나 불그스름한 얼룩 따위를 손보았다. 이윽고 대문을 닫은 그들은 천연덕스럽게도 음식을 요리하려는 것처럼 굴었다. 쓰러진 어머니와 아버지를 대신하여 그들은 버너 앞에 앉아 물을 받은 냄비를 올렸다. 라면 봉지를 뜯었다. 그때 한 명이, 그제야 눈치챘는지 녹화 중인 카메라로 다가왔다. 화면에 둘의 얼굴이 나타났다. 쓰러진 두 분과 똑같았다.

두 괴한의 외모는 내 어머니, 아버지와 똑같았다.

테이프가 튀어나오고 화면이 검게 변했다. 밖이 어두웠다. 나는 우두커니 앉아 있었다.

10

이 지긋지긋한 마을. 지긋지긋한 사람들. 이놈들은 미쳤어. 아니 미쳤다는 건 너무 가볍고, 이놈들은 회까닥 돌아버린 거야. 정신병원이라고 해도 이런 놈들을 받아주진 않을걸?

더 이상 일이 손에 잡히지 않아. 잡은들 의미도 없고. 한가로이 반죽이나 밀고 오븐을 열어 갓 구워낸 빵으로 진열대를 채울 때가 아니야. 최대한 빨리 이 마을에서 벗어나야 해. 근데 그전에 할 일이 있다는 게 이제야 기억났네. 그래, 사실 앓던 이처럼 언제나 품고 살던 생각이야. 지금처럼 분명히 인정하기엔 예전의 내가 너무 유약했을 뿐.

일단 무슨 수를 써서든, 이 미친놈들부터 죄다 죽여버려야겠어.

이유? 별 하잘것없는 것들뿐인데. 애초에 이유가 있어서 죽여야 한다고 생각해? 모르지. 어쩌면 이곳에서의 삶이 내 뇌를 좀 먹어버렸는지도. 정상인이라면 결코 내뱉지 못할 난폭한 망상이 혀끝을 조금씩 맴돌다가 끝내 나 자신이 되어버렸는지! 하지만 그렇다 한들 날 이 지경까지 몰아넣은 건 이 마을이고 이 미친 자들이야!

낡은 전봇대는커녕 아예 전기 구경도 못 해본 사람들이 수두룩한 덕에 전국 방방곡곡 이 광기에 물든 마을의 실상이 알려지지 않았을 뿐이지, 당신들이 내 입장이 되면 며칠도 못 살고 도망쳐 나올걸? 이 살인으로 말미암아 내가 다시 정상으로 돌아간다면 그들은 치러야 할 대가일 뿐이지. 그것도 아주 값싼.

저 소리, 또 지랄이로군. 우글우글 모여 앉아 괴성을 질러대고···. 봐, 이게 내가 미쳐버릴 수밖에 없는 이유라고. 이 후진, 해가 채 다 지기도 전에 흐드러진 별자리부터 피어나는 깡촌에서 그냥 밭 갈고 밥 처먹고 디비 처자면 좋을 것을. 여기 사람들은 공물을 바치네 제를 지내네 어쩌네 아주 지랄도 발광이야. 그렇게 지내는 제라는 건 또 별 듣도 보도 못한 해괴한 의식이고.

어느 정도냐고 그게?

눈 까뒤집고 색동소매 흔들며 작두 타는 무당은 여기서 명함도 못 내밀어. 일단 닥치는 대로 장작을 모아. 이게 나뭇가지가 아니라 그냥 불붙는 거면 다 가져와. 어떤 놈들은 지네 이불이나 문짝 따위도 들고 오더군. 그거 알아? 이 사람들은 이발도 안 해. 의식 치르는 날이 되면 덥수룩한 수염이랑 머리칼까지 죄다 땔감으로 바쳐야 하거든. 아무튼 다음으로 그렇게 모은 것들을 잔뜩 쌓아. 주변에 둘러앉아. 그리고 웬 놈, 아마 교양 있는 말로는 사제라고 할 텐데 내가 볼 땐 아무래도 주술사인 놈이 위에 올라가. 그리고 불을 댕겨.

어, 불을 댕긴다니까?

그럼 주술사가 펄쩍펄쩍 뛰면서, 아마 오백 년 묵은 나무를 베면 그 안에 살던 정령이 토할 것만 같은 괴성을 질러. 장작이 다 타면 큰 잿무더기가 생겨. 그 안에서 주술사가 터벅터벅 걸어 나오는 거야. 털끝도 안 다친 몸으로. 그럼 다른 사람들이 경기를 일으키면서 좀비처럼 몰려와 지랄이지 아주. 신기하지 않냐고?

개뿔 특수한 기름 같은 걸 쓰겠지.

그것만 하고 끝나는 것도 아니야. 그 주술사란 놈은 정말 이 마을 사람들을 단단히 휘어잡은 게 틀림없어. 이 미친 사람들은 정말 시종일관 그 종교에 사로잡혀서 살아. 직장인이 월급날 생각하고 학생들이 주말 생각하는 것처럼 말이지.

무슨 일만 벌어지면 그 주술사 이름을 읊으며 기도하고, 좋은 일이면 그놈 탓이고 나쁜 일이면 저들이 부덕한 탓이지. 자기들끼리 싸우면 경찰이 아니라—경찰서가 있지도 않고 앞으로도 들어올 것 같지 않지만—그 주술사한테 가. 주술사는 그럼 그 둘을 도리깨로 냅다 패면서 누가 옳고 그른지 정해줘.

당신들 이 마을 성인식 본 적 있어? 벌거벗은 청년, 처녀들이 불에 달군 돌을 맞으면서 행진하고, 그 맨 앞에 선 주술사가 피인지 뭔지 모를 물건을 듬뿍 찍어서 얼굴에 처바르고, 몸에 무늬를 그려주고, 기괴한 주문을 지껄이고… 난 이걸 매년 본다고.

이 마을에는 희망이 없어. 방송사 제보 정도로 되돌려놓기엔 너무 늦었어. 그러니 내가 하려는 건 어쩌면 살인이 아닌 유일한 해결이야. 이 미친 사람들을 이 미친 삶으로부터 구원해주는 거. 어떻게 죽일 거냐고? 좋은 질문이야.

우선 첫 번째, 내일이 이 마을의 풍년기원제거든. 아마 주술사 놈이 일기예보를 잘 봤다가 소나기가 내리는 날을 신중히 골라 벌이는 지랄이지. 아무튼 지정된 가정에서 만든 음식… 아니 바칠 '공물'을 이용한 축제야. 나도 몇 번인가 참가해달라고 권하던데 다 엿 먹으라고 했어. 하지만 이번엔 내가 처음이자 마지막으로 참가해줄 예정이야. 어차피 앞으론 열고 싶어도 못 열 테니. 그리고 이번 음식은 내가 맡게 해달라고 나섰지. 모두 흔쾌히 받아들이더군. 믿음을 함께하게 되어서 좋다나?

이어서 두 번째, 내 옆구리에는 이 마을 버려진 창고에서 털어온 독극물이 잔뜩 있어. 구하기도 쉬웠지. 마을이 예전에 얼마나 척박했는지 모르겠지만 요즘은 쓰지도 않는 살충제로 가득 찬 창고가 여기저기에 넘치거든.

이쯤 되면 알겠지? 내가 이들을 어떻게 구원해줄지.

산더미처럼 쌓인 반죽을 보기만 해도 팔이 저리군. 마을의 미친 자들을 다 먹이려면 이 정도는 되어야지. 그럼, 완성된 반죽에 약을 넣고, 어린아이 손가락만큼 떼어낸 뒤 조물조물 매만져. 리허설을 좀 해보고 싶거든. 그리고 적절하게도 이, 시간 그 자체보다 늙은 것 같은 마을 건물에는 언제나 통통하게 살진 새앙쥐가 돌아다니지. 때마침 저기 또 한 마리 가네.

야, 이거나 좀 먹어봐라.

이런 세상에, 병이 좀 오래된 것 같긴 했는데, 엄청나게 세네.

쥐새끼가 두 번째로 아가리를 여닫기도 전에 입에 게거품을 물고 쓰러져버렸어. 벌레처럼 다리까지 오그라뜨리면서 뒤집혔네. 어찌나 빠른지 아마 같이 먹던 쥐가 있었더라도 제 친구가 쓰러진 걸 몰랐을 거야. 가까이서 냄새를 맡아보니 꼭 갓 깎은 풀 같은 냄새가 나네….

비릿한 핏빛 토사물이랑 섞여서. 아마 쉽게 잊기 힘들 것 같아.

난 시체를 버리고 반죽을 계속해. 효과가 입증된 약을 듬뿍 섞어서. 물론 일이 벌어지기 전까지 어떻게 처신할지, 일이 벌어지면 어디서 그것을 구경할지 아주 자세한 계획을 세워놓았지. 사실 구슬땀 흘리며 반죽을 마는 지금도 풍년기원제 장소로 선택된 공터가 보여. 내가 정성스레 빚은 죽음의 양과자가 올라갈 거대한 식탁도 보이네. 아마 별 개 같지도 않은 토속신앙으로 마을 사람들을 우롱하는 주술사나, 거기에 현혹된 마을 사람 전부가 죽어 올라가도 끄떡없겠지. 아, 내일이 기대되네.

음.

아무래도 여기서 가능한 한 빨리 빠져나가야겠어. 이런, 정말 별의별 상황을 다 상상해봤지만 이건 정말 아니야. 처음부터 내가 건드리면 안 될 일이었어. 응?

수십 수백 명이 피를 토하며 뒹구는 와중 혼자 멀쩡히 서서 그 참극을 바라보는 중이냐고? 아니. 그럼 누군가 음모를 알아채 계획이 전부 어그러졌냐고? 아니. 그럼 실수로 내가 만든 빵을 조금 먹어버렸냐고? 그것도 아니야. 전부 아니야. 아무것도.

그런 것들이라면 차라리 좋겠어.

풍년기원제는 치러졌고 빵이 식탁에 올라갔어. 난 혹시 의심받을까 봐 일찌감치 먼발치에서 지켜봤지. 실수로 약 기운이 남은 음식에 입을 댈까 봐 그날 내내 아예 아무것도 먹지 않았지. 모두가 맛있게 먹더군. 다 확인했지. 완벽한 계획이었어. 그런데 뭐가 문제냐고?

아무도 죽지 않았어.

미스터

● 초고 2019년 12월 17일

야트막한 언덕이 있었다. 하늘은 밤이라기에도 새벽이라기에도 어중간했다. 그 어정쩡한 틈을 타 진한 안개가 몰려들었다. 안개는 물 대신 무언가의 정기로 이루어진 것처럼 탁했다. 이따금 회초리처럼 매서운 바람이 안개를 몰아냈다. 덜 야문 세 개의 언덕 사이로 을씨년스러운 소리를 내며 증기가 흩어졌다. 그러나 쓸어내면 쓸어내는 대로 어디선가 그 이상의 양이 꾸역꾸역 피어올랐다.

그 한복판에서 별안간 노인 셋이 걸었다.

그들은 어딘가에서 멈추었다. 그리고 너나 할 것 없이 주저앉았다. 옷자락이 구겨지는 것보다 풀잎이 이슬을 내려놓는 기척이 더 컸다.

"오늘은 누가 먼저 할 건가?"

머리가 어깨까지 닿을 정도로 긴 노인이 입을 열었다. 그는 턱

수염과 머리숱은 물론이고 귓속까지도 은색 털로 빽빽했다.

"지지난번엔 내가 했지."

깡마른 매부리코가 입을 열었다.

"이번엔 당신이 하도록 해."

매부리코는 아직 입을 열지 않은 한 명의 노인을 가리켰다. 손가락 관절이 톡 불거졌다.

"뭔 놈의 계산법이 그렇누?"

지목받은 남자의 비대한 몸은 축 처진 주머니처럼 보였다. 소싯적에는 꼭 풍선처럼 뚱뚱했을 것 같았다.

"지난번엔 그럼 누가 먼저 했어?"

"자, 그만. 순서들 갖고 싸우지들 말아."

처음으로 입을 연 사람, 긴 머리 노인이 양팔을 내밀고 말했다.

"말 꺼낸 사람이 그냥 삽 뜰 테니."

셋은 그 말을 필두로 자세를 바로 했다. 어깨를 당기고 턱을 내밀었다. 허리를 꼿꼿이 펴고 눈을 맞추었다.

"내 해경 있을 때 이야기인데."

"거짓말도 낳어, 참."

뚱뚱한 노인이 대번에 말을 끊었다.

"왜 그래?"

잘 듣고 있던 매부리코가 눈살을 찌푸렸다.

"뭐가 문제야?"

입을 연 긴 머리가 물었다.

"자네 땅개 나왔잖아? 내가 이런 것두 기억 못 하는 줄 알어?"

웃음이 터졌다. 매부리코였다. 고개를 젖히자 나이에 맞지 않게 가지런한 이가 훤히 드러났다.

"무식한 소리도 정도가 있지, 해경은 군대랑 다른 거야!"

다른 두 노인이 서로를 쳐다보았다. *그런가?*

"그냥 직업이라고. 안 그래?"

뚱뚱한 노인이 객쩍게 숨을 삼켰다. 눈길을 내리자 말이 웅얼웅얼 눌어붙었다.

"그럼 해경은 아니라고 하지 뭘."

주위는 금세 조용해졌다. 안개는 세상의 경계를 흐리게 만들었고 이야기는 계속되었다.

"아무튼, 내가 젊어서 대충 비슷한 일 하던 이야기네."

1

"할아버지! 여기서 낚시하시면 안 돼요!"

참 간단한 말이었다. 그런데도 들어먹질 않는 사람들은 언제나 있다. 남자는 습관적으로 혀를 찼다. 그러나 일전에 민원인 앞에서도 그 짓거릴 했다가 대차게 깨진 기억이 있는 터라, 황급히 뭔가 생각하던 것처럼 쭝긋이 입술을 깨물었다.

"할아버지! 여기서 낚시하시면 안 된다고요!"

"나도 아네."

참신했다. 그리고 궁색한 변명보다도 더 질이 나빴다. 남자는 갑판을 넘어 노인의 배로 건너가려다 주춤거렸다. 노인의 나무배는 둘 이상이 타는 순간 곧장 용궁까지 거꾸러질 것처럼 좁았다.

"아니, 이걸로 여기까진 대체 어떻게 오셨어요?"

"필요하니 왔지. 아암."

남자는 배를 눈여겨보았다. 눈여겨볼 구석이 전혀 없다는 사실을 눈여겨보았다. 앉는 자리랍시고 걸친 널을 빼면 노조차 보이지 않았다. 노인의 짐도 홀쭉한 낚싯대와 잘 익은 수박만 한 배낭이 다였다. 덕분에 작은 배는 속을 채우지 않은 호빵처럼 텅 비어 보였다.

"필요하긴 뭐가 필요해요?"

노인은 대답 대신 낚싯줄을 가리켰다. 수면이 그것을 빨아들이듯 잡고 있었다. 물살이 채 발톱도 못 적실 높이로 찰랑거렸다.

"그러니까 그걸 하지 말라고요."

문득 사방이 말도 안 되게 고요하다는 생각이 들었다.

"낚시 금지 구역입니다. 여기!"

남자가 채근했다.

"일단 옮겨 타세요. 이런 배로 나오신 것 자체가 위험하니까."

노인은 낚싯대를 흔들어 잘 고정되었는가 살폈다. 그리고 옆에 내려둔 배낭의 입구를 끄르고 손을 넣었다.

"뭐가 그리 급할까."

남자는 배낭 표면에 무성하게 돋은 보풀을 눈치챘다. 꼭 창자의 내벽을 보는 것 같았다. 가방도 어쩌면 배만큼 오래된 걸까.

"속이나 좀 달래면서 생각해보게."

남자가 눈썹을 한 차례 꿈틀거리기도 전, 노인은 웃으며 무언가를 꺼냈다. 하얀색에 반질반질 윤이 흘렀고 강하게 잡으면 표면이 쑥 들어가 꼭 지점토 같았다. 물건에서는 햇살에 잘 말린 이부자리 같은 냄새가 진동했다.

"맡아보게."

이런 짓을 하고 있을 때가 아닌데. 제대로 된 절차가 아닌데. 그러면서도 남자는 깊게 숨 쉬었다. 풍기는 냄새에 섞여 슬그머니

248

달착지근한 향이 끼쳤다.

"사람들은 냄새에 참 야박하단 말일세."

어쩐지 불길했지만 남자는 그대로 일이 흘러가도록 두었다. 콩
줄기가 버팀대를 오르듯 몸속 구석구석 바람이 드는 곳이라면 어
디든지 그 향이 스몄다. 남자의 머릿속 생각의 레코드가 천천히
힘을 잃고 눌어붙었다.

"색에는 다 고유의 이름이 있잖나. 사람들은 사과와 토마토가
빨간색이라고 말하지, 그 색을 갖고 사과색이라거나 토마토색이
라고는 하진 않아."

노인은 뚱딴지같은 소리만 계속 늘어놓았다.

"그런데 냄새는 어떤 물건이나, 다른 감각에서 빌려 쓰지 못하
면 그만의 이름이 없어. 생각해본 적 있나?"

물론 생각해본 적 없었다. 그래서 무심결에 노인이 꺼내 든 물
건을 보았다. 그 향을 의식했다. 달짝지근한 냄새. 단내. 결국 '달
다'라는 맛을 빌리는 표현이다. 설탕 냄새, 커피 냄새, 꿀처럼….
그렇게 노골적으로 다른 감각을 빌려오지 않으면 도무지 '어떤'
냄새를 일컬을 수가 없다. 묘한 것은 그런데 따로 있었다.

"그래요, 신기한 냄새가 나긴 나네요."

설령 그렇게 어떤 색이나 맛이나 촉감을 마음껏 빌려오더라
도, 노인이 꺼내 든 향은 그 모든 분류의 바깥에서 온 것처럼 느
껴졌다.

"직접 만드신 겁니까?"

"내가 있는 곳에선 어디에나 있다네. 나무에서 나고, 땅에서
돌고…. 으음?"

낚싯대 끄트머리가 살며시 구부러지자 노인은 갑자기 딴사람처럼 굴었다. 남자는 그가 부리나케 자세를 고쳐 앉는 것을 보았다. 서글서글하던 입매가 뻣뻣하게 굳어졌다.

"왜, 왜요? 뭔데요?"

덩달아 깜짝 놀랐지만, 노인의 그 이글거리는 눈동자가 노려보는 곳에는 여전히 낚싯줄 한 올만 덩그러니 있었다. 그 공허하고 일상적인 광경은 남자를 현실로 두들겨 깨웠다.

"냄새고 뭐고, 빨리 낚싯대 접고 따라오세요!"

주위는 평온했다. 믿기지 않을 만큼 그랬다. 가느다란 줄이 빚는 파문은 거의 눈으로 볼 수 없었다. 한순간 남자는 두 배가 육지에 올라왔다고 생각했다.

"더 이상 안 봐드릴 겁니다."

대패로 벅벅 민 얼음처럼 수면은 고왔다. 바람이 불면 튕겨내고, 바위를 던지면 묵처럼 쑤욱 삼키며 시치미를 뗄 것만 같았다. 아까보다 조금 더 세게 낚싯줄이 움직였다. 봉오리가 오그라지듯 거꾸로 된 요란이 일었다.

"그러기가 좀 곤란허이."

노인은 소매를 걷어붙이곤 앙상한 팔뚝을 드러냈다.

"한번 드리운 것 이쪽 마음대로 거두면 쓰나. 자…."

노인이 힘 있게 낚싯대를 움키는 것을 보고 남자는 내심 놀랐다. 끄으응. 뒷골에 피를 모으는 신음과 함께 노인은 팔을 당겼다. 낚싯대가 활처럼 휘었다. 부채꼴의 테두리가 되어도 손색이 없을 정도였다. 그런데 거기까지였다. 추켜 올라간 부분은 배에 딸린 뒤쪽뿐, 물에 드리운 쪽은 미동도 하지 않았다. 낚싯줄은 여전히 똑같은 깊이와 각도로 잠겨 있었다.

"보게."

남자는 그 말을 '사정이 이러하니 내가 자릴 뜰 수가 없지.'라는 변명으로 알아들었다.

"돌부리라도 걸린 것 아닙니까?"

스스로의 말이 썩 그럴싸하게 들리지 않았다. 아무리 단단히 걸렸다고 해도 줄이 아예 안 움직일 수 있을까? 남자가 시선을 내렸다. 물은 편평하고 고요했다. 자세히 보니 그뿐만이 아니었다. 비현실적으로 선명하게 물은 모든 것을 드러냈다. 그래서 맨 눈으로 그는 보았다. 등골을 타고 찬바람이 불었다. 햇살이 머무는 얕은 곳에서부터 깊은 칠흑의 수심에 이르기까지. 남자의 시선을 따라 무저갱의 풍경이 나타났다.

심장이 영문도 모른 채 얼어붙었다. 남자는 자신이 곧 떨어질 거라고 생각했다. 팔이 게 다리처럼 벌어져 아무것이라도 잡으려 버둥거렸다. 발뒤꿈치가 노인의 푹 썩은 배에 부딪고 나서야 그 걸음이 멈추었다.

"저게 뭡니까?"

"저것들을 자넨 아직 보지 못했어."

노인은 대수롭지 않게 답했다.

"좀 더 가까이, 눈을 굽히게나."

남자는 어떤 곳을 보았다. 그러나 그 안의 아무것도 아직 보지 못했다. 어떤 곳을 돌아다니는 어떤 것들이 있었다. 털끝보다 작은, 불어터진 강낭콩에 작은 팔다리를 단 것처럼 생긴 것들이었다.

그것들은 오줌 거품처럼 탁한 빛을 띠었다. 그런 것들이 천 길은 더 떨어진 저곳에서 무수히 기고 뒹굴었다. 저들끼리 쉼 없이 엉기고 타넘고 짓밟고 올랐다. 그것들이 한데 뭉쳐 만들어낸 거대한 나사산이 다가왔다. 후드득 부스러기를 털며 자라났다. 그 중심에 노인의 낚싯줄이 있었다.

이곳과 저곳의 경계를 넘어 뻗은 유일한 물건이었다.

"저곳은 아픈 곳이지."

노인이 말했다.

"춥고, 어둡고, 외로운… 저곳은 모든 죄가 가는 곳이라네."

죄라. 노인은 무심코 던진 말이 의외로 마음에 든 것 같았다.

"아암. 죄지. 죄이고 그것뿐이야. 어찌 인(人)을 거기에 붙인단 말인가?"

아연실색. 막상 정확한 뜻도 모르면서 그런 말이 떠올랐다.

"이런즉 한번 드리운 것을 어찌 내 마음대로 거둘꼬."

남자는 발을 동동 굴렸다. 그러나 무엇을 알아서가 아니라 그 반대였다. 언제부턴가 어디부턴가 아주 잘못되었다. 엉뚱한 곳에서 엉뚱한 일에 휘말려버렸다. 남자는 급한 대로 와락 낚싯대를 쥐었다. 노인은 아무런 저항도 하지 않았다. 그대로 힘을 싣는데, 뼈가 덜덜 떨렸다. 거대한 산맥에 줄을 걸고 잡아당기는 것 같았다.

햇살이 따사했고 구름이 흘러갔고 산들바람이 불었고 쥐 죽은 듯 조용했고 불쾌한 물비린내는 나지 않았다. 전부 올발랐고 그럴싸했고 평범하게 좋았다. 그래서 남자는 앉은 자리에서 숨이 거칠어질 만큼 조급해졌다. 나사산이 꾸물꾸물 대가리를 디밀었다. 강낭콩만 하던 형체는 어느새 포도알처럼 커졌다. 칠흑에 닿도록 뚫린 그 눈구멍을 막 바라볼 즈음이었다.

선두에 선 것이 문득 무언가 깨달은 듯 몸을 돌렸다. 그 통통한 살을 실룩거리며 간신히 방향을 틀었다. 그러고는 사지를 마구 휘둘렀다. 줄곧 제자리를 지키던 낚싯줄이 조금씩 좌우로 흔들렸다. 바삐 솟던 나사산이 뚝 멈추었다. 밀려 떨어지는 부스러기들이 부쩍 늘었다. 남자는 멍하니 그 광경을 지켜보다가 깨달았다. 그들은 이곳까지 올라오기 위한 경쟁을 하고 있었다. 수면이 불안한 빛으로 튀었다.

쯧.

남자는 또 제가 혀를 찬 줄로만 알았다. 이런 상황에서까지 습관은 고개를 굽히지 않았다. 그래서 혀끝을 아프게 깨물던 찰나, 소리가 뒤편에서 들린 것을 알았다. 그는 눈길만 간신히 돌려 노인을 보았다.

"일없군."

줄이 끊어졌다. 느닷없이 그냥 그렇게. 이윽고 세상이 일제히 엉덩방아를 찧었다. 거꾸로 된 수면에서 물기둥이 길쭉하게 일어났다. 세상을 얼떨결에 거꾸러뜨리고 다시 일으켜세울 것처럼 어마어마한 굉음이 울려 퍼졌다. 부서진 물보라가 눈으로, 귀로, 코로, 옷 속으로 신발 안으로 짓쳐 들었다. 남자는 그대로 내동댕이쳐졌다. 온몸이 관통당한 기분이었다.

"하필 오늘따라 안 좋은 일이 되었구만."

노인은 주섬주섬 짐을 챙기기 시작했다. 수박만 한 행낭에 그는 낚싯대를 넣고 있었다. 배낭보다 훨씬 길고 큰 낚싯대. 그런데도 걸리는 곳 없이 술술 잘 들어가는 낚싯대. 배낭 안에서는 여전히 맡아본 적 없는 향이, 들어본 적 없는 소리와 본 적 없는 빛이 새어 나왔다. 그 안에선, 아니 그 반대편에선.

"그래도 낙담하지 말게. 아무렴….."

노인은 제 배낭 안을 살피며 꼭 낭떠러지 아래편을 굽어보는 것처럼 행동했다. 그리고 배낭에 다리를 밀어 넣었다. 남자는 새된 비명이 튀어나오는 것을 막을 수 없었다. 순식간에 허리까지 들어간 노인은 바닥을 찾는 듯 발을 더듬거리는 몸짓을 했다.

"이 안에는 죄가 있지, 그 뜻을 진 자는 아무도 없다네."

달팽이가 껍질로 숨는 것처럼 노인의 상반신과 어깨가 들어갔다. 머리가 들어갔다. 이내 가방 주둥이를 붙잡은 손가락만 작은 날개처럼 남았다.

"내가 있는 한."

그대로 배낭은 말려들었다. 스스로가 스스로를 닫기 시작했다. 가방에서 주머니로, 주머니에서 쌈지로… 남자는 노인과 그 가방이 스스로의 안쪽으로 나가버리는 것을 보았다. 불현듯 생각했다. 그 모양. 거칠고 헝클어진, 온통 보풀로 뒤덮인 바깥쪽과 반대로 매끈한 내벽.

꼭, 처음부터 안팎을 뒤집어 보고 있던 것처럼.

✳

"별일이 다 있군."

매부리코가 턱을 쓰다듬으며 말했다.

"아래 것들이 올라왔으면 어떻게 될 것 같어?"

뚱뚱한 노인이 눈을 빛내며 물었다.

"이야기가 좀 더 길어졌겠지."

긴 머리가 일축했다.

"아무튼 낚시, 하니 나도 떠오르는 게 있어."

매부리코가 말을 이었다.

"내가 이 뒤로 하지."

나머지 둘이 고개를 끄덕였다.

"예전에 선상낚시에 재밀 붙여서 여기저기 다녔어. 지금처럼 안개가 무지 긴 날이었지."

"안개 긴 날에 바다 나가도 되남? 낚시 하러?"

"안 되지. 그럼 뭘 해."

매부리코가 입을 연 친구를 노려보았다.

"어차피 단속 뜨면 꼭꼭 숨었다가 나오는 배가 부지기순데."

매부리코가 툴툴거렸다.

"아무튼 흐린 날이었어…."

2

안개는 두꺼웠다. 구름이 발을 헛디더 떨어진 것처럼. 그러거나 말거나 남자는 재게 발을 놀렸다. 그는 달음박질치다가 가만히 귀를 기울이고 다시 총알처럼 튀어 나가길 반복했다. 쩔걱쩔걱. 찌와 납추, 미끼통 등 자잘한 물건들이 서로 부딪었다. 메아리가 부두를 메웠다.

"육시랄. 5분만 일찍 나왔어도."

안개 너머 어떤 심판관이라도 있어서 그 말을 들어줄 것처럼 남자는 읊조렸다. 다행히 방향을 잘 잡았는지 흐린 인기척이 시끌시끌 가까워졌다. 턱밑까지 차오른 숨을 채근하며 남자는 다리를 움직였다. 점차 낚싯배가 눈에 들어왔다. 그가 있는 곳에선 남의 뒷덜미밖에 보이지 않았다. 먼저 온 이들은 벌써 삼삼오오 떼를 지어 탑승하는 모양이었다. 한 명이 안 온 걸 알 텐데, 그냥 출조해버리려던 차인가. 남자는 평생의 원수를 쫓듯 달렸다. 그리고 가까스로 갑판에 발을 올렸다. 거친 숨이 환호처럼 새어 나왔다. 호흡을 고르는데 갑자기 무게중심이 흔들렸다. 갑판이 출렁이며 뭍이 서서히 멀어지기 시작했다.

"큰일 날 뻔했네."

말이 유달리 크게 울렸다. 배는 물 뱉는 소리도 내지 않고 조용히 미끄러졌다. 과연 소문난 포인트는 가는 길조차 이리 감회가 다른가. 남자는 기대를 품었다.

"암, 돔 막 낚는다는 곳을 인제 아니면 언제 가봐?"

아슬아슬 배에 탔다는 사실이 더욱 기대를 부채질했겠다.

"하마터면 말짱 도루묵 될 뻔했고만…."

남자는 잠시 바닷바람을 만끽했다. 이마를 훑는 안개가 시원했다. 출항한 뒤에도 여전히 주변은 조용했다. 그는 맨손체조를 시작했다. 협, 협! 힘차게 기합을 넣자 허리 안쪽에서 뿌드득. 하고 기분 좋은 소리가 났다. 그는 아예 구령까지 붙였다. 하나, 둘, 셋…! 달밤에 체조도 아니고 안개 낀 고깃배 위에서 나 홀로 체조라니. 부산스러운 것을 넘어 기괴했다. 그러나 남자는 계속해서 몸을 움직이고 소리를 냈다. 그러지 않으면 조용했다.

너무 조용했다.

낚싯배는 객실이라고 해봤자 본디 달려 있던 어창*을 뜯어고쳐

---

* 어선에 달린 어획물 저장고

갈음했을, 그런 어설픈 물건이었다. 그런 것이 수백 마력짜리 채찍질을 얻어맞으면 오열하다시피 온몸을 떨기 마련이다. 거기에 뱃전으로 수면을 두들기며 받는 충격, 실린더를 그대로 드러낸 엔진에서 뿜어내는 어마어마한 진동. 틈만 나면 출조를 나갔기에 워낙 익숙하게 느끼던 것들이었다. 그래서 처음에는 눈치채지 못했다.

남자는 천천히 몸을 바로 했다. 머리털이 쭈뼛쭈뼛 벌레의 촉각처럼 곤두섰다. 등 뒤편, 고작 두세 걸음만 가면 선내로 들어갈 수 있었다. 그 창문으로 남자를 뚫어져라 바라볼 다른 낚시꾼들을 떠올렸다. 그러나 역시 조용했다. 저들끼리 떠드는 소리조차 나지 않았다. 난간을 붙잡은 팔에 힘이 들어갔다. 그때 엉뚱하게도 눈에 들어왔다. 낚싯대, 제 것이 아니라 남의 것. 그것도 갑판에 비스듬히 누운 채 줄을 바다로 늘어뜨린.

아직 도착도 안 했는데 뭘 걸어놓았담? 남자는 생각했다. 그런데 더 중요한 게 있었다. 뭔가 심각하게 잘못된 것이 있었다. 드리운 낚싯줄, 나아가는 배, 비정상적으로 조용한 엔진. 낚싯줄이 기울어진 모양. 수면을 지나며 생기는 파문. 그는 한참이나 그 안에서 진짜 이상한 부분이 뭔지 고민했다. 낚싯줄이 기울어져 있었다.

그런데 뒤쪽이 아닌 앞쪽, 즉 배의 진행 방향으로 기울어졌다.

남자는 고개를 갑판 밖으로 뺐다. 팔을 옹송그린 채 난간을 붙잡자 자신이 꼭 움츠린 고양이 같았다. 그런 자세로 남자는 바다를 살폈다. 휘황찬란한 어떤 역학적 지식이 없어도 그건 명백했다. 줄을 바다에 내린 뒤 배가 앞으로 가면, 낚싯줄은 당연히 뒤로 처진 채 끌려와야 했다. 그런데 이 배의 낚싯줄들은 도리어 앞쪽으로 기울었다. 안개가 장난을 치는 게 아닐까. 몇 번이나 눈을 비볐는데 보이는 풍경은 달라지지 않았다.

"그건 이리 주시지요."

대뜸 인기척도 없이 낯선 목소리가 들렸다. 남자는 온몸의 껍질이 벗겨질 것처럼 놀랐다. 그러나 몸을 돌리자 그 놀라움이 쏙 달아나버릴 만큼의 진짜 경이가 그를 기다리고 있었다.

최대한 담백하게, 말을 건 사람은 얼굴의 반이 입이었다. 입안에 그러나 이는 하나도 없었다. 입술도 없었다. 얼굴의 다른 부분은 코도 귀도 없이 그저 볼링공처럼 미끈거렸다. 피부 대신 고운 비늘이 촘촘히 박혀 있었고 탁구공만 한 눈은 세공한 유리처럼 보였다. 그런 눈알이 얼굴의 넙데데한 양옆에 각각 붙어서 번들거렸다. 그것들은 시야가 중앙으로 모이지도 않아 옆얼굴로 한 번, 다시 고개를 돌려 다른 눈으로 한 번씩 상대를 봐야만 했다.

뻐끔뻐끔. 누군가가 그렇게 말했다. 아니면 숨 쉬었다. 남자는 공포에 질려 뒷걸음질쳤다.

"그, 그거라니?"

"자리를 잘못 찾긴 했지만, 좋은 음식을 낭비할 순 없잖습니까."

그것이 사무적으로, 그리고 예의 바르게 손을 내밀었다. 남자는 제 손발이 움직이는 것을 보았다. 그래서 뭘 하는지도 모르는 채 홀린 것처럼 손을 가져갔다. 옆구리에 찬 미끼통을 풀어 조심스레 건넸다.

"고맙습니다."

미끌미끌한 손으로 그것은 통을 받았다. 손가락 틈틈이 비닐처럼 얇은 피막이 드리웠다.

"혼무시*로군요. 잘된 일입니다."

반쪽 얼굴이 반쪽 미소를 띠었다.

"출출한 분들이 좀 있던 터라."

그것이 뻐끔거리며 팔을 뻗었다.

"그건 건드리지 마십시오."

'그것'이라 함은 드리운 낚싯대들을 일컫는 것이었다. 남자의 덜덜 떨리는 손길이 낚싯대로 옮겨붙는 것을 염려하는 것 같았다. 얼굴의 반절만 있더라도 삐죽이는 입 모양은 알아보기 쉬웠다.

"아무쪼록 어차니까요."

"어, 엇차요?"

"어차(魚車)입니다."

그것이 보란 듯이 바다를 가리켰다. 그러자 안개를 뚫고 거짓말처럼 물속이 들여다보였다.

"도착이 늦어질 수도 있습니다."

낚싯줄 끄트머리에 달린 것은 갈고리가 아니라 고삐였다. 그것을 문 큼지막한 물고기들이 땀을 뻘뻘 흘리며 배를 끌고 있었다. 그래서 줄이 앞으로 기운 것이었다. 그래서 아무 소리도 안 난 것이었다. 기름으로 돌아가는 프로펠러 대신 힘센 물고기들에게 견인되느라.

"으음, 상등품이로군."

남자가 넋을 잃고 그것을 바라보는 사이 상대는 갯지렁이 한 마리를 냉큼 집어 들었다. 음미하듯 천천히, 꼬리부터 잘근잘근

* 참갯지렁이의 은어

씹어 삼켰다.

"들어오실 겁니까? 바람이 찬데요."

남자는 아직 충격에서 깨어나지 못했다. 그보다 눈앞의 상
대—명백히 사람보다는 물고기의 특징이 더 많은—에게 제 복장
을 드러내는 것부터가 거부감이 들었다. 가령 조끼에 넣어둔 흉
흉한 바늘과 추와 온갖 형형색색의 찌, 길쭉한 낚싯대 따위의. 물
고기 입장에서는 불쾌하게 생각할 수밖에 없는. 남자는 어쩔 줄
모르고 제 몸을 더듬었다.

"정 불편하시면 여기 계셔도 됩니다."

상대는 별달리 동요하지 않았다.

"이따가 포인트 도착하면 다시 뵙지요."

그 말을 끝으로 대화는 막을 내렸다. 다가올 때와 마찬가지로
소리 없이 상대가 멀어졌다. 남자는 꼬리뼈가 알싸하게 시릴 때가
되어서야, 제가 꼴사납게 주저앉은 것을 알았다. 그리고 말마따나
그들의 '포인트'에 도착할 때까지 아무도 그를 방해하지 않았다.

"그건 여기선 쓸모가 없습니다."

낚싯대를 쥐곤 안절부절못하는 남자에게 그것이 말을 걸어왔다.

"아, 아니. 잠깐, 저기. 이건…."

그는 아직도 물고기들 앞에 선 낚시꾼이라는 자신의 처지가
불편했다. 땀투성이가 된 얼굴에서 더운 김이 솟았다. 또 다른 그
것이 다가왔다. 남자는 어쩔 줄 모르고 생명의 동아줄처럼 낚싯
대를 붙잡았다.

"취미잖아요."

새로운 그것은 쩔쩔매는 남자를 그 정적이고 객관적인 눈길로

제압했다. 빠지면 뼈도 못 추릴 만큼 깊은 샘처럼.

"그냥 취미잖아요. 우리나 저기 위편에서나."

그것은 육지의 모양을 손짓으로 만들었다. '저기 위편'이라는 말은 그것으로 설명되었다.

"그러니까 유치한 감정싸움은 안 해도 됩니다."

그것은 제 할 말만 하고 멀어졌다. 남자는 그만 맥이 풀려 더 이상 아무것도 나서거나 생각하기 싫어졌다. 그래서 지켜보았다. 어디로 가지도 않고 낚싯대를 버리거나 하지도 않고, 그저 잠자코 구경했다.

배가 '포인트'에 도착하자 그것들은 어차를 끌던 일꾼들을 풀어주고선 각자 자리를 잡았다. 간이 의자를 펼쳐 철퍽철퍽 궁둥이를 붙였다. 그리고 갑판 너머에는 이제 바다가 없었다.

남자는 눈을 깜빡였다. 그러나 펼쳐진 천변지이의 풍경은 사라지지 않았다.

어느 곳은 낮, 어느 곳은 밤. 어딘가의 안 혹은 밖. 달궈진 모래 냄새, 무성한 수풀의 냄새, 코를 찌르는 세제 냄새, 녹슨 쇠의 냄새. 모자이크처럼 각기 다른 성질과 크기를 갖춘 어떤 '순간'이 끝도 없이 늘어섰다. 잘게 부순 유리를 수천수만 조각 허공에 흩뿌린 것 같았다. 모든 곳마다 실제론 보일 리 없는 곳과 들릴 리 없는 소리가 이어졌다.

이곳으로 그 일부를 열어젖힌 채, 그렇게 이어진 길목마다 그것들이 자리를 잡았다. 낚싯대를 드리우듯 그 미끈거리는 손을 뻗었다. 그런데 불현듯 공통점이 보였다. 물이었다. 흐르든 고이든 인공의 것이든 만년설이 녹은 것이든 그곳엔 물이 있었다. 세상 모든 물에 이 '포인트'는 연결되어 있었다.

"오늘은 내가 개시야."

흥분한 목소리로 누군가 외쳤다. 남자는 고개를 돌렸다. 입을 연 그것의 '포인트'는 한 계곡이었다. 그곳의 물줄기는 거대한 바위마저 둥글둥글 다져버릴 만큼 오래되었다. 연신 후벼진 땅은 종종 강만큼이나 깊게 패면서도 자갈 틈을 노니는 송사리 한 마리까지 그대로 비추었다. 그런 풍경에 별안간 이물질이 끼어들었다. 빨간 별에 노란 줄무늬가 성의 없이 그어진 고무공이었다.

수면에 은은한 파문이 일었다. 남자가 뭔가 생각하기도 전 누군가 고무공을 따라 얼굴을 비쳤다. 이곳의 그것들이 아닌 제대로 된 인간, 아직 젖니도 다 안 빠졌을 어린아이였다.

"에잇!"

기운차게 입을 열었던 무언가가 한탄했다.

"그 정도면 괜찮지 뭘."

다른 그것이 마음에도 없는 위로를 건넸다. 그 뒤 누군가 흘리듯 던진 조롱이 차라리 진심에 가까웠다.

"뜯을 거리도 안 나오겠는걸."

"혹시 몰라, 내려서 불리면 더 커질 것 아니야."

"공기 뺄으면 더 커지는 게 따로 있지 뭘."

그것이 투덜거렸다.

"황인종은 팅팅 불려도 그냥 그래…."

"잠꼬대 같은 소리 하고 있네. 잡아야 기록에 넣든가 말든가 하지."

누군가 침착하게 일갈했다.

"뻔히 보다가 놓치지 말고 제대로 얽을 생각이나 해!"

잠시 정적. 그래, 그건 맞다! 그리고 왁자한 웃음이 터졌다. 그것을 신호로 다른 순간에도 하나둘씩, 말하자면 입질이 오기 시작했다. 그들은 이내 알 수 없는 방식으로 그들만의 바늘을 심고 미끼를 풀었다. 누구는 물을 가득 채운 욕조나 수영장에, 바다에, 강에, 얇은 빙판이나 미끄러운 바위, 낡은 다리 위에….

주렁주렁 포도송이처럼 어린 것을 매단 가족을 본 누군가는 군침을 삼켰다. 보이지 않는 힘이 알 수 없는 규칙을 따라 늘어섰다. 눈앞에 펼쳐진 장소들은 이제 그것들의 손끝 가장 작은 조종에 반응하여 변화했다.

남자는 필사적으로 배의 난간을 붙잡았다. 거스러미가 아프게 살을 찔렀다. 숨이 코와 귀를 벗어나 눈으로, 머릿속으로, 창자로 섞였다. 머지않아 본격적으로 일이 시작되었다. 모습을 비춘 사람들을 하나둘씩 그들은 손에 넣었다.

"젠장, 이놈 왜 힘이 안 빠지냐?"

낚시감이 뒤척거릴 때마다 어수선한 물살이 일었다.

"안 됐구만. 이쪽은 쥐 한 번 나주고 시작했는데."

은빛으로 부서지는 물보라. 거품 섞인 비명과 용트림하듯 휘감기는 반동. 차갑게 반짝이는 햇살.

"뭐 해 빨리 안 내리고? 빼내러 오잖아!"

날 것 그대로의 생명이 손아귀에서 몸부림치는 그 짜릿한 쾌감. 묵직한 신음을 뱉는 그것들을 남자는 보았다.

"따블 한번 해보지 뭘! 먼저 걸린 놈이 달라붙으면 몸도 못 가눠."

남자는 조금씩 그들로부터 멀어졌다. 뒤로 돌 생각도 못 한 채 주춤주춤 도망쳤다. 눈꺼풀이 여닫혔지만 낙인처럼 새겨진 광경은 사라지지 않았다. 신발 밑창이 질질 밀렸다. 팔꿈치, 어깨, 옆구리에 뭔가 툭툭 부딪었다.

그것은 좁아지는 목구멍처럼 진득하게 그를 붙잡았다. 목덜미가 뻣뻣했다. 답답했다. 젖은 옷이 살결에 비벼지며 기분 나쁜 소리를 냈다. 남자는 제가 비좁은 깔때기 속으로 들어가고 있다고 믿었다. 단단히 쥔 통발. 무심코 들어온 사냥감을 끝끝내 살려두는.

✳

"그래서 어떻게 되었남?"

뚱뚱한 노인이 휘둥그레 뜬 눈으로 물었다.

"집에 갔지."

매부리코가 말했다.

"뭐? 그게 다인가?"

긴 머리의 노인이 믿기지 않는다는 듯 놀랐다.

"어찌어찌, 꿈인지 생시인지 모를 기분으로 그렇게 되었어."

매부리코가 그날을 떠올리며 아련한 표정을 지었다.

"어느새 집이란 말이지. 그런데 말이야. 내가 그날부터 물에 몸을 담가본 일이 없거든."

노인은 길게 뜸을 들였다.

"그런 걸 봐서 기분 나빴거든. 찝찝하고. 그래서 욕조에 물부터 받아놨거든. 집에 가자마자. 그런데 홀딱 벗구 들어가려니까."

매부리코가 손으로 파도 모양을 만들었다. 양편에 벽 같은 것이 있어 움직임을 가로막았다. 욕조를 나타낸 것이다. 물이 막힌 곳을 따라 천천히 솟도록 만들었다. 벽을 타고 다가왔다. 인사하는 것처럼 부드럽게. 그러고는 다시 원래 자리로 돌아갔다. 물결이 멈추었다.

"이러는 것 아냐, 날 알아보는 것처럼."

매부리코는 더 이상 춥지 않은 몸을 감쌌다. 떨리고 있었다.

"그래서 거기 서 있는데, 발은 욱신거리고 어디로 쓰러질 것 같고, 김이 무럭무럭 올라와서 거울은 희뿌옇고, 귀는 먹먹하고 내 심장 소리만 쾅쾅 들리고…."

셋 모두 생각에 잠겼다. 안개가 언제부터 어디까지 이어지는지도 모르는 것처럼 침묵이 깔렸다. 낮은 언덕에는 바람조차 스치지 않았다.

다음으로 입을 연 것은 뚱뚱한 노인이었다.

3

「이건 잘못 건 전화입니다.」

"뭐라구요?"

남자가 얼굴을 찌푸리며 물었다.

「어차피 아무도 이해하지 못할 겁니다.」

수화기 너머의 목소리는 속삭이는 것처럼 들렸다. 하지만 감춰야 할 것이 있다기보다 목소리를 크게 내지 못하는 사정이 있는 것 같았다.

「그래서 날 모르는 당신이, 당신을 모르는 내가 되도록 걸었습니다. 숫자판을 마구 쳐서.」

그래서 귓바퀴가 짜부라지도록 수화기를 가까이 대야 했다. 명확히 알 수 없는 배경 소음이, 큰 음악에 섞여 쾅쾅 수화기를 두들기는 탓에 더 그랬다.

"누굽니까 이거?"

「모르는 사람이고 번호라고 말했잖아요?」

목소리는 갑자기 가까이 다가왔다. 정말 귀에 대고 속삭이듯 소름이 돋았다.

「하지만 누군가에게 말하고 싶었습니다. 그렇지만 어차피 아무도 이해 못 할… 이럴 시간이 없어요.」

수화기 너머 상대가 읍소했다.

「당신은 조만간 실릴 부고의 진실을, 내 이름 석 자의 내막을 아는 유일한 사람이 됩니다.」

남자의 머릿속이 복잡해졌다. 자살을 앞둔 사람이라도 되나? 소음도 어쩌면 그 탓이고.

「사인은 뇌사라고들 나오겠지요. 하지만 그건, 좀 더 적절한 이름으로 바꾸자면 차라리 뇌정지가 더 나을 겁니다.」

"이봐요, 이게 지금 무슨… 장난 전화예요?"

「뇌정지라고, 요새 젊은이들이 쓰는 말입니다. 그쪽은 나이가 어떻게 되지요? 아니 상관없습니다.」

숫제 막무가내였다.

「처음부터 그러려고 건 전화인걸.」

수화기 너머 상대가 빠르게 말을 이었다.

「그러나 실로 이 경우엔 뇌정지가 알맞을 겁니다. 내 의식은 얼마 뒤면 영영 환상의 감옥에 갇힐 테니까, 영영 여러분의 현재에 도착하지 못할 거니까.」

수화기 너머 음악 소리는 기세를 굽히지 않았다. 도리어 점점 더 커지는 것 같았다.

「시작은 간단했어요.」

그런데도 목소리는 작고 은밀했고, 나약했다.

「누구나 한 번쯤 하는 생각이었죠. 더 잘 보고 듣고 싶다. 더 잘 느끼고 싶다. 좀 더 섬세한 감각을 갖고 싶었어요. 방법이야 차고 넘치도록 있으니까요. 안 그래요?」

수화기 너머 상대는 동의를 구하지 않고 말을 이었다.

「인시공학과 각종 시술, 명상, 훈련…. 들어본 적 없겠지만 난 작가입니다. 명성도 부도 얻지 못한.」

바로 그런 작가가 쓸 법한 이야기 속에 들어온 기분이었다. 남자는 발끝을 오므렸다 폈다.

「감각을 버리려던 것도 그래서입니다. 좀 더 섬세한 표현을 다듬으려고. 과정이 중요하진 않아요. 안 그래요?」

말이 획획 저 혼자 앞서갔다. 스스로도 멈추지 못하는 채로.

「궁금하대도 알려줄 순 없습니다. 나와 같은 이야기가 하나 더 생길 뿐이니.」

그 말을 하는 상대의 끝말이 흐물거렸다. 입술을 깨문 것 같았다.

「그렇게 됐어요. 시력이 2.0이 되고 메뚜기 우는 소리를 잘 듣게 되었다는 게 아닙니다. 나는 어느샌가 내 오감이 우리가 우리 스스로로 남을 수 있는 선을 벗어난 걸 알았죠.」

"이건 뭐, 연습 같은 거요? 작가라서 하는?"

남자는 이유도 모르면서 안심했다. 상대가 조금이나마 스스로에 대해 밝힌 까닭일까? 그러나 부고가 어쩌고 하는 이유를 믿지 않는다면, 제가 작가라는 말은 어째서 믿는단 말인가?

"그래. 음. 좋은 표현이 중요하긴 하지요."

남자는 자신의 말을 계속해서 이었다. 그리고 스스로도 설득할 수 없는 믿음을 끝내 놓지 않았다.

"어디서 듣자 하니 어떤 작가는 똑같은 색을 다르게 말하는 연습만 온종일 한다던데요. 소금처럼 단단한 흰색, 우유처럼 두꺼운 흰색, 눈송이처럼 보드라운…."

「순진하군요.」

말허리를 대뜸 자르며 수화기 너머 상대가 끼어들었다.

「순진한 믿음입니다.」

그렇게나 작은 목소리인데도 거기엔 거역할 수 없는 힘이 있었다.

「일상 정물과 오감을 엮기만 하면 정말 그걸 아는 것처럼. 그런데 저도 그런 줄로만 알았습니다. 진정으로 강한 감각을 갖기 전엔 말이죠. 세상에는, 아니 어떤 물건에도 현상에도, 실은 그것을 묘사할 방법이 없습니다.」

긴 탄식. 수화기 너머 상대가 흐느끼듯 뒷말을 뱉었다.

「어떤 색도 소리도 냄새도 거기엔 없습니다. 오물과 찌꺼기와 펄과 개흙을, 처음부터 분명치 않았던 것들을 한데 뒤섞어 그걸 나눌 수 있나요? 명확한 눈금을 긋고 거기에 제각기 고유한 성질을 붙일 수 있나요? 이름을 불러줄 수 있나요? …내가 말을 너무 빠르게 했어요.」

남자는 기다렸다. 호흡이 들락날락 그렇게 세 번을 되풀이할 때까지. 귓전에 전화기를 댄 상태론 꼬박 몇 시간처럼 느껴졌다. 저쪽에선 폭발하듯 거친 숨이 오갔다.

「말이… 마지막으로 누가 말하고 있었습니까?」

남자는 대답하지 않았다. 뭐라고 반응해야 할지 알 수 없었다.

「내가, 그렇죠. 내가 말하고 있었습니다. 그거 압니까?」

대화는 널뛰듯 종잡을 수 없는 곳으로 달려나갔다.

「난 당신이 모퉁이 뒤에 선 것만 보고도 입은 옷의 색을 맞힐 수 있어요. 당신이 아니라 어느 누가 무엇이 어떤 모양으로 어떻게 움직이는지 전부. 이게 어떻게 가능한지 압니까?」

생각할 시간은 주어지지 않았다.

「빛 덕분입니다. 모든 곳에 반사되어 모든 곳으로 전염되는 빛. 당신들은 회색 보도블록, 검은 도로라고 쉬이 말하지요. 어떻게 그게 가능합니까?」

스멀스멀 무언가 감염되듯 수화기 너머로 기어들었다.

「실은 아주 조금, 육안으론 의미가 없을 정도지만 흰 물건이 옆에 서면 그만큼 흰빛의 반사가 늘어납니다. 그만큼 검은 도로에는 흰색이 달라붙어요. 정밀한 이미지 센서는 그 차이를 알지요. 그리고 이젠, 나도요.」

남자는 음악 소리에 주목했다. 왕왕 메아리가 생길 정돈 아니라도 분명 닫힌 곳에 있었다.

「그러나 검은 도로 옆엔 온갖 물건이 다 있지요. 그 자체로 도로에 침착하여 흉터처럼 남은 것들. 그래서 처음부터 검지 않아요. 사실 그건 아무 색도 아닙니다. 물감을 이도 저도 아니게 처박은 구정물처럼. 분명히 알 수 있는 경계는 거기에 하나도 없어요. 온갖 게 그렇습니다.」

건물의 화장실이나, 아주 작은 밀실? 창고?

「빛이 닿는 곳의 모든 게 모든 색을 품었고 그래서 어느 하나도 그것의 색이랄 것은 없습니다. 하나의 어떤 단위로 일컬을 게 전혀 내게는 느껴지지 않아요. 냄새는 어때요. 소리는 또 어떻고요? 한 장소에 스민 온갖 냄새의 단면을 동시에 꾸역꾸역 나는 말지요. 그 모든 신호가 흥분한 후각 피질을 후벼 파는 탓에」

또 말이 끊겼다. 아니 까무룩 시들었다. 제대로 맺지 못한 숨이 수화기를 채웠다.

「내, 내가 말했지요? 어디까지 했습니까?」

"그 노래는 뭐예요?"

통화를 시작하기 전까지 들어본 적도 없는 노래였지만 벌써 후렴을 외울 지경이었다.

「소리입니다. 규칙적이고 귀가 닳도록 익숙해진.」

수화기 너머 그는 어떻게든 생각할 거리가 필요했다는 듯 절박하게 말을 받았다.

"점점 심해져요. 소리도 마찬가지예요. 이런 것을 틀지 않고 가만히 있다간 참을 수 없게 됩니다."

수화기 너머 그는 헐떡이면서 동시에 그것을 억누르고자 안간힘을 썼다. 그는 괴로워서 헐떡거리는 대신 헐떡거려서 괴로워하고 있었다.

「피가 흐르는 소리, 활액이 꾸르륵거리고 근육이 수축하고 부풀고, 관절이 삐걱이고 온갖 분비샘과 모공과 눕고 일어서고 움직일 수 있는 부위가 제각기 내 의사와 상관없이 운동하는 것을 견딜 수가 없어요. 머리카락이 저들끼리 스치면서 내는 불규칙한 울림이 내겐 칠판 긁는 소리처럼 소름 끼친다면 믿겠어요? 그래서 지금 이런 꼴을. 당신은 보지 못하죠?」

남자는 저도 모르게 고개만 끄덕였다. 그러다가 이건 영상통화도 뭣도 아니란 것을 알았다.

「괜찮아요. 들립니다.」

무엇이? 이어진 말에 남자는 그리고 온몸에 소름이 돋았다.

「당신 턱이 움직이는 게. 주변의 공기가 스치는 게. 그리고 난 소리만 들어도 벌써 당신을 압니다. 목 위편의 뼈와 살이 어떤 구조여야 그런 발음이, 목소리가 나오는지 그려지거든요. 이름을 아는 사이가 아니라서 천만다행이군요. 날 아는 사람들이라면 이 말을 들려주고 싶지 않아요. 이미 잃어버린 사람에 더해 영문 모를 이야기까지 떠넘기고 싶지 않으니까요.」

기억을 뒤지는 소리가 났다. 미친 생각이었지만, 정말 그런 기척이 수화기 너머 상대에게서는 느껴졌다.

「마지막으로 이런 대화를 한 건, 입천장 맛이 난다고 털어놓고 끝났습니다. 상상이 가요? 입천장의 맛, 내 잇몸과 이의 맛. 마른 침의 맛. 뒤척거리다가 이를 때운 레진에 혀가 닿기라도 하면 난 소스라치며 일어났지요. 그러고는 한동안 온몸의 신경이 씨근덕대는 모습에 그만 겁에 질렸습니다. 그대로 화장실로 달려가 숨을 참았어요. 심장이 뛸 때마다 건물 무너지는 소리가 났지만 나머진 적어도 억누를 수 있으니까요.」

이번의 침묵은 비교할 수 없을 만큼 길었다. 그래서 수화기 너머가 어떤 곳인지 좀 더 알아볼 수 있었다. 차 소리에 더불어 곁을 지나치는 발걸음. 그러나 그 소리는 옥죈 듯 겉돌았다. 얇은 벽이 있는 것처럼. 공중전화 부스? 요사이엔 그런 것을 보기가 힘들었다.

「마지막으로 당신이 뭐라고 말했죠?」

정체불명의 발신자가 물었다.

"아무 말도요. 당신이 말하고 있었습니다."

「그, 그래요? 혹시 내 이름도 말했습니까?」

남자는 얼굴을 찌푸렸다. 혹시 표정을 바꾸는 소리까지 저쪽에는 전해지는 걸까? 구태여 물어보고 싶진 않았다.

「미안해요. 시간이 너무 길어서 그럽니다. 나한테만 그런 거죠. 그런 경험 있지요?」

물론 없을 것이다. 수화기 너머 상대를 이해할 수 있는 사람은 아무도 없으니까.

「무언가를 보거나 듣거나 냄새 맡거나 만지면, 전혀 엉뚱하게 이어진 기억이 떠오르잖아요. 나도 아직 그런 식으로 작동합니다. 그런데 예전보다 백 배, 천 배를 더 보면서 생각할 수 있는 건 여전히 한 가지씩이에요. 색종이로 만든 깔때기에 물을 한 트럭 쏟아붓거든 어떻게 되겠어요? 꾸역꾸역, 무언가 스치기만 해도 난 거기서 수도 없이 많은 자극을 받아요.」

수화기 너머 숨결이 점점 거칠어졌다.

「거기에 연결된 나만의 추억과 상상이 폭발하듯 돋아요. 꼬리에 꼬리를 물고 그렇게 떠오른 걸 모두 곱씹거든 난 내가 뭘 하고 있는지도 다 잊어요 남들의 일 초 일 분이 내게는 숨을 허덕일 만큼 길어요 지금 내가 어디 있는지도 모르겠어요 당신과 이야기하면서도 몇 번은 그랬어요.」

말이 빨라졌다. 남자는 제 주변이 덩달아 끌려가는 느낌을 받았다.

"막을 순 없었어요? 아니면 원래대로 머릿속을 돌려놓거나."

「단단한 물질이라도 이런데, 내가 뭘 건드리지도 못하게 되었는지 알겠어요?」

못 들었을 리는 없었다. 의도적으로 무시했거나, 사사건건 어울려주지 못할 만큼 급하다는 뜻이다.

「실체가 없는 것들. 바람, 물!」

이 대화의 끝이 가까워진 것을 남자는 직감했다.

「무수한 갈래로 부서지고 합쳐지고, 부분이 전체로, 전체가 부분으로 개괄되는 것들 말입니다. 절제할 수 없는 감각으로 날 고문하는 것들. 흐르는 물로 몸을 씻어본 적이 없어요. 기다란 관에 물을 담아 목젖 너머로 넘기면서 살았습니다. 식사도 전부 그렇게 해결했지요. 미라처럼 칭칭 두른 옷이 없으면 나갈 엄두조차 못 냈어요. 지금처럼. 내 옷차림이 퍽 이상한가요. 힐끗힐끗 날 쳐다봐요. 느껴집니다!」

말이 돌격했다. 수화기 너머 상대는 위태로운 곳까지 스스로를 내몰고 있었다.

「요즘은 전혀 내 것이 아닌 기억까지 떠올라요. 선 채로 꿈을 꾸고 있는 것 같아요. 뇌가 똑같은 순간을 골백번 곱씹는 데 신물이 나서, 내 것처럼 칠만 된 아주 엉뚱한 이야길 만들어내는 기분이에요. 난 당신이 지금 날 모르고 아무 상관 없는 사람이란 걸 의식적으로 되뇌지만, 이 말을 나누면서 몇 번 XX의 친구나 XXX에서 만난 사람이거나 XX했다고 알았습니다.」

하나도 알아듣지 못한 이름과 장소였다. 말하는 쪽에서는 그러나 그만큼 진심이 담겨 있었다. 그래서 서글프게 들렸다.

「이미 한 이야기를 당신에게 또 하고 있지요? 아니면 그런 이야기를 하는 나의 상상을 더 이상 구분할 수 없어서 내가 지금 하지도 않은 일인가요? 당신이 전화를 걸지 않았어요?」

찢어진 책처럼, 영원히 그 일부를 되찾을 수 없을 테니까.

「지나가는데 벨이 울려서 그걸 들었고, 비누 냄새 풍기는 수화기 들어서 귓가에 대면서까지 곱씹은 내 행동이 생생한걸요. 그 고작 몇 초의 감각을 예순 권짜리의 총서로도 지금의 나는 쓸 수 있습니다.」

지나가다가 벨 소리를 듣고 수화기를 들었다는 말. 역시 공중 전화 부스 같았다. 짝사랑처럼 이루어진 반쪽짜리 추리의 결과물을 그러나 남자는 꺼내놓지 못했다.

「진짜 벌어진 일과 그렇게 될 일이나, 일어나지도 않은 경험이 똑같아요. 당신이 움직이는 소리로 난 있지도 않은 당신의 연인이나, 배우자나 사건을 만들 수밖에 없고 그렇게 덮어씌우면 내가 원래 있던 곳도 아닌데, 그게 다시 현실이라고 믿어버려요….」

틀릴까 봐 두려워서가 아니라, 그 추리에는 아무 의미가 없기 때문이었다.

「죽기란 죽기보다 무서워요. 피 한 방울이라도 흘리면, 난 버티지 못할 겁니다. 고통을 부르짖는 신호가 바늘땀 수천만 개로 날 야금야금 도려낼 거예요. 차라리 지옥에 떨어지기가 더 나을 거예요. 그래서 끝내더라도, 전혀 다른 방법으로 나는 선택할 겁니다. 지금….」

"그건 이야기인가요?"

남자가 처음으로 끼어들었다.

「무슨 뜻이죠?」

상대가 처음으로 되물었다.

"그게 이야기… 가짜냐는 게 아니에요."

남자가 부연했다. 그러려 노력했다.

"당신이 겪은 게, 그러니까, 어….."

「아뇨, 아뇨, 이건 유서입니다.」

남들과는 다른 시간 속에서 줄곧 생각에만 잠겨 있던 덕일까. 말줄임표로 켜켜이 뒤덮인 진의를 수화기 너머의 그는 대수롭잖게 일축했다. 정작 입을 연 사람 본인조차 제가 무엇을 알았고, 무슨 말을 하는지 아직 몰랐다.

「아무 곳으로도 나나 이 대화는 나아갈 수 없을 겁니다. 바뀌는 건 없어요.」

그다음 말로 상대는 모든 것을 일축했다.

「이건 유서입니다. 유서도 못 되는 넋두리입니다. 알아낸다면 무가치한 것이고 털어놓는다면 변하지 않는 것들입니다. 처음부터 그랬어요. 아무것도 모르는 당신은 아무 관계도 없는 말을 들은 거고. 나머지는 다 정해진 것입니다. 당신은 어디에 살죠? 이미 당신이 사는 곳을 여섯 군데쯤 알지만 어느 쪽도 진짜는 아니니까. 그래서, 내가 사는 곳은 지금.」

저편에서 천둥소리가 났다. 너무 선명해서 꼭 영화의 효과처럼 들렸다. 상대가 숨을 토했다.

「비, 빗물, 빗소리, 비의 흐름, 기기묘묘한 색, 모양. 맞고 부서지고 횡으로 종으로 마구 섞여 흘러내리는.」

한참 뒤 남자는 그것이 웃음이었다는 것을 깨달았다.

「지금의 나에게는 한 방울의 궤적이 곧 우주이고 새로운 창조주입니다. 샤워조차 그동안 하지 못했는걸요.」

주섬주섬 옷을 벗는 소리가 났다.

「처음으로 시도해보는 겁니다. 그리고 전부 거칠 수 있을 리가 없어요. 무수한 기억이 내 진짜 감각을 가리고 그 미로 안에 난 갇히는 거예요.」

앙다문 잇새로 비명과 신음의 중간쯤 되는 무엇이 새었다.

「한 걸음, 반걸음, 반의 반걸음, 다시 그 반, 앞선 것의 반으로… 두 걸음짜리 결승선에 난 가까워지지만 결코 당신들의 트랙을 따라잡진 못해요. 빗방울이 내리는 그 무수한 자극을, 그리고 내 기억으로 된 영원에서 못 빠져나올 테니까.」

수화기 너머 상대가 입을 틀어막았다.

「모든 게 멀쩡하지만 그냥 몸의 활동이 멈춰버린 사람. 그렇게 이상하게 죽어버린 사람.」

더 말할 것이 없었지만 그렇다고 그런 끝을 바란 건 아니었다. 수화기 내려놓는 소리와 함께 신호가 끊어졌다. 우연일지, 우연이라면 어디까지가 우연일지, 남자가 사는 곳에서도 천둥이 쳤다. 시커먼 구름이 고집스럽게 몰려왔다. 남자는 우두커니 서서 밖을 보았다.

툭. 물방울이 빗금을 점점이 긋고 지나갔다.

✳

"이 이야기들이 중요한 건가?"
긴 머리가 말했다.
"그럼. 우리 이야기잖아."
매부리코는 신경질적으로 덧붙였다.
"아니면 그러기로 했거나."
"정말 그렇다면, 어떻게 이럴 수가 있담?"
뚱뚱한 노인이 목청을 높였다.

276

"어떻게 그럴 수가 있어? 이게 전부라면은, 남겨진 것들은?"

나머지 둘이 눈길을 맞추었다.

"다른 곳이나 사람들은 어떻게 하고? 내 말은, 이게 꼭 우리만의 이야기가 아니잖나?"

"이미 일어났으니까."

안개가 대답했다. 셋은 일제히 소리가 들려온 곳을 보았다. 그러다가 금세 서로에게 눈을 돌렸다. 잠시라도 떼면 영영 못 찾을 것처럼.

"그렇지 뭘."

매부리코가 천천히 자리를 털고 일어났다. 안개가 옅어졌다.

"일단 눕고 나면 어떤 이야기도 사건도 그렇지. 다 잊히잖아."

긴 머리가 덩달아 고개를 끄덕였다.

"아무리 위대하거나 끔찍해도."

매부리코도 천천히 몸을 일으키고 있었다.

"암. 오히려 잘된 일일세. 우리만큼의 물음표가 줄어드니까."

"그게 가짜라고 해도?"

뚱뚱한 노인은 여전히 불만족스러운 표정을 하고 있었다.

"잊히면 가짜가 아니야. 하지만 진짜도 아니지."

셋은 마음의 준비를 아직 하지 못했다.

"그냥 잊히는 거지."

그러나 처음부터 그들의 시간이 아니었다. 그들을 위해 준비된 무대도 아니었다. 언젠가 해는 떠올랐고 이슬은 떨어졌다. 안개가 말간 빛으로 저물기 시작했다. 노인들이 툴툴거렸다. 기다렸다는 듯 산자락이 붉게 타올랐다. 똑바른 빛살이 날개를 펼치듯 하늘을 가로질렀다. 두껍게 짓눌리던 시간이 서서히 깨어났다. 노인들은 자리를 지켰다. 곧 펑퍼짐한 아침이 골짜기에 내려앉았다. 어떤 발자국도 눌린 풀도, 옷의 냄새도 그곳에 머무르지 않았다.

잡초로 무성한, 아직 아물지 않은 야트막한 언덕이 셋 있었다.

우연한 금기

● 초고 2018년 10월 5일

'화장실에서 흡연금지'

경고문이 쓰인 종이는 누렇게 때가 끼었다. 그래서인지 어쩐지 늙은 꼰대의 참견처럼 느껴졌다.

"응~ 피울 거야~."

남자는 굳이 그렇게 말하며 일회용 라이터의 부싯돌을 돌렸다. 한 번 쓰고 버리는 물건인데도 어찌나 자주 애용했는지 톱니가 거의 닳아 불똥에조차 맥아리가 없었다. 거의 푸른 속심만 남은 가스불에 남자는 담배 끄트머리를 가져다 대었다. 불을 빤히 노려보던 그는 문득 남이 보면 눈을 한껏 코끝으로 모은 모습이 별로 좋아 보이진 않으리라 생각했다.

그래 봤자 오면 누가 오려고? 보면 누가 보려고? 남자는 큰 들숨으로 목구멍을 적셨다. 어지러이 기도를 훑은 훈기가 폐로, 그 안의 포도알 같은 허파꽈리로 차례차례 스미는 것이 느껴졌

다. 묘한 안정감이 들었다. 그러는 찰나에도 금연 광고에 으레 등장하는 카드뮴 따위의 화학물질이 시시각각 제 몸과 결합하는 것을 상상하니 은근한 배덕감이 피어올랐다.

짧은 휴지기 끝에는 다시 긴 날숨이 찾아왔다. 꾸역꾸역 줄지어 올라오는 흰 연기는 그의 가슴 속 천연 필터에 걸러진 패잔병들이었다. 여운을 만끽하며 시선을 돌리자 화장실 벽 타일의 군데군데 깨진 부분이 눈에 들어왔다. 소변기 안에는 싯누런 가래에 젖은 휴지가, 변기 칸에는 으레 '고장 사용금지' 종이가 있을 수밖에 없는 그런 곳이었다.

지자체의 너그러운 예산 운영 끝에 공원은 가로등조차 눈뜨기 힘겨워하는 우범지대로 전락하였다. 공원 화장실에 맨 처음 떨어진 것은 휴지였지만 요사이엔 아예 사람의 발길을 찾기 힘들게 되었다. 그 뒤론 아예 소변기 위 정력제 광고 전단조차 보이지 않았다. 풍랑 속 모습을 감춘 섬처럼 그렇게 화장실은 남자의 은밀한 흡연 장소가 된 것이다. 지역신문에 연신 민원이 올라가도 아무런 조치도 취해지지 않는 풍경에 가끔 남자도 비웃음을 흘렸지만, 이내 그런 곳까지 굼실굼실 기어들어 담배를 무는 제 모습이 떠올랐다. 결국 제 얼굴에 침 뱉기였다.

남자도 한때는 공중도덕을 지향하는 그런 종류의 흡연을 지향하였다. '길빵'하지 않기, 집에서 피우지 않기, 피운 뒤 커피를 마시거나 껌을 씹어 냄새 없애기, 손 자주 씻고 이 가글하기 등등…. 전부 남들의 시선을 의식하던 까닭이었다. 비록 난 흡연자지만 흔히 지탄받는 이들과는 다르다고 그는 무언의 항변을 하였다. 그러나 언제부터인가 그러지 않았다. 이유야 간단하다. 어차피 다른 사람들이 보기엔 다 거기서 거기인 탓이다. 남자가 얼마나 노력한들 이미 세간에서 흡연자보다 멸시받는 사람은 담배 피우는 아동성범죄자뿐이었다.

깨닫고 보니 한국어 사전에서 '공익광고'란 금연광고와 같은 뜻을 하고 있었다. 사람이 추풍낙엽으로 몰살당하는 영화가 전파를 탈 동안 드라마 주인공이 켠 라이터에서는 불꽃이 아니라 옮겨붙는 모자이크가 새어 나왔다. 참한 묘령의 여인들이 몸을 비비 꼬며 녹색 병에 담긴 독극물을 광고할 동안 남자는 제 돈 주고 산 포장지에서 곪아 터진 잇몸이나 시커멓게 죽은 폐 사진 따위를 보아야 했다. 세상은 이미 그를 비이성적이고 무질서한 괴물로 취급했다. 그런 와중 깨끗한 척을 해봤자 무슨 의미가 있단 말인가?

남자는 언젠가 스스로가 더 용감해지길 바랐다. 그래서 번잡한 대로변을 걸으며 만인의 눈앞에서도 기죽지 않고 발암물질의 축복을 나눌 수 있길 바랐다. 상식적으로 허용되는 것 그 이상의 증오를 사회 특정 집단에게 가한 결과가 어떻게 돌아오는지, 자신의 일이 아니라고 세간의 금연, 아니 혐연 캠페인에 무감각한 대중은 반드시 깨달아야 할 것이다…. 늦은 밤 혼자 피우는 담배를 반찬 삼아 궤변 한 사발이 뚝딱 완성되었다.

고양된 기분으로 두 개비째에 막 불을 댕기던 찰나, 돌연 인기척이 들려왔다.

문 쪽이 아니라 창문 밖 공원에서였다. 남자는 은밀한 장난에 몰두하던 중학생처럼 후닥닥 화장실 전등부터 껐다. 한 발짝 떨어져 있던 어둠은 순식간에 그를 감싸 안았다. 남자는 그 와중에도 담배는 끄지 않은 채 바깥을 살폈다. 높고 좁은 창문은 때까지 끼어 있었다. 상황파악이 안 되었지만 전등 스위치에 달라붙은 손끝은 여전히 그대로였다.

남자는 아무 일도 아닌 것으로 판단이 떨어지는 대로 다시 불을 켤 작정이었다. 실눈을 뜨고 연신 바깥을 살폈지만 기척은 이쪽으로 다가오는 게 아니었다. 공원을 쭉 가로지르는 것이 밤에 야(夜)깅이라도 하는가 싱거운 생각을 하던 찰나, 남자의 뒷머리가 쭈뼛 일어섰다.

"살려주세요!"

숙련된 배우의 절제된 울림과는 차원이 달랐다. 민망하리만치 적나라하고 그래서 더 엉성한, 하지만 무엇보다 진심 어린 비명이었다. 쇳소리와 함께 목구멍 깊숙한 곳에서 터져 나오는 두려움. 남자는 화들짝 놀라 등허리를 오그라뜨렸다. 손가락이 움찔거리느라 하마터면 그대로 화장실 불을 다시 켜버릴 뻔했다. 입술에 머금은 담배를 질겅거리며 남자의 눈은 서서히 어둠에 녹아들고 있었다. 그리고 바깥의 상황이 드러났다.

얼마 떨어지지 않은 곳에서 일이 벌어지고 있었다. 남자 쪽에서 그것을 직시했을 때는 그러나 너무 늦어 있었다. 도망가던 쪽이 발을 접질리며 쓰러졌고, 쫓던 쪽은 숨을 고르며 얼마 남지 않은 거리를 좁혔다. 아직 용케도 꺼지지 않고 남은 가로등의 광량은 달빛보다 못했다. 남자는 추격자의 손에 들린 것이 달빛과 만나 시퍼렇게 번쩍이는 것까지를 보았다.

살려주세. 원한이라도 있는가. 채 말이 되지 못한 단말마를 추격자는 힘껏 후려쳐 끊었다. 맥없이 쓰러지는 사람의 형상에다 대고 살인자는 몇 번이고 거듭 폭력을 휘둘렀다. 스스로의 자세

까지 휘청휘청 무너질 만큼 악의에 가득 찬 몸짓이었다. 역한 냄새와 함께 철퍽, 철퍽 끔찍한 소리가 남자가 숨은 화장실까지를 울렸다.

남자는 벌벌 떨고 있었다. 머릿속이 새하얬다. 생각은 어디에도 닿지 못했다. 누군가 112의 번호를 물었다면 대답하지 못하였을지 모른다. 멍하니 한 생명이 꺼져가는 것을 지켜보던 남자가 정신을 차린 것은 돌연 살인자의 시선이 이쪽을 향한 직후였다. 화장실에 누가 있다고 생각하는 걸까?

남자는 허겁지겁 화장실 조명을 확인했다. 불은 쭉 꺼져 있었다. 여자가 소리 지르기도 전부터 꺼져 있었다. 저만치서 추격에 열중하던 살인자가 굳이 잘 보이지도 않는 화장실을 눈여겨봤을까? 남자는 당장에라도 달려 나가고 싶은 것을 억눌렀다. 낡은 건물이었다. 문을 힘주어 밀면 쇠가 찢어지는 비명이 튀어나왔다. 조금이라도 실수했다간 또 다른 추격전의 희생양을 자처하는 것이나 다름없었다.

어차피 바깥은 달이라도 떠 있다. 상대적으로 더 밝은 쪽은 저쪽이다. 게다가 방금 일을 저질러놓은 시체를 두고 굳이 저만치 떨어진 더러운 화장실에 신경을 쓸 수도 없을 거다. 잠깐 동태만 살피다가 다시 고개를 돌리겠지 싶었다. 자신이 할 일은 자명했다. 어둠에 녹아들어 쥐 죽은 듯 가만히 있다가 살인자가 멀어지면 조심조심 빠져나가면 될 일이다⋯ 그렇게 생각하던 그는 살인자가 이쪽으로 똑바로 다가오는 것을 보았다.

그리고 입술이 화끈하게 눌어붙었다.

소리 없는 비명과 함께 짜리몽땅하게 줄어든 꽁초가 떨어졌다. 끄트머리의 잔불이 아직 남아 있는 그것은 어둠 속에서 사실상 작은 태양처럼 보였다. 신발 밑창으로 짓눌러 반사적으로 불을 죽이던 그의 입술에서 아픔이 가셨다. 하얗게 질린 얼굴은 섬뜩한 깨달음의 빛으로 물들었다.

死연편제

● 초고 2020년 4월 21일

남자는 문을 등지고 앉았다. 비좁은 원룸에는 따로 현관이 없었다. 불청객이라도 들이닥치면 화장실과 베란다를 빼고는 훤하게 자신을 드러낼 수밖에 없는 구조였다. 책상엔 참고서와 데스크 램프—흔히 스탠드등이라고 불리는—가 있었다. 가지런하게 정리된 필기구도 있었다. 그 옆 한편을 당당히 차지한 것은 그러나 생뚱맞게도, 라디오였다. 라디오는커녕 휴대전화의 DMB 기능도 유물이 된 요즘에 걸맞지 않게 실로 고색창연한 물건이었다. 카세트테이프가 들락거려도 이상하지 않을.

　"이게 그나마 제일 낫지."

　누구한테 해명이라도 하는가. 달빛이 젖빛유리 너머로 부서지는 한밤중 얼핏 으스스하기까지 한 광경이었다. 하지만 중얼중얼 혼잣말을 뱉는 것이 이상할 뿐 어차피 참고서를 펼친 채 스스로와의 싸움에 몰두하는 사람들은 대개 그런 방어적인 태도에 빠져들 수밖에 없었다.

"듣던 노래는 물릴 만큼 들었고, 백색소음은 잠만 오고, 인방은 소란스럽고….."

빙글빙글 펜을 돌리며 남자는 라디오의 전원을 켰다. 빙글빙글 다이얼이 돌았다. 채널에서 채널로 바로 이동할 수 있더라도 그러는 편이 재미있다고 남자는 생각했다. 아니면 그렇게라도 공부와 멀어지고 싶다든가. 시계불알처럼 똑딱똑딱 주파수의 가장 높은 쪽과 낮은 쪽을 왕복하던 다이얼이 멎었다.

좋아, 오늘은 여기다. 남자가 생각했다.

「…어느 우주비행사가 이렇게 말했다고 합니다.」

진행자의 목소리가 낯설었다.

「*지구를 내려다보고 깨달은 것은 단지 지구가 푸르다는 게 아니었다.*」

목소리는 남자 같지만 간드러지고, 한편으로는 또 여자치고는 중후한 맛이 있었다. 멀리서 또렷하게 말하는 것 같다가도 어느새 귓가에서, 말보다 먼저 그 숨결이 닿고 있었다. 어쨌든 남자는 스트레칭을 시작했다.

「*지구를 내려다보고 난 그야말로 깜짝 놀랐다고 말했다.*」

기묘한 목소리가 이끄는 그 호흡을 따라, 팔 뻗고, 접고, 당기고.

「*태평양의 푸른색이 대서양의 그것과 달랐고, 밤의 푸른색과 낮의 푸른색이 또 달랐다. 나는 푸른색이 그렇게 많다는 것에 놀랄 수밖에 없었다.*」

적어도 들으면서 꾸벅꾸벅 졸 일은 없을 성싶었다.

「멋진 말이군요. 그게 무슨 색이건, 익숙한 것들은 반드시 감췄진 면이 있죠.」

　남자는 이름도 얼굴도 채널 이름도 모르는, 스피커 너머의 그/
그녀의 또렷한 목소리에 벌써 끌리고 있었다.

　「실은 해가 진 뒤에도 그렇죠. 어둠. 암흑. 새까만 밤. 이름은
같아도 같은 색은 하나도 없습니다. 아무것도 보이지 않는 곳을
빤히 바라본 적 있나요? 무엇을 볼 수 없어야 하는지, 무엇이 보
여야 하는지.」

　남자는 귀를 쫑긋 세우고 집중했다.

　「청취자분들께서 각자 칠흑 같은 어둠 속에서 겪은 순간들입
니다.」

　진행자는 쾌활하게 요약했다.

　「첫 번째 사연 읽어보죠.」

1

　"젠장, 갑자기 뭔 일이야."

　대걸레로 타일을 빡빡 문지르던 청소부가 욕설을 뱉었다.

　"재수 없게."

　락스 냄새가 코를 찌르는 화장실은 아직 흰 거품도 꺼지지 않
았다. 그는 지직거리는 전등을 노려보다가 그곳으로 성큼성큼
다가갔다. 도중에 구정물을 담은 양동이를 차버릴 뻔했지만 용케
피했다.

　"얼마 전에 갈았을 텐데."

　청소부는 소변기 아랫도리를 딛고 올라가 불이 꺼진 유리관을

톡톡 두들겼다.

"소장님이… 가만, 이게 문제가 아닌 것 아니야?"

그가 휴대전화를 꺼냈다. XX시, YY동 정전, 단전… 그런 소식은 그러나 코빼기도 찾아볼 수가 없었다. 정전이라면 아주 작게 국소적으로 일어났거나, 아니면 그가 관리하는 건물의 차단기가 혼자 미쳐서 발광한 모양이었다.

"괜히 식겁했네, 쯧!"

그가 쓸데없이 크게 혀를 찼다. 그러고는 바닥에 대걸레를 힘껏 짓이기며 일을 재개했다. 혀도 몇 번 차고, 콧노래도 좀 부르고, 뻑적지근한 허리를 펴며 거울에 대고 이상한 표정도 지어보았다. 활짝 열어둔 대변기 칸을 힐끔힐끔 확인하며 지나가기도 했다. 그는 고장, 사용금지 표시가 붙은 문 앞에 섰다. 괜히 발을 뻗어 열리지 않는 문을 슬그머니 건드렸다. 쿨럭

"엉?"

쿨럭쿨럭쿨럭

'쿨럭'이라고는 해도 사람이 내는 소리는 아니었다. 우묵하고 좁은 관에 대량의 물이 짓쳐들 때 공기가 쥐어 짜이는 소리. 그리고 변기 칸에서 그런 소리를 낼 수 있는 건, 어떤 미친 회사가 그 안에 정수기를 설치해놓지 않은 이상 딱 하나뿐이었다. 설마 낮에 웬 개자식이 똥이라도 갈겨놓았단 말인가. 도무지 뭘 해도 뚫리질 않아서 막아둔 건데. 그게 온종일 가만히 잘 있다가 지금 갑자기 역류한단 말인가.

청소부는 문득 앞으로 벌어질 일을 상상했다.

푸른 타일과 희디흰 줄눈으로 갈고 닦은 바닥에, 똥물이 흐른다. 아니 똥물뿐이면 다행이다. 물에 퉁퉁 불어 죽처럼 변해버린

똥 찌꺼기와 그 개자식이 분명 듬뿍듬뿍 사용했을 두루마리 휴지의 잔해. 게다가 며칠째 배관이 꽉 막혀버린 만큼 그사이에 축적된 것들도 장난이 아닐 것이다. 퀴퀴하게 묵고 부패한… 같은 말인 것은 알지만 상관없었다. 그만큼 중요하니까. 청소를 다시 해야 하니 성가셨다. 아니 성가신 수준이 아니라 이 화장실이라는 공간의 존망이 위태로워졌다.

그의 떨리는 손길이 문고리를 잡았다. 크리스마스 선물 상자를 뜯는 어린아이의 그것과 진배없었다. 비록 그 이면에 깃든 정서는 정반대였지만.

"에이, 시팔!"

그때 성급한 물살이 칸막이를 넘어 흘러나오기 시작했다. 그 피해를 명명백백히 확인하기도 전에 그렇게 청소부의 마음을 먼저 시궁창으로 빠뜨렸다.

"별 재수가 없으려니까!"

문을 열었다. 무언가 쏟아져 나왔다. 정강이였다. 그것이 청소부의 발부리를 때렸다.

정강이였다.

그가 눈을 깜빡였다.

다시 봐도 쏟아져 나온 것은 맨다리였다. 그리고 살이 붙은 모양을 보면 분명 정강이였다. 그런데 없었다. 아래도 위도 없었다. 허벅지는커녕 무릎까지도 못 간 채 뼈가 잘려 있었다. 발목도 보이지 않았다. 발뼈는 더 도려내기 힘들었는지, 고무를 뜯은 것처럼 절단면이 울퉁불퉁했다. 남자가 눈을 깜빡였다. 다리, 아니 다리의 일부는 상한 치즈처럼 메스꺼운 빛깔을 띠었다. 표면은 염증이라도 인 것처럼 온통 얽었다. 물에 퉁퉁 부은 까닭이었다. 남자는 이어 발가락들이 밀려오는 것을 보았다. 발가락들은 앞서 거니 뒤서거니 사이좋게 물살을 타고 있었다. 둥글넓적하게 도려 내져 둔덕만 간신히 남은 것은 아마 그 뿌리가 있는 발이었다. 남자는 변기가 살아 있는 것처럼 콩닥콩닥 뛰는 것을 보았다.

직후 엄청난 기세로 그 내용물이 역류하였다.

새하얀 변기가 금세 보이지 않게 되었다. 불그죽죽한 조각들은 물에 푹 삭아 꼭 두부 같았다. 철퍽철퍽 제 몸에, 얼굴에 떨어지는 잔해를 멍청하게 남자는 바라보았다. 그 안에 알아볼 수 있을 만큼 형체가 남은 것은 하나도 없었다. 확실한 것은 오직 하나뿐이었다. 피, 피, 피. 더운 피. 말간 피. 신선한 피. 그리고 여전히 붉은. 깜짝 놀랄 만큼 뜨거운. 몇 번이고 제 뺨에 그 화끈한 감촉이 닿는 것을 남자는 견뎠다. 좁디좁은 화장실에 유전(油田)이라도 터진 것 같았다.

"누, 누구 있….."

무심코 그가 외쳤다. 귀청이 나갈 것처럼 아픈 것은 그 와중 누군가의 비명이 들린 까닭이었다. 호응하듯 도자기 인형처럼 매끄러운, 작고 깨끗한 이빨이 변기에서 뛰어나왔다. 이뿌리에는 여전히 살점이 붙어 있었다. 그리고 눈알이 하나, 둘. 고무공처럼 명랑한 질감으로 퉁퉁 튀었다. 다음은 수천수만 가닥으로 얽힌 머리칼이었다. 물에 젖어 흐늘거리는 그것이 불쾌하리만치 정확하게 온갖 잔해더미의 꼭대기에 안착했다. 퍽. 개구리를 뭉갤 때처럼 보람 없는 소리였다. 역류가 끝나고 남은 것은 푸짐하게 재조립된 누군가의 몸뚱이었다.

294

청소부가 제 몸을 마구 문대며 물러섰다. 그대로 등이 벽에 닿았다. 그는 타일을 녹이고 그 안에 숨어들 것처럼 주춤거렸다. 그러다가 변기의 마지막 숨을 보았다. 눅어 구깃구깃 들러붙은 종잇조각이었다. 그의 손가락이 제가 뭘 하는지도 모르는 채 그것을 펼쳤다. 안에는

더 이상 받지 않습니다.

「…그렇다고 합니다.」

진행자의 목소리가 꿈결처럼 울려 퍼졌다.

「이튿날 업체까지 불러 치우는 데 고생을 했다고 하네요. 운도 지지리도 없지요.」

남자는 눈살을 찌푸렸다. 빙글빙글 돌던 펜도 눈치를 살피는 듯 얌전히 손가락 사이에 몸을 끼우고 있었다.

"이게 무슨…."

「비유법은 실은 악의 언어이다, 라고 덴마크의 한 시인이 말했습니다.」

라디오 너머에서 기어든 목소리가 말허리를 잘랐다.

「*비유법은 실은 악의 언어이다. 그것은 세상을 간단히 만들어버리고 싶어 하는 바보들과 그런 바보들을 다스리는 자들의 언어이다.*」

진행자가 말을 이었다.

「*지렛대처럼 분명한 관계로 세상의 전혀 관계없는 이들을 묶고 그것을 지배한다고, 이해한다고 감히 속살거리는 그 음험한 언어를 경계하라.* 누구보다도 비유법에 해박할 시인이 이런 말을 하다니, 아이러니지요. 이해한다는 착각, 지배한다는 착각. 여러

분들은 정말 다 알고 있습니까?」

남자는 이름 모를 진행자가 산처럼 쌓인 엽서 중 괜찮은 사연을 고르는 모습을 상상했다.

「두 번째 사연 읽어보겠습니다.」

2

"저기요!"

여자가 누운 채 악을 썼다.

"그만 좀 하세요!"

잠옷을 입고 침대에 누워 곱게 이불까지 덮었다. 불도 다 껐고, 휴대전화도 진동으로 해둔 채 얌전히 머리맡에 놓았다. 그런데도 잠들 수가 없었다. 저 소리 때문에.

똑, 똑, 똑. "아아오입어."

여자가 귀를 틀어막았다. 아아오입어. 아아오입어. 그 소리만 들어도 등골이 쭈뼛 일어섰다. 얼마 전이었다. 그날따라 해치울 일이 있어 밤늦게 깨어 있었다. *평소처럼 일찍 잤으면 이럴 일도 없었을까?* 여자는 말도 안 되는 원망까지 하며 머릴 쥐어뜯었다.

매일 밤 똑같은 시간. 누군가가 문을 두드린다. 그러고는 웅얼거린다. *아아오입어. 아아오입어.* 무슨 주문이라도 되는 것처럼 끝없이 외고 또 왼다. 심지어 문고리까지 돌려댄다. 지금도 길쭉한 손잡이가 소리 없이 꺼덕대는 것이 어둠 속에서도 훤했다.

"아악! 미친 새끼야!"

여자는 그만 이불을 퍽퍽 차올리며 일어났다.

"그만 좀 하라고! 경찰 부르기 전에!"

사실 불렀다. 그것도 여러 번. 아무렴 안 부를 이유가 전혀 없다. 그러나 여자가 사는 곳은 아무리 좋게 쳐줘도 이런저런 하자가 있었다. 보일러는 잊을 만하면 막히고 샤워기가 이따금 물 대신 가쁜 숨을 푸파팟 내뿜는 그런 건물이었다.

폐쇄회로카메라는 당연히 없었다. 그리고 파출소가 있는 깔끔한 시내로부터도 멀었다. 그러니 이미 늦는다. 경관이 와서 문을 열어줄 때쯤이면 미친놈은 멀끔히 사라지고 없다. 신고 내용이나 바깥까지 전해지는 기척에 아무리 신중을 기하더라도 언제나 그랬다. 사람은커녕 누가 있었다고도 보기 힘든 흔적들뿐이었다.

정말 누가 있었어요? 몇 번이나 반복되자 의심의 눈초리까지 사게 되었다. 엘리베이터도 없는 곳인데 계단이 아니면 외벽이라도 기어내려갔는가.

"아아오입어, 아아오입어."

"거 304호 조용히 좀 하지?"

얼씨구, 이제 아랫집의 코러스까지 들러붙었다.

"오밤중에 뭔 지랄이야?"

그러거나 말거나 여자로서는 말 그대로였다. 정말 지랄이었다. 미치고 팔짝 뛸 노릇이었다.

몇 번은 에라 모르겠다 싶어 문을 활짝 열어젖혔다. 외시경으로 봐도 안 보이고, 인터폰을 뚫지라 살펴도 안 보이기에 웬 땅딸막하고 싸가지 없는 애새끼가 그런 짓을 하는가보다 나름 계산했지만, 솔직히 다 제쳐놓더라도 속에 천불이 나는 통에 참을 수가 없었다.

"너 씨팔 뭔데, 변태 새끼야, 응?"

"아아오입어."

"좃 까, 씨팔."

"아아오입어."

"야밤에 지랄하지 말고 집 가서 잠이나 자!"

그렇게 문을 열었는데, 어라. 밖에는 아무도 없었다.

누군가 잽싸게 도망갔다던가 하는 수준이 아니었다. 복도에는 동작 감지 센서가 달린 전등이 있었다. 문을 열면 그게 막 켜졌다. 마치 처음부터 거기엔 아무도 없었다는 것처럼. 거기에 기가 질려 부랴부랴 문을 닫고 들어오면 그놈도 돌아오지 않았다. 그렇게 하루 어치의 평화를 얻었다. 해가 지고 잠자리에 들면 똑같은 일이 반복되었지만.

"아아오입어."

"개새끼야!"

매일 반복되는 일이었다.

"씨팔 쫄아서 도망가는 주제에 왜 지랄인데? 너 진짜 좃 돼볼래?"

"304호, 조용히 좀 하라고!"

"아아오입어."

미친놈은 지치지도 않고 그 타령이었지만, 여자는 어쩌면 묘수가 떠올랐다.

"좃 까 씨팔."

'아아오입어'가 아니라 아랫집 남자에게 하는 소리였다.

"지금 조용히 하게 생겼어? 할 말 있으면 올라와!"

"뭐? 이게 지금….."

후닥닥 뭔가 하는 기척이 들렸다.

"야 너 거기서 딱 기다려."

그리고 쿵쿵 움직이는 소리. 그나저나 참 문제 많은 집이었다. 이건 이미 층간소음의 수준이 아니다. 집 앞에 선 미친놈은 어떻게 반응하고 있을까? 좀 더 집중해서 귀를 기울이―*아아오입어*―자 아랫집 문이 여닫히는 소리까지 들렸다. 이렇게 빨리? 하긴 자다가 난데없이 윗집에서 고래고래 소리를 질러대면 화가 날 만도 하다.

물론 그만큼, 아니 그보다 갑절은 더 열 받는 것이 여자가 처한 상황이었지만.

"너 이제 좆 됐어, 이 새끼야."

"아아오입어."

"어디 숨으려고 해도 갈 데도 없지?"

여자가 후련하다는 듯 웃었다.

"증인 생기면 그때 보자!"

"아아오입어."

"304호!"

왔다. 아랫집 남자.

"야 너 일로 나와!"

뒤꿈치로 시멘트를 자근자근 지르밟는 이 진동. 정말 화가 단단히 났나 보다. 문득 여자는 자기가 너무 심한 방법을 썼나 걱정했다. 그러나 후회는 빠르게 사라졌다. 맹세컨대 한밤중 찾아와 문을 두들기는 미친 변태를 쫓아내기 위해서라면, 악마에게 영혼이라도 팔았을 것이다.

"아아오입어."

"웬일로 안 도망 가냐? 왜 경찰 아니면 안 무서워?"

"아아오입어."

"여기가 삼백이, 삼백삼… 야! 삼백사!"

발걸음이 지척까지 다가왔다.

"미친년이, 너 아까 뭐라고 했어?"

"아아오입어."

"나와, 안 나와!"

"아아오입어."

여자의 기세등등하던 표정이 차츰 일그러졌다. 기분이 나빠져서, 가 아니라 도저히 영문을 모르겠기 때문이었다.

"아아오입어."

"야! 삼백사! 나와! 안 나와?"

손발 다 동원해서 문을 쾅쾅 두드려대는 아랫집 사람. 경첩이 우지끈 부러지지 않을까 걱정될 정도였다. 이내 거칠게 문고리를 돌려대기 시작했다. 철컥. 철컥. 철컥. 겉으론 다를 게 없지만 잠금쇠가 저항하는 소리가 그렇게 가녀리게 들릴 수가 없었다. 문이 벌벌 떨렸다.

"뭐, 뭔…."

여자가 필사적으로 생각했다.

"거기 누구 없어요?"

"미친년이 잠꼬대 하냐?"

아랫집 남자가 기가 막힌다는 듯 코웃음 쳤다.

"야 삼백사. 니가 아까 지랄한 거 아니야?"

"아, 아니 그건 그렇긴 한데."

"아아오입어."

"거기 아저씨 말고 누구 없냐고요?"

"개소리 말고 나와! 미친년이 오밤중에 지랄이야!"

"아아오입어."

"아니 그게 아니라, 거기 아직도…."

불현듯 여자가 현관문을 보았다. 바깥에선 여전히 분노를 주체하지 못하는—그리고 충분히 그럴 이유가 있는—아랫집 사람이 손잡이와 아웅다웅하고 있었다. 철컥철컥. 문고리 돌아가는 소리가 들렸다. 봐봤자 이쪽에선 별 차이가 없었다. 소리만 나는 거였다. 왜냐하면, 원래 그렇게 만들어진 거니까. 방문과는 달리 현관문은 한쪽을 돌린다고 다른 쪽 문고리까지 표가 나지 않으니까. 집 안의 문고리는 그대로 있어야 하니까.

여자는 매일 밤 방문을 두드리는 소리를 떠올렸다. *아아오입어.* 그리고는 문고리가 돌아갔다. 항상 그랬다. 바깥에서 돌렸는데 집 안의 것까지? *아아오입어.* 그리고 경찰을 불렀다. 문을 열어주자 소리는 들리지 않게 되었다. 어쨌든 처음부터 아무도 없었다. 바깥에는. *아아오입어.*

그럼 그 소리는. 지금까지 내내.

"ㄴㅏㄱㅏㄱㄱㅅㅣㅍㅓㅇ."

「…이웃 간의 갈등은 슬픈 일이죠. 잘 해결되었으면 좋겠어요.」

남자가 귀를 부여잡았다. 끔찍한 노이즈가 칼날처럼 스피커를 후비고 나왔다.

「소담하다는 말이 있지요.」

그 덕에 진행자는 다음 말을 이을 수 있었다.

「많은 사람들은 이걸 아담하다, 같은 말로 착각하지만 실은 남을 만큼 많다, 푸짐하다, 는 뜻입니다. 비슷한 예는 많이 있지요.」

진행자가 손가락을 꼽는 모습을 남자는 상상했다.

「전기장판의 장은 종이 장(張)이 아니라 실은 씩씩할 장(壯)이지요. 팔뚝이라는 말은 손목이 붙은 아래팔을 가리킬 수도 있지만 동시에 어깨에서 뻗은 위팔을 가리킬 수도 있지요. 우리 주변 너무 당연한 것들의 뜻을 하나하나 파헤치다 보면, 의외로 이해할 수 없는 것들이 많이 있답니다. 세 번째 사연 읽겠습니다.」

진행자가 휘파람을 불었다.

「이번엔 어린이 청취자가 보냈군요.」

3

「경비가 해제되었습니다.」

도어락이 중얼거렸다. 아이는 원래대로 돌아온 전등을 걱정스레 올려다보았다. 티끌 한 점 없이 맑은 빛은 한번 없어졌다가 돌아온 만큼 더없이 소중했다. 아이는 책상 아래 숨었던 기억을 지우려는 듯 부리나케 환자용 의자에 앉았다. 의자에는 등받이가 없어서 허리를 똑바로 펴고 앉아야 했다. 그러라고 아빠가 말했다.

아이가 둘이 나간 문을 힐끔거렸다. 아빠와 의사 선생님이 무슨 검사 결과를 들고 이야기를 좀 하겠다고 했다. 그러고는 혼자 있으라고 문까지 잠갔다. 그렇게 어린 나이도 아니고, 병원에서 아무 데나 막 쏘다니다가 길을 잃거나 그러지도 않을 건데. 아이는 잠길 때와는 달리 친근한 녹색으로 빛나는 도어락을 유심히 살폈다. 초록불—아빠는 파란불이라고 부르지만 아무리 봐도 초록색인—은 좋다는 신호라고 집에서도 유치원에서도 배웠다. 가도 좋다. 해도 좋다. 먹어도 좋다. 초록색 채소도 몸에 좋다고 많이 입에 넣어야 한다. 윽!

아이가 소리 없이 몸을 웅크렸다. 머리가 뜨끔거렸다. 이를 빼야 하는데 억지로 참다가 아이스크림을 확 먹었을 때처럼, 뿌리부터 시작해서 시큰거리는 아픔이 잘근잘근 턱을 내리눌렀다. 으윽! 아이에게는 지금 아픈 머리보다 그날 치과에서 겪은 끔찍한 기억이 더 고통스러웠다.

"혹시 암 걸린 거 아니야, 나?"

암이 뭔지 정확히 알고 하는 소리는 아니었다. 오히려 모르니까 할 수 있는 소리였다. 아이가 아는 암이라는 단어는 쥐가 고양이라는 단어를 아는 만큼이나 크고 두루뭉술했다. 어쨌든 머리가 아파 검사를 받았다. 그 결과를 듣고 아빠와 의사 선생님만 따로 자리를 비웠다. 그사이 정전이 되었고 도어락이 열렸다. 이 정도만 주어지면 차고 넘쳤다. 아이의 고삐 풀린 상상력은 벌써 갖가지 죽음의 시나리오를 그리고 지우길 반복했다.

얼마나 지났을까, 15분, 5분, 실은 그조차도 안 될 것이다. 아이의 시간은 특별히 느리게 흐른다는 것은 이미 널리 알려진 사실이다. 도어락이 푸근한 초록색으로 웃음 짓는데 어떻게 그걸 가만히 놔둔단 말인가? 살그머니 문을 연 아이는 양말에서 삐져나온 발가락처럼 눈만을 바깥으로 내놓았다. 벽도 천장도 바닥도 전부 다 흰색이었다. 똑같은 크기의 문이 똑같은 간격을 두고 똑같이 서로를 마주 본 채 나 있었다. 아니, 정말 똑같은가?

아이는 눈을 잔뜩 찡그리고 초점을 모았다. 자꾸 그러면 얼굴 못생겨진다고 엄마나 아빠가 뭐라고 하지만, 영화에서 본 멋있는 쌍안경을 사주지 않았으므로 어쩔 수 없다. 아하! 복도의 문 중 딱 하나가 살짝 열려 있었다. 그 순간 아이의 놀라운 집중력은 무려 그 안에서 새어 나오는 익숙한 목소리마저 포착하는 데 성공했다. 낮고 진지한 목소리로 이야기하는 아빠였다.

고개를 내밀 때와 마찬가지로 살금살금 아이는 복도를 지나갔다. 혹시 중간에 문이 벌컥 열려서 무서운 환자가 불쑥 튀어나오면 어떡하나 걱정도 되었지만 용감히 이겨냈다.

어차피 병원은 누가 계란 노른자만 터뜨려도 경보가 울릴 만큼 조용했다. 그래서 혼자만 조심하면 아무도 뭔가 눈치 챌 일이 없었다. 그렇게 무사히 목표에 당도한 아이는 스파이 만화영화에서 본 것처럼 두 손을 컵 모양으로 모아 문에 붙였다. 그러고는 거기에 귀를 가져다 댔다.

"…결과는… 예상외로…."

아이는 좀 더 귀를 바짝 붙였다.

"믿을 수 없…. 이제… 해도 되는…."

문이 비스듬히 열려 있다는 것은 이미 잊어버린 뒤였다. 다행히 문짝이 벌컥 젖혀지며 안의 두 사람에게 발각되는 어색한 일은 일어나지 않았다. 오히려 운 좋게도, 틈이 슬며시 벌어지며 제 검사 결과까지 눈에 들어왔다. 귀는 귀대로 쫑긋 세우고 눈은 눈대로 부릅뜬 채, 아이는 자기만 빼놓고 둘이서 대체 무슨 이야기를 했을까 호기심을 키웠다.

"이걸 보십시오."

의사가 심각한 표정으로 차트를 가리켰다.

"어떻게 생각하십니까?"

세상에, 내가 저렇게 아팠다니! 아이는 소스라치게 놀라 숨을 삼켰다. 물론 분위기를 탄 행동일 뿐이었다. 아이는 맛없는 이상한 약을 먹고 하늘이 무너지는 것처럼 시끄러운, 마찬가지로 이상한 기계에 타서 만들어낸 게 겨우 자기 머릿속을 찍은 사진이라는 것에 크게 실망하였다. 그리고 자기 머릿속이 원래 어떻게 생겨야 하는지 모른다는 데 또다시 크게 실망했다.

"…예상은 하고 있었습니다."

아빠가 무거운 목소리로 답했다. 양손은 무릎을 꼭 쥔 채였다.

내 머릿속이지만 참 신기하게 생겼네. 아이가 생각했다. *저기 저건, 아니 하나, 둘, 셋… 대체 몇 마리야? 손가락으론 다 세지도 못하겠는걸. 꼭 거미처럼 생긴 게 가득 차 있네.* 아이는 머리의 나머지 절반을 보고 김이 샜다. 그냥 주름진 회색 덩어리만 잔뜩 있는 것은 물론 정상이 아닐 것이었다.

"…얼마나 심각한 겁니까?"

"굳이 그걸 물어봐야 압니까?"

의사 선생님의 눈이 매섭게 째졌다. 목소리도 전에 없이 무서워졌다. 엿듣던 아이도 움찔거릴 정도였다.

"대체 그동안 뭘 한 겁니까?"

"사령관님."

사령관? 아이는 왜 아빠가 의사 선생님을 이상한 이름으로 부르는지 궁금했다.

"저는 그동안…."

"변명은 그만두시지요."

의사가 냉랭하게 말을 끊었다.

"감염 진행률이 최소한 오늘로써 80퍼센트는 넘겨야 할 텐데!"

감염 진행률은 또 뭐야? 쫑알쫑알 볼멘소리를 아이가 뱉었다.

"적합도가 예상외로 낮습니다, 사령관님. 유체가 충분히 성장하려면…."

"그만, 그만. 변명을 듣는 것도 지칩니다."

의사가 손을 휘저었다.

"대체 지금의 숙주는 어떻게 제압했는지 알 수가 없군요."

"…면목 없습니다."

아빠가 힘없이 고개를 숙인 동안 의사 선생님은 다른 차트를 꺼내 하나하나 보여주었다. 아이는 조금 전 우쭐했던 제가 부끄러워졌다. 다른 아이들은 머릿속이 그 거미 같은 거로 거의 꽉 차 있었다.

"이 소체의 경우에는 오늘 처방으로 촉진제를 다량 투여하도록 하겠소. 생장률에 문제가 생기겠지만, 척후병이야 본대가 오기 전까지 앞잡이 역할만 하면 되겠지."

의사는 차트를 빠르게 넘기며 혀를 찼다.

"면목 없습니다."

똑같은 소리를 하며 아빠는 고개를 숙였다.

"됐습니다. 괜히 흥분해서 실언했군요."

의사가 손목시계를 보았다.

"이만 돌아가지요. 너무 늦으면 그것이 이상하게 생각할 테니."

"앞으론 이런 일 없을 겁니다."

바라던 바였다는 듯 아빠가 용수철처럼 튀어 올랐다.

"산란장을 위하여!"

아이는 깜짝 놀랐다. 아빠가 뭐든지 할 수 있을 거라고 생각했는데, 설마 눈과 코와 귀와 입에서 길고 털이 부숭부숭 난 거미 다리 같은 것을 꺼낼 수 있으리라고는 생각한 적 없었다.

"산란장을 위하여."

의사도 같은 방식으로 화답했다. 아이가 눈을 빛내며, 그런 둘을 바라보았다….

「…추신이 있군요. 읽어보겠습니다.」

진행자가 목소리를 가다듬었다.

「나는 괜찮아졌습니다. *의사와 병원과 아빠는 아무것도 정상적이지 않은 것이 없었습니다. 치료는 성공적이었습니다…*. 참 귀여운 사연이었죠. 역시 어린 청취자분들이 확 분위기를 띄워주는 게 있어요.」

진행자가 말을 이었다.

「플라톤은 말했습니다. *시인과 화가, 극작가란 모두 거짓말쟁이들이다. 그들은…*.」

"이게 뭐야? 뭐 이런…."

남자가 자리에서 일어났다. 뻑. 누전차단기가 세상을 집어삼켰다. 그가 알던 모든 것들이 사라졌다. 덩그러니 남겨진 그와 나머지 빈자리를 대신하는 것은 위도 아래도 깊이도 부피도 없는 우주였다. 그런 어둠에 휘감겨 남자는 허우적거렸다. 정신없이 움직이다가 몸에 책상다리가 차였다. 제가 걸친 옷가지가 느껴졌다. 창밖으로 도시의 소음이 들렸다.

"정전? 갑자기?"

남자는 제 몸을 더듬었다. 발로는 조심히 바닥을 디뎠다. 익숙한 모습으로 남은 방의 구조를 천천히 그렸다. 차차 주변이 눈에 들어왔다.

"번개라도….."

「아직 방송이 끝나지 않았습니다.」

불은 켜지지 않았다. 차단기가 올라가는 소리도 들리지 않았다. 주파수대를 표시하는 라디오 액정은 검게 죽어 있었다. 콘센트는 아무 일도 없다는 듯 꽂혀 있었다. 스피커에서는 무선방송 특유의 잡음이 났다.

「앉으시죠.」

남자가 다가섰다. 의자를 붙잡았다.

「마지막 사연이니까.」

4

"별 더러운 사람 다 보겠네."

남자는 화장실에 앉아 생각했다. 큰일을 보며 굳이 더럽다고 명명할 정도라면 어지간한 일은 아니다. 그것도 한참 변비로 고통 받는 가련한 영혼에게마저 혐오스러울 정도라면 더더욱.

"좀 안 보이는 데서 하든가, 대로변에서 그냥 다 지나다니는데."

벌어진 일은 이렇다.

낮. 남자는 어딘가로 가고 있었다. 사람이 적당히 많은 곳, 정신을 놓고 걷다간 금세 누군가의 발뒤꿈치를 밟기 십상인 곳이었다. 인도 끝자락을 두른 갓돌 바로 옆 누구도 눈여겨보지 않는 하수구가 있었고, 남자는 그 근처를 지나가고 있었다. 아무 이유도 없이 하물며 '무심결에'라고 굳이 지정하기에도 민망하게, 몸이 가는 대로 두던 눈길이 우연히 하수구를 향하게 되었다. 그리고 그 위에 허리를 구부리고 선 노인을 보게 되었다.

"이보, 저기요."

언뜻 시야 언저리로 스치듯 본 것에 가까웠다. 그래서 더 경악할 수밖에 없었다. 남자는 걸음을 멈추고 돌아섰다.

"지금 뭐 한 거예요?"

노인이 몸을 폈다. 마치 누가 고문대에 묶어 잡아당기는 것처럼 온몸 구석구석을 똑바로 직립시켰다. 눈동자가 먼저 그의 눈과 마주했다. 뒤이어 목이 돌아갔다. 실력 나쁜 복화술사가 조종하는 인형 같았다.

"…무슨 일이지요."

"아니 무슨 일이 아니라, 방금 뭐 한 거냐고요?"

뭘 했느냐, 뭘 했느냐 다그쳐봤자 그가 본 것에 대한 공감이 없다면 납득할 수 없다. 남자가 언뜻 지나가며 본 것은 하수구를 향해 입을 크게 벌린 노인, 그리고 그의 입에서 구불구불 이어진 희고 탁한 점액이었다. 노인은 대낮 사람들이 지나다니는 길 바로 옆에서 꾸역꾸역 침을 뱉었다.

자세히 보지도 못했고 설명할 생각도 없었지만, 그것도 그냥 가볍게 뱉는—설령 가볍게 뱉는 침이라도 꼴불견인 것은 달라지지 않지만—침이 아니었다. 품위 있는 말로는 객담(喀痰). 꾸덕꾸덕 만들어낸 걸쭉한 침. 그런 것을 얼핏 보아도 잔뜩, 열과 성을 다해 모두가 보는 앞에서 적극적으로 배출하고 있었다.

"…무슨 일이지요."

"아니, 이거, 참 나."

주변의 시선이 슬그머니 들러붙었다가 이내 떨어져 나갔다. 남자는 조금 수줍어졌다. 괜히 끼어든 것일까. 노인이 길거리에서 침을 뱉든 고주망태가 되어 나뒹굴든 그냥 내버려둬야 할까. 그는 조금 전 본 광경을 되새기며 그렇지 않다고 되뇌었다.

"어르신, 아무리 그래도 그건 너무 심하잖아요. 네?"

어딜 가든 정도라는 게 있는 법이다.

"사람들 다 다니는 곳에서. 안 그래요? 더럽잖아요."

"…나는 이상한 짓은 하지 않았어요."

"자꾸 그럴 거예요?"

남자가 씩씩거리며 말했다.

"눈이 있으면 봐봐요!"

어라. 남자는 숨을 삼켰다. 이상하다. 분명 보았다. 그 입에서 어마어마한 양의 분비물이 흐르는 것을 보았다.

"아까 어르신이…"

그런데 바닥은 깨끗했다. 하다못해 하수구 철망에 보기 싫게 거품이라도 끼어 있으면 유력한 증거가 될 텐데. 그런 것도 일절 없었다.

뭐야 저기, 싸우나 봐. 야, 찍어찍어. 군중의 목소리를 듣고 남자의 얼굴이 화끈하게 달아올랐다. 노인네는 아직도 흐리멍덩한 표정으로 이쪽을 바라보고 있었다.

"…에이. 말을 말아야지 내가."

더 이어봤자 좋을 게 없었다. 그렇게 어떤 말도 액션도 더 남기지 않은 채 남자는 끊어냈다. 그대로 일과를 마쳐 집에 돌아왔다.

맛있게 밥을 먹고 자기 전 변기에 앉았다. 이로써, 남자의 기막혔던 낮과 평범하기 그지없는 지금의 연결고리가 무사히 봉합되었다.

"아주 상습범이지 아주."

남자가 중얼거렸다.

"노인네가 그러고 있는데 말리는 사람이 하나 없어?"

문득 떠올랐다. 어떤 통찰이. 당시의 상황에서 벗어나 조금은 객관적으로 일의 추이를 바라볼 수 있을 때만이 비로소 떠오르는 그런 종류의 깨달음. 혹시 토를 하고 있던 게 아닐까? 나한테 발뺌한 건 그냥 부끄러웠던 거고?

남자는 아랫배에 힘을 준 채 그 가능성을 반추했다. 너무 오래 밀어내기를 하면 몸에 별로 안 좋다지만, 숙고에 잠겼을 때는 어쩔 수 없다.

"에이, 말도 안 되지."

그는 낮에 슬며시 보았던 그 광경을 머릿속으로 수십 번은 더 검토했다. 이런 말을 하면 웃기지만, 토하는 것과 침을 뱉는 것은 뉘앙스가 다르다. 그 분위기가 다르다. 그리고 자신은 분명히 보았다. 분명히….

"그러고 보니 그거도 좀 이상했는데."

낮에는 뻔뻔한 노인과 입씨름하느라 무심코 잊었지만, 그리고 솔직히 별로 중요한 것도 아니지만, 애초 하수구에 대고 입을 벌린 그 모습을 보는 순간부터 무언가 위화감이 있었다. 뭐였을까? 혹시 정말 토한 걸까?

"아니 그럴 리가 없다니까…."

재차 한 차례의 밀어내기가 무위로 돌아가며 그의 마음은 새로운 의혹에 불을 지폈다.

"분명히 그 장면에, 뭔가 이상한 게 있었는….."

그가 말을 멈춘 데 무언가 굉장한 이유는 없었다. 오히려, 아까부터 가래니 변비니 토니 반복되는 비위생적 소재에 뒤지지 않을 만큼 마찬가지로 더럽고 끔찍한 일이 일어났기 때문이었다. 무방비로 노출된 그의 궁둥이에 닿은 것이었다. 한 땀의 비산한 물방울이.

별게 다 지랄이네. 에이. 남자는 물방울을 씻어내려 휴지를 북북 뜯었다. 등 뒤로 가져갔다. 그런데 이상한 점이 있었다. 그 노인과 하수구. 벌린 입. 죽 이어진 희디흰 그 더러운 액체. 부끄럽게도 개념 없는 노인을 설복시키지 못하고 후퇴한 뒤의 지금.

가만히 있던 변기 물이 왜 갑자기 튀었지?

한 방울이 아니었다. 줄기. 아니 덩이. 뚜렷한 질량과 형상을 갖춘 무언가가 그를 밀어내고 있었다. 그는 후닥닥 바지춤을 추켜올리며 일어섰다. 허겁지겁 뒤돌다가, 그만 부실하게 놓인 화장실 슬리퍼를 밟았다. 벽에 엉덩이를 찧고 그대로 바닥까지 미끄러졌다.

"어. 어, …어?"

그것의 그림자가 하늘하늘 드리웠다. 변기 물은 깨끗했다. 휴지도 아직 제 손에 있었다. 그런데도 물이 흔들렸다. 그것이 이리저리 움직일 때마다 작게 파도가 일었다. 반들반들 매끄러운, 동시에 희고 탁한 점액. 슬라임 같은 질감의 그것이 변기 중심에서 길게 솟았다. 그것은 대가리를 길게 뽑아 변기 시트를 벗어났다. 대기의 빈 곳을 따라 내리치는 번개처럼, 구불구불한 궤적을 거쳐 그에게로 다가왔다.

"이, 이게 뭐야? 억!"

남자는 턱을 감쌌다. 깨닫고 보니 이미 들어와 있었다. 입을 벌렸음을 깨달은 것은 그보다 더 뒤였다. 끄트머리를 밀어 넣은 그것이 엄청난 속도로 남자의 몸을 파고들었다. 벌어진 턱이 끊어질 것처럼 아팠다. 이가 모조리 뽑혀 교통사고의 사망자처럼 날아갈 것 같았다. 그의 사정을 봐주는 일 없이 그러나 희고 탁한 점액은 꾸역꾸역 그를 빼앗았다. 그의 팔과 다리를, 혓바닥을, 마음까지.

아. 남자는 사라지기 직전 깨달았다. 그 광경. 무엇이 이상했는지. *반대였구나. 방향이.*

「변비가 참 괴롭죠. 섬유소랑 물 많이 드시길 바랍니다. 오늘의 사연은 여기까지군요.」

진행자가 싱글거렸다.

「칠흑 같은 어둠 속 여러분의 이야기. 재미있었나요?」

남자는 의자 팔걸이를 움켜쥐었다. 손가락이 부들부들 떨렸다. 차단기는 올라가지 않았고 라디오는 떠드는 것을 멈추지 않았다. 남자는 입안의 혓바닥처럼 제자리를 지켰다. 이윽고 울퉁불퉁한 젖빛유리가 불가해한 압력에 떠밀려 나동그라졌다. 수백 조각으로 나뉜 그 발걸음마다 샛노란 춤사위가 따라붙었다. 하늘이 타올랐다. 무수한 별도 도시의 야경도 없었다. 병변처럼 느물느물 부푼 겨자색의 천체만이 남자를 굽어보았다.

「사실 더 재미있는 게 있는데 말이지요. 오늘의 사연으로 뽑히신 분은….」

달이 둘의 거리를 앞질렀다. 그 간격을 집어삼켰다. 급히 휘갈

긴 메모처럼 세상은 한 차례 부서지고 다시 태어났다. 단숨에 남자는, 남자가 알고 알아 왔던 모든 것들은 그녀의 일부가 되었다. 의자가 삐걱거렸다. 그는 자리를 박차고 일어났다.

제 방. 허접한 원룸. 문을 등진 책상. 데스크 램프. 펼쳐진 참고서. 손에서 굴리던 펜. 정리해둔 필기구. 라디오. 잘 닫힌 창과 그 너머로 엿보이는 지루하기 짝이 없는 밤하늘. 미친 듯이 뛰는 심장. 식은땀으로 젖은 이마. 손바닥에 피가 나도록 쥔 주먹. 돌아왔다. 잠깐 잠이 든 거였다.

삑. 차단기가 내려갔다.

"그, 그래. 여기서부터 시작해야지. 다 그대로니까."

남자가 더듬거렸다.

"난 그냥 꿈을 꾼 거야. 정전이 된다는 꿈. 그러니까 이제."

「…사실, 전부 한 사람의 이야기였다는군요!」

진행자의 말을 큐 사인으로 삼아, 똑, 똑, 똑. 누군가 현관문을 두들겼다.

"아아오입어."

문고리가 돌아가기 시작했다.

● 초고 2019년 4월 15일

청정 화학·에너지 혁명의 산실! 아개(亞開) 연구개발센터 창립 XX주년 기념식에 오신 여러분을 환영합니다! 드높이 펄럭이는 현수막이 방문객들을 맞이했다.

탁 트인 옥상에서 바라보는 하늘은 한없이 푸르렀다. 선선한 바람을 타고 조각구름들이 두둥실 노닐었다. 이에 맞장구치듯 참석한 이들의 얼굴도 밝고 명랑했다. 삼삼오오 사람이 모인 곳마다 이야기꽃이 피었다. 비록 연구센터 옥상에서 치르는 조촐한 식이라 해도 널찍한 연단, 다과나 연혁집 등 있을 건 다 있었다. 그런데 자세히 보면 건물의 위치가 매우 특이했다.

건물이 세워진 곳은 스카이라인이 거의 바닥에 붙다시피 누워버린 한적한 촌으로, 어딘가의 도시라기보다는 한 도와 다른 시를 잇는 중간과정에 더 가까웠다. 널찍한 시야를 붉은 벽돌의 단독주택과 기업의 물류창고가 듬성듬성 채우고, 이따금 간선도로

사두용미   317

사용자를 염두에 둔 집채만 한 입간판이 이목을 끄는 그런 곳이었다. 연구센터는 그 안에서도 몇 겹씩 쌓인 고가도로의 바로 옆에 비죽 튀어나와 있었다. 시도 때도 없이 지나는 차들의 소리도 소리지만, 뿜어낸 매연으로 참석자들의 폐가 그대로 쏠아먹힌 나뭇결처럼 되어버려도 이상할 게 없었다.

옥상에 나온 사람들은 그러나 너무나 편안하게 웃고 떠들었다. 그러다가 때때로 고개를 돌려 도로를 바라보았다. 시야를 차단할 만한 플라스틱 방음벽도 그곳에는 없었다. 차가 안 다니는 것은 물론 아니었다. 엎어지면 정수리 정도는 필히 닿을 거리에서, 분명 시끄럽고 성가시고 그들의 건강을 심각하게 침해할 게 분명한 자동차들의 행렬을 참석자들은 보았다. 차의 번호판은 하나같이 맑은 쪽빛이거나 싱그러운 담녹색이었다.

단속카메라가 없어질 때마다 차량의 가속 한계를 시험하려 드는 스피드광들의 닦달에도 차는 산들바람처럼 도도한 소리만 내뱉었다. 폭발이 쇠와 화염을 뒤섞으며 내뱉는 신경질적인 울림은 이제 박물관에서나 들을 수 있었다. 불완전연소의 시커먼 단말마를 연거푸 뱉던 내연기관의 시대는 오래전 막을 내렸다. 최신식 모델의 경우 아예 동력부의 회전자가 직접 바퀴에 삽입되어 에너지효율을 극한까지 끌어올리는 퍼포먼스까지 선보였다.

그 밖에도 바뀐 것은 많았다. 불과 수십 년 전까지만 하더라도 인류 문명에 있어 고정불변의 상수로서 군림하던, 만인의 일상을 다스리던 요소들이 감쪽같이 대체되거나 아예 결락되었다. 가령 필연적으로 석유 사용량을 늘리는 아스팔트 대신 원격 에너지 송신 기능을 탑재한 일체형의 튼튼한 태양광 모듈이 찻길을 이루었고, 사람들이 걸치는 옷은 홍합의 생체단백질을 이용한 물건이었다. 기념식에 온 이들에게는 생분해성 플라스틱으로 만들어진 봉지에 담긴 사은품이 제공되었다.

「오래 기다리셨습니다!」

누군가 연단에 올라 마이크를 잡았다.

「지금부터 아개연구개발센터 창립 XX주년 기념식을 시작하겠습니다. 귀빈 여러분께서는….」

진행은 짧고 간결했다. 연혁을 읊고 국민의례를 하고 초청 인사가 의례적인 인사를 건네고… 모두가 기다리던 것은 그 뒤였다.

옥상 화단에서 가장 탐스럽게 자란 나무 밑에서 사람들은 무언가를 파냈다. 겉에 달라붙은 흙을 걷어내자 묵직한 석회 덩이가 드러났다. 사람들은 물론 그 봉인을 뜯는 도구도 준비해 왔다.

주변으로 회반죽 쪼가리가 어지러이 흩날렸지만 아무도 신경 쓰지 않았다. 참석자들의 호기심 어린 시선은 마치 불에 달려드는 나방처럼 달라붙어 떨어질 줄 몰랐다. 마침내 모습을 드러낸 것은 어른 팔뚝보다 약간 큰 원통이었다. 세월을 이기지 못해 조금 녹이 슬어 있었지만 안에 든 물건들에 영향은 없을 것이다.

"그럼 지금부터, 타임캡슐의 개봉을 시작하겠습니다."

✳

초봄이지만 아직은 바람이 매서웠다. 해장국집에서 사람들이 바삐 주린 배를 채웠다.

"여기 원래, 씨발 맛이 바뀌었나 봐 이게."

소리를 지른다기에는 작고, 혼잣말을 한다기에는 너무 큰 소리로 남자는 외쳤다.

"주방장 나갔나? 이런 맛이 아닌데."

밑반찬으로 나온 깍두기도 배추김치도 고스란히 남았는데도 벌써 얼굴이 불콰하게 물들어, 제 앞에 놓인 뼈 해장국과 채도의 자웅을 겨루어도 될 것처럼 보였다.

"아이, 이 친구야, 살살 말해. 사람들 다 쳐다보게."

"보면? 보면 뭐 보면? 내가 뭐 잘못했나…!"

저만치 떨어진 테이블에서 젊은 남자가 물끄러미 둘을 바라보았다.

"시끄럽네."

젊은 남자는 제 일행에게 툭 던지듯 말했다.

"해장국집에서 바흐나 베토벤 틀면 어울리겠어?"

여자가 들깻가루 뚜껑을 열며 대수롭잖게 말했다.

"저런 것도 다 풍미야."

여자는 들깨 통을 망설임 없이 뒤집어 내용물을 전부 뚝배기에 털어 넣었다. 설설 보기 좋게 끓던 해장국이 순식간에 준설토를 내다 버린 흙탕물처럼 변했다.

"내 거는?"

남자가 말했다.

"안 넣잖아?"

그녀의 말에 남자는 떨떠름한 표정으로 일행의 뚝배기를 바라보았다. 여자는 쌓인 들깨를 화려한 손놀림으로 무너뜨려 훌훌 국물과 섞었다. 안 그래도 참담하던 탕의 비주얼이 한층 더 보기 싫은 꼴로 전락했다.

"그래도 좀 남겨주면… 그런 성의가 있지 않나?"

"습기 먹어서 눅눅해진 조미료를 식당 주인으로 하여금 재활용하게 만드는 그런 성의?"

들깨를 다 섞은 여자는 이제 돼지등뼈에서 고기를 분리하기 시작했다. 잘게 찢긴 살코기가 국물에 섞이자 물이 조금씩 졸아들었다. 안 그래도 잡탕에 가깝던 비주얼이 이제는 죽처럼 변해가는 모습을 남자는 가만히 바라보았다.

"누나, 언제까지 그렇게 살 거야?"

"야."

여자가 탕, 소리나게 숟가락을 내려놓았다.

"누나라고 부르지 말라니까?"

누군가는 이 상황에서 뒷말보다 앞말에 먼저 반응하는구나. 남자는 생각했다.

"그리고 이렇게 먹는 게 뭐 어때서? 너도 막 평양냉면 갖고 남 가르치는 거 좋아해?"

"해장국 말고. 누나 하는 일 있잖아."

"아, 누나라고 부르지 말라니까!"

그녀가 진저리쳤다.

"피도 안 섞였는데 징그럽게 무슨."

남자는 티 나게 어깨를 으쓱거렸다.

"피 섞였으면 나도 누나처럼 밥 벌어먹게? 큰일 날 소리 하네."

남에게 보이려는 제스처가 아니라, 자신에게 하는 다짐이었다.

"그리고 안 섞였으니까 더 이렇게 불러야지."

남자는 자기 말이 공격적으로 들리지 않을 것을 알았다. 처음 하는 대화도 아니었으니까.

"누나가 좀 듣고 신경 쓰라고."

"보자 보자 하니까 진짜 가지 가지 하네. 내가 사는 게 뭐 어때서?"

여자는 등뼈 오목한 부분에 붙은 살코기를 후비다가 그만 손을 미끄러뜨렸다. 국물이 찌그러진 왕관 모양으로 튀었다. 그녀는 바짓자락을 물어뜯는 열기에 작게 욕을 했다. 양반다리를 하고 앉은 터라 양 정강이가 동시에 더러워졌다.

"이거 봐. 쓸데없는 소리 하니까 옷만 버렸네. 이따가."

전화벨이 울려 말을 끊었다. 남자의 것은 아니었다. 그렇다면 여자의 것인가?

그러나 속단하기에는 복잡한 사정이 있었다.

여자는 뒤쪽에 벗어둔 외투를 질질 끌어 품에 안았다. 그리고 주머니란 주머니는 다 뒤지기 시작했다. 많아 봤자 안주머니까지 서너 개에 그치는 것이 보통이겠으나 여자의 것은 달랐다. 본래 없던 게 분명한 주머니들이 부스럼처럼 옷 곳곳에 돋아 있었다.

또 그게 대체로 빈 것도 아니라, 손이 들어가고 나올 때마다 모양도 가격도 기능도 천차만별인 각종 휴대전화가 하나씩 잡혀 올라왔다. 몇은 버튼이나 제대로 눌릴까 싶을 정도로 낡았고 몇은 조립 레일에서 막 빼돌린 것처럼 깔끔했다. 한참이나 수색한 끝에 여자는 벨소리를 뱉어낸 진범을 찾았다. 통화 버튼을 눌러 귀에 대었다.

"야, 이 씨발년아!"

여자는 눈살을 찌푸리며 귀를 뗐다. 남자도 그것을 보았다. 그만큼 전화 너머 상대의 목소리가 상식 밖으로 우렁찼다. 스피커 상태로 받았다면 아마 길 건너편 가게까지 들렸을 거라고 남자는 생각했다.

"무슨 일이시죠?"

여자는 성의 없이 대답했다. 그 와중에도 통화 볼륨을 줄이는 것만은 잊지 않아 남자는 그때부터 반쪽짜리 대화밖에 듣지 못했다.

"써먹지도 못하는 땅? 뭔 말인지 모르겠는데요."

수화기 너머 분노에 찬 웅얼거림이 해장국집 곳곳의 젓가락 부딪히는 소리를 뚫고 여자의 대답으로 그 차례를 넘기면―

"특수지역이 뭐요? 그것도 잘 모르겠고요."

―또 저쪽에서 길길이 날뛰는 기척이 전해지면 잠시 입을 쉬던 여자가―

"아니, 다 기분 좋게 끝내놓고 왜 그러세요? 달라는 대로 서류도 다 떼고 편하신 시간 맞춰서 같이 땅도 돌아드렸는데."

―그런 대화의 와중 그녀가 빈손으로 다시 외투를 뒤적거리기 시작했다.

"사기요? 말도 안 되는 소리를."

이번에는 휴대전화가 아니라 귀경길에 할머니가 싸주신 간식처럼 생긴 비닐봉지가 딸려 나왔다.

"아저씨 사기당해본 적 없구나?"

묶은 것을 풀자 안에는 이동통신기기의 유심칩들이 잘 익은 견과류처럼 한가득 있었다.

"지금? 뭐가요? 아니 이게 사기가 아니라니까? 아무튼 됐고. 주민들이랑 잘 협의하세요."

여자는 처형대에 매인 짐승처럼 꽥꽥대는 휴대전화를 붙잡고 배터리를 분리했다. 그렇게 아련한 여운을 남기며 통화 상대의 분노는 끊어졌다.

"에이, 밥 먹는 데 별 병신 같은 게."

그녀는 기기에 있던 유심칩을 적출한 뒤 비닐봉지에 있는 대체품 중 하나를 넣었다.

"다 식었잖아."

감자탕이 아니라 들깨살코기죽 비슷한 무언가가 된 그녀의 그릇을, 남자가 빤히 바라보았다.

"누나, 그런 게 사기야."

남자가 강조점을 찍듯 고개를 주억거렸다.

"다른 게 사기가 아니라."

"너까지 그럴 거야?"

여자는 바로 술을 뜨지 않았다. 끔찍하게도 아직 섞을 게 남은 모양이었다. 일단 우악스럽게 퍼올린 희디흰 밥덩이를 국물에 처박고, 뒤이어 매콤새콤한 김칫국물까지 모두 때려넣어 휘휘 젓고 나서야 비로소 식사가 시작되었다. 남자는 분명 일인분 꽉 채워서 나온 뚝배기에 어떻게 그게 다 들어갈 수 있는지 혼란스러워졌다.

"저 사람이 나한테 물어봤어? 여기 특수지역권 있어요 하고? 아니잖아."

여자가 말했다.

"혼자 제풀에 쇼한 건데 그거 안 가르쳐준 게 나쁜 거야?"

남자는 잠시 입가를 가리며 생각에 잠긴 그녀를 바라보았다.

"너 근데 분묘기지권이라고 아냐?"

"남의 땅에 자기 가족 무덤 몇 년 이상 두면 거기 뺏을 수 있는 법 아니야?"

"대충."

말마따나 여자는 정말 설렁설렁 고개를 끄덕였다.

"아무튼 그래서 사려는 땅 구석탱이에 그런 거 있으면 안 되니까 열심히 봐야 하는데, 그거 귀찮다고 무조건 겨울에만 땅 보러 다니는 놈들 있어."

겨울이랑 무덤이 무슨 상관일까? 다행히 남자의 궁금증은 곧 해결되었다.

"풀이 다 말라 죽으면 못자리가 확 티가 나잖아. 특수지역권도 그것처럼 멋모르고 엿 먹기 딱 좋은 거야."

여자가 말을 이었다.

"주민들 다 같이 쓰는 땅이라고 인정받은 거거든. 근데 반대로, 그래서 돌아다니는 마을 사람들 아무하고나 말 섞으면 바로 나오는 건데, 병신 새끼."

"그, 겨울 무덤 이야기랑 그거랑 상관이 있어?"

"상관있지."

즉답이었다.

"이 새끼 계절 바뀌도록 부득부득 약속 미루는 게, 지 짱구 굴리는 소리가 여기까지 들리더라. 하도 오래 걸려서 다른 호구… 수요자 찾아볼까 했거든."

"특수지역인지 뭔지, 그거 아는 방법이 없어?"

남자는 일단 "호구…." 부분은 더 생각하지 않기로 했다.

"등본 같은 거 다 떼달라고 했을 거 아니야."

"했지. 그래서 떼줬어. 근데 어쩌나 등본에 '원래' 안 나오는데, 특수지역권은."

여자가 김칫국물 떨어지는 숟가락으로 뚝배기를 뒤적이며 말했다.

"관습이 그대로 법 노릇 하는 거니까."

프흐흐, 그녀가 웃는 소리였다.

"법제도가 실생활을 보조해야지, 제도 밖에서 벌어지는 일이라고 손을 놔버리면 어떡해, 웃기지 않냐?"

"웃기진 않고, 누나가 나쁜 짓 한 것만 알겠는데?"

"잠꼬대 같은 소리 하지 말고. 야, 등본에 또 안 나오는 게 뭔지 알아? 국세 체납한 거 있지. 그것도 안 나와."

여자는 어떻게 그런 일이 있을 수 있느냔 듯 고개를 내저었다.

"겉보기엔 깨끗한 등본으로 뭣도 모르는 사람 홀랑 벗겨 먹기 좋지. 넌 이런 거 듣고 뭔가 떠오르는 거 없어?"

"누나가 다양한 방법으로 나쁘다는 거?"

"생각 좀 해봐."

여자가 간곡하게 호소했다.

"특수지역이고 나발이고 이런 불협화음들은 아주 간단하게 해결할 수 있어. 어떻게?"

남자는 고개를 저었다. 모른다는 뜻으로.

"등본에 기입하게 만들면 돼. 법적으로!"

그녀가 뚝배기 가장자리를 두들겼다.

"근데 안 하네? 왜 그럴까?"

그녀는 계속해서 뚝배기 가장자리를 두들겼다.

"법으로 커버 안 되는 곳에서 국민들이 자기들끼리 치고받으면서 힘을 빼야, 일 못하는 정치인들이 아니라 멍청한 개개인 탓으로 파문이 다 좁혀지니까!"

남자는 누군가의 숟가락질이 뚝배기를 부술 수 있으리라 믿지 않았다. 지금도 그랬지만⋯ 솔직히 조금 걱정이 되는 것은 사실이었다.

"요, 요 시건방진 새끼들은 우리 표로 올라갔으면서 이런 문제를 두고 '개인이 배워서 알아서 피해가세요~' 하는 투로 수수방관이야."

여자가 음식을 우물거리며 고개를 갸웃거렸다.

"이렇게 대놓고 벌려놓은 맹점에서 살살 부스러기나 주워 먹는 내가 그렇게 나빠?"

"누나는 부스러기만 한 피해자 주워서 태산처럼 벌어들이잖아."

"태산은 무슨. 네가 통이 작은 사람이라 그렇게 보이는 거 아니니? 야 됐고."

그녀가 손을 휘저으며 남자의 말을 일축했다.

"너 나 다 먹을 때까지 한 술도 못 뜨고 일어날 것 같다? 이 뒤로는 먹으면서 그냥 들어."

그러기로 했다. 어쨌든 배를 채우고 일어나야 적어도 식당에 온 값은 할 테니까.

"나같이 하잘것없는 일개 개인이 아니라, 진짜 경계해야 하는 사회적인 문제가 뭔지 설명을 좀 해보자. 어디….."

남자는 부러진 샤프심처럼 미심쩍은 시선을 쏘아 보내면서도 일단 고개를 숙였다. 김이 올라오지 않게 된 것은 그의 뚝배기도 마찬가지였다. 거품이 잦아들자 비로소 해장국의 먹음직한 자태가 드러났다.

살이 덕지덕지 붙은 등뼈가 되직한 국물 한가운데 들어앉아 시선을 사로잡았다. 팔팔 끓여 먹기 좋게 된 우거지를 헤치고 큼직하게 찢은 고기를 양념장에 담그면 해 질 녘 하늘이 변하듯 살코기에 소스의 색이 물들었다. 혀보다 먼저 눈에 침이 고이는 광경이었다.

맛있게 밥을 먹는 남자를 내버려두고 여자는 가만히 창밖을 바라보고 있었다. 잡석이 깔린 넓은 주차장을 차들이 드문드문 메웠다. 애석하게도 사람이 별로 없어 반질반질 으깨지는 자갈의 울림을 들으려거든 여자 일행이나 다른 손님이 식당을 먼저 떠나야 할 성싶었다.

"너 여기 어떤 것 같아?"

"그냥 해장국 같은데."

남자는 뼈를 그릇에 넣으며 말했다.

"평범하게 먹을 맛."

"그래. 근데 돈 받고 파는 식당이 무난하면 안 되지. 아까 저 사람도 그랬잖아."

여자는 불쾌한 낯으로 음식에 대한 불평을 늘어놓던 다른 손님을 가리켰다.

"주방장 나가서 맛 변한 것 같다고."

"어, 그랬지."

"그럼 저 사람이 찾는 여기 원래 요리사는 어디 있겠어? 다른 집 취직했거나 자기가 열어서 하겠지? 그리고 봐봐. 여기 밖에."

남자는 여자의 손길을 따라 고개를 돌렸다. 널찍한 창 바깥으로 펼쳐진 풍경. 다만 분명 먹으면서 들으라고 한 것 같은데, 창밖을 보다 보면 그게 어려워지는 것이 흠이었다.

"널린 게 다 비슷비슷한 집인데. 오면서도 안 느껴졌어?"

남자는 좀 더 자세히 보기 위해 몸까지 틀었다. 확실히 가게 안에서 보더라도 한눈에 들어올 만큼 비슷비슷한 상호와 주력 메뉴의 경향성이 인근 밥집을 거머쥐고 있었다. 죄다 원조니, 본토니, XX년 전통이니 하는 천편일률적 경쟁으로 결국 제 살 깎아먹기 식 선전을 하는 것도 그렇고, 흡사 인근 가게를 전부 해장국집으로 바꾸는 역병이라도 돈 것 같았다.

"주방장이 바뀌어서 맛이 변했다. 근처에 비슷한 상호가 많다. 이게 문제라고?"

"문제는 문제지."

여자가 혀를 찼다.

"근데 더 큰 문제는 대놓고 엿 먹으면서, 상대한테 엿을 되돌려줄 방법을 여기 사장이 모르니까 문제지."

남자가 그녀를 빤히 바라봤다.

"유사상호라는 게, 꼭 상표권 등록까지 해야 저런 애들 잡는 게 아니거든."

여자가 손가락을 꼽으며 설명을 시작했다.

"혼동행위만 해도 충분히 부정경쟁으로 엮을 수 있고, 레시피는 솔직히 텔레비전 틀면 개나 소나 '이거는 비밀입니다.' 이러니까 사람들이 별것 아닌 줄 아는데. 영업비밀로 등록해놓으면 진짜 법적으로 보호받을 수 있단 말이야."

"그런 거 알면 뭐해."

남자가 조금 냉소적으로 말했다.

"어차피 사장님 불러서 컨펌해줄 것도 아니면서."

"컨설팅이겠지. 여기 사장이 나한테 뭐 결재를 받냐."

그런 사소한 지적에는 딱히 할 말이 없어서 남자는 우적우적 깍두기나 씹었다.

"그런 일은 돈 받고 해야지. 근데 진짜 지적할 부분은 거기가 아닌데."

남자는 입안에 든 것을 삼켰다. 그리고 고개를 들었다. 여자의 목소리는 엄숙하다고까지는 말할 수 없으나 조금 진지했다. 다만 입꼬리는 여전히 장난치듯 올라가 있었다.

"뭔데 그럼?"

손대지 않은 어묵볶음 접시를 바라보며 남자가 말했다. *반찬 재활용 이슈일까?*

"너 바보야? 아니면 내가 초능력잔가?"

여자가 말했다.

"아니면 설마 한 번 먹고 영영 안 올 집 근처 상권 분석이라도 했을까 봐?"

여자가 메뉴판을 가리켰다.

"유사상호? 야 이 집이 원조인지, 아니면 아류작 중 하난지 어떻게 알아?"

흠. 남자는 생각했다. 확실히, 다른 집에서 바라보는 이 가게의 간판이 똑같이, 아니면 더 한심한 선전을 하고 있을지 알 게 뭔가.

"맛 바뀐 거? 저 사람이 그렇게 생각하는 거지!"

여자는 이제 대놓고 다른 손님들에게 손가락질까지 해댔다.

"저 사람 입맛이 바뀌었거나, 그냥 늘그막에 부리는 투정일 수도 있지? 주방장 바뀐 걸 내가 어떻게 알아? 저 사람이 진짜 이 집 잘 아는 사람인 건 또 어떻게 알고?"

여자가 양팔을 펼쳤다. 차린 요리를, 펼친 논거를 자랑스레 내놓는 사람처럼.

"네가 진짜 지적해야 할 부분은 이런 거야. 객관적인 증거 없이 펼쳐진 논점들."

딱히 대거리할 말이 남자로서는 떠오르지 않았다. 떠올랐더라도 진짜 하고 싶은 말이거나 했던 생각은 아닐 것 같았다.

"내가 하는 말이라서 믿었다. 물론 그렇게 변명할 수도 있지. 근데 아니거든."

여자는 휙휙 말을 뒤집었다.

"넌 내가 한 말이라서 믿은 게 아니라, '그럴싸해 보이니까' 믿은 거야. 사실상 그냥 믿은 거랑 별 차이는 없지만."

그녀가 뚝배기 속 혼합물을 크게 펐다. 남자는 필사적으로 표정이 바뀌려는 것을 참았다. 실로 먹을 것 가지고 장난친다는 말이 떠오르는 비주얼이었다.

"무질서하게 널려 있는 사실들을 처음부터 정한 결론에 따라 이리저리 꿰어놓으면 직관적으로 일단 그게 옳아 보이거든. 그게 '그럴싸하다'는 사탕발림의 실체야."

창밖 구경도 다 했겠다, 남자도 슬슬 식사를 재개했다.

"미리 세워둔 논리에 맞게 근거를 배치하거나, 반대로 처음부터 주장에 호의적인 근거만 모아 그 사이를 듬성듬성 잇거나. 이 두 개 중에 하나만 잘못되었다고 생각하는 사람들이 전 세계 과반이 넘을걸?"

그런데 이제 뼈의 가장 깊은 속심을 만지작거려도 전혀 뜨겁지 않았다.

"너도 내심 이런 생각 해봤어. 나처럼 분명하게 입 밖으로 내본 적이 없는 거지. 사람들은 그럴싸한 거랑 옳은 걸 구분할 생각이 없어. 아니면 아예 능력이 없거나."

사람들이 정말 그런지는 몰라도, 그래도 지금 눈앞에 있는 잡탕보다는 맛있게 생긴 것을 먹을 거라고 남자는 생각했다.

"어떤 문제를 다루려거든 그 맥락을 헤아리는 대신 자기한테 익숙한 비유부터 냉큼 끌어와야 마음이 편해지지."

여자가 말했다.

"진짜 전문가들이 쉼표 한 개, 줄바꿈 한 칸까지 조심하면서 치밀하게 생각을 쌓을 때, 그런 사람들은 사서삼경 시대 속담을 턱 들이밀어 놓고 뭐가 된 줄 알고 멍청하게 앉아 있잖아."

음식이 가득 찬 볼을 뚫고 여자의 웃음소리가 새어 나왔다.

"그게 걔네한텐 더 편해. 자연스럽고 직관적이고, 그럴싸하니까!"

여자가 뒤이어 깍두기색 열변을 토하려던 찰나 다른 휴대전화가 울렸다. 그녀는 착신화면을 잠시 노려본 뒤 미간을 찌푸려 내 천 자를 새겼다. 그리고 해장국 뼈 버리는 통에 그대로 전화기를 넣었다.

"이런 거야. 너 관절 꺾을 때 왜 소리 나는지 알아?"

여자가 물었다.

"국민학교 상식 책 같은 곳에 많이 나오잖아."

국민학교에 다녔을 만큼 연배가 있진 않을 텐데. 아니면 혹시… 모르겠다. 남자는 음식을 우적우적 씹으며 생각을 회피했다.

"관절 사이에 공기 방울이 생겨서 그렇대. 그럴싸한 걸 좋아하는 사람들은 거기서 멈춰. 공기 방울이 생기면 소리가 날 것 같거든. 두 항이 직관적으로 잘 어울리거든."

남자는 그녀가 대체 무슨 말을 하려는 건지 알 수 없었다.

"근데 그게 다인가? 공기 방울이 뭐 비명이라도 지른대?"

그리고 나머지 뒷말이 이어지자 여자가 지적하려던 생각을 정확히 자기 자신이 하고 있었음을 알게 되었다.

"공기 방울에서 어떻게, 언제 소리가 나오는데? 생길 때? 터질 때? 그 중간에? 그리고 그걸 아직 몰라. 아직 연구 중이라고─이제 다시 처음으로 돌아가면, 웃기지 않냐?"

그녀가 말을 이었다.

"공기 방울에서 곧장 소리로 논리가 이어지던 게, 말도 안 되잖아. 그래놓곤 그게 해결됐다고 믿는 건 더 말이 안 되고."

그 '말이 안 되던' 생각을 하던 장본인으로서는 쉽사리 맞장구치기 힘들어지는 질문이었다.

"사과가 지구로 떨어지는 건 사과가 지구보다 위에 있어서 그런 거야?"

여자가 이죽거렸다.

"내가 하는 일은 이런 '그럴싸한' 상처를 아프게 후벼주는 거야."

틀어쥔 젓가락으로 그녀는 허공을 파헤쳤다.

"그렇게 죽은 살을 괴롭혀줘야, 사람들이 거기가 아픈지 알고 고치지."

"너무 아파서 환자가 정신도 못 차리겠어."

"너 내 말 들을 생각도 없지?"

여자는 기가 막힌다는 듯 코웃음 쳤다.

"눈앞에 당장 있는 내가 아니라 진짜 사회적인 맹점을 보고 그만큼 좀 화내봐. 잊을 만하면 한 번씩 뉴스 때우는 그런 소재들!"

남자는 물끄러미 열변을 토하는 그녀를 바라보았다.

"대놓고 썩은내 풀풀 풍기는 병소는 이미 사회적으로 만성화

돼서, 그런 걸 갖고 화내는 건 이미 국민적인 스포츠야! 참여하는 선수들도, 당장은 강 건너 불구경하는 관중들도 아무도 그게 실제로 해결될 거라고….”

“누나도 그만 말하고 밥 좀 먹어.”

남자의 말에 여자가 입을 다물었다.

“하도 말한 게 많아서, 밥 먹은 기운 다 빠져나오겠다.”

그녀는 이윽고 자신에게 밀어주려는지 뼈 담는 통을 집는 남자를 지켜보았다. 적어도 그렇게 보였는데, 알고 보니 살짝 기울여 안에 담긴 휴대전화를 살피는 것이었다.

“케이스에 국물 들어갔어.”

남자가 안타깝다는 듯 말했다.

“냄새 배겠다.”

“뼈해장국 향 폰 하나 장만한 셈 치지 뭐.”

여자는 개의치 않고 양손으로 뚝배기를 들었다. 그리고 앞니를 부러뜨리려고 작정한 사람처럼 입에 들이박았다. 훤히 드러난 목이 내용물을 넘길 때마다 오르락내리락했다. 새콤하면서도 얼큰하고 깊고 구수하고 짜고 매운… 그런 맛이 날 거라고 남자는 상상했다. 그러면서 턱을 괴고 손가락으로 뺨을 두드렸다.

“누나.”

“그렇게 부르지 말… 왜?”

말은 가슴팍에서부터 발목을 잡혔지만 끝내 입술까지 나왔다.

“나도 이제 힘들다.”

“그래?”

여자는 뚝배기를 ‘팅’ 소리 나게 내려놓았다.

“원래 훨씬 더 일찍 말할 줄 알았는데.”

그녀의 인중에는 하얗고 깨끗한 우유 수염 대신 걸고 투박한 해장국 수염이 묻어 있었다.

"나 그만둔다고 하면 붙잡을 거야?"

여자는 단풍이라도 잡아먹은 것처럼 된 입가를 혀로 핥았다. 그러면서 몸을 뒤로 당겼다. 남자는 여전히 그녀를 빤히 바라보고 있었다. 그녀도 그걸 알고 있었다. 둘은 잠시 침묵을 지켰다. 여자는 일부러 고개를 쳐들어 심심한 전등밖에는 없는 가게 천장을 응시했다. 물꼬를 트려는 듯 그녀의 입술이 조금씩 달싹였다.

전화벨이 울렸다. 뼈 담는 통에 버려진 뼈해장국 향의 그 모델이었다.

여자의 얼굴이 법당의 악귀처럼 일그러졌다. 남자는 돼지등뼈의 단말마와 함께 부르르 떨리는 통을 붙잡았다. 그리고 벌써 케이스 안쪽으로 붉은빛이 찐득거리는 전화를 꺼내 여자에게 건넸다.

"씨발놈들아."

여자의 호쾌한 첫마디였다.

"답장 안 하면 내가 어떻게 하라고 했냐?"

「아니 사장님, 그게 아니고요….」

수화기 너머 상대가 쩔쩔맸다.

「지금 여기 묻은 위치가 잘….」

이 뒤로 대화는 또다시 남자에게는 가려진 반쪽짜리가 되었다. 여자는 화를 내는가 하면, 혀를 끌끌 차고, 전화 너머 상대의 인격을 헐뜯고 무너뜨리는 발언을 연신 뱉었다. 그 언사는 그러나 무작정 비난을 퍼붓기보다는 이내 무언가 확인하고, 재차 따져 물어 세부사항을 캐내고, 책임소재를 가리고 마침내 해결책을 매듭짓는 제언으로까지 바뀌어 대화의 종지부를 찍었다. 통화 종료 버튼을 누르는 동시에 그녀는 외투를 주섬주섬 걸쳤다.

"가자."

"갑자기 어딜 가?"

"어제 말한 거 기억하지?"

남자는 전날 그녀에게 많은 말을 들었다. 그래서 기억해야 할 것도 많았다.

"일 처리 개판으로 해서 내가… 우리가 직접 물어야겠다."

✳

"똑바로 깊게 잘 파."

뭐라고 대거리라도 하고 싶었지만, 여자도 자기 옆에서 같이 삽을 놀리는 처지였다. 남자는 조용히 고개만 끄덕였다.

"뿌리가 제대로 먹어야 잘 자라지."

아직 해장국 얼룩이 채 지지 않은 바짓단에 질끈 동여맨 팔소 매, 너덜너덜해진 목장갑을 낀 채 여자는 구슬땀을 뻘뻘 흘렸다. 땅의 숨통을 끊듯 연신 삽날을 찌르던 그녀는 잠시 허리를 펴고 이마를 훔쳤다. 그리고 구덩이 바깥을 노려보았다.

"망은 제대로 보고 있냐?"

조명을 비춰주던 사람들이 움찔거렸다.

"눈깔만 붙어 있으면 되는 일이니까 니들 시키는 거다."

"네, 누님… 아니 사장님! 잘 보고 있습니다!"

다른 사람들이 떠들썩하게 맞장구를 쳤다.

"맞습니다! 아무도 안 봅니다!"

여자가 쯧, 하고 혀를 찼다. 혀로 입천장을 쓸어 없앨 것처럼 거칠었다. 뒤이어 그 표독스러운 입술이 열리려 했다. 남자의 머릿속에서 경고등이 점멸했다.

"누나, 이제 될 것 같은데?"

여자가 시선을 돌렸다.

"그런가?"

"응. 더 파면 뿌리 다치겠어."

"오케이! 이제 묻으면 되겠네."

여자가 손짓하자 위에서 망을 보던 이들이 팔을 내렸다. 여자는 그들의 손목을 육식동물이 송곳니라도 박아 넣듯 우악스럽게 낚아챘다. 일어난 힘줄이 손아귀 힘에 눌려 뿌드득 찌그러지는 모습을 보았다고 남자는 맹세할 수 있었다. 그러거나 말거나 여자는 그대로 구덩이를 빠져나갔다. 신발코가 차올린 흙이 사방으로 튀었다. 남자도 본질적으론 같은 모습이되 더 느리고 신중하게 지상으로 나왔다. 옆에는 땅에 묻을 것들이 한가득 쌓여 있었다.

"이거 묻고, 그대로 덮어라."

여자가 망을 보던 이들에게 말했다.

"이건 할 수 있겠지, 얘들아? 응?"

네, 물론입니다. 다 끝내놓고 얼른 따라가겠습니다! 앞다투어 달려들며 그들은 말했다.

허겁지겁 찢긴 포대에서 주사위만 한 덩어리가 우수수 쏟아졌다. 희끄무레한 빛깔에, 삽날로 누르면 쉽게 깨져 흙에 고르게 섞였다. 그런 물질을 남자들은 구덩이에 부었다. 하나가 끝나면 그다음으로, 또 그다음으로, 다시 다음으로…. 뒤따르는 사람들은 구덩이를 다시 흙으로 덮었다. 두 팀의 호흡은 마치 한 사람의 걸음걸이처럼 정확하고 군더더기가 없었다. 여자는 누군가 건넨 수건으로 땀을 훔치고 흙먼지를 털고, 그것을 그대로 남자에게 건넸다. 남자는 받지 않았다. 그저 멍하니, 야심한 밤 한 무리의 장정들이 일사불란하게 움직이며 생판 모르는 사람의 밭에 작물성장촉진제를 암매장하는 기괴하기 그지없는 광경을 바라보았다.

"내가 잊어버렸는지 뭔지 잘 모르겠는데, 지금 이거 왜 하는 거야?"

"잘 자라라고 고사 지내는 것보단 이게 낫잖아."

여자는 외투를 걸치며 대답했다. 한참 몸을 쓴 뒤라 특히 더 으슬거렸다.

"너 외국 사람들 김 좋아하는 건 알지?"

남자가 고개를 끄덕였다.

"우리한테는 '김' 하면 먹는 방법이 천편일률적이잖아."

여자가 양 손의 검지를 각각 폈다.

"기껏해야 간장 바르냐 그냥 굽냐 정도. 근데 똑같이 '외국에 김이 인기가 많으니 김을 팔면 되는구나!'가 아니거든."

그녀는 열 손가락을 활짝 펼쳤다. 무르익은 꽃처럼.

"외국 애들이 진짜 좋아하는 건 그냥 김이 아니라 그걸로 만든 가공식품이야. 스낵이라든가."

"여기 밭에선 김도 자라?"

시시한 농담에도 여자는 깔깔대며 웃었다.

"그건 아니고. 너 후진국형 수출이라고 알아?"

몰랐다. 그리고 그녀는 그가 모른다는 사실을 알았다.

"속담이 낫겠다. 재주는 곰이 넘고 돈은 그게 벌잖아? 그런 거야."

여자가 말했다.

"시장 파악 제대로 안 하고 외국에 원자재만 갖다 판 병신들이야 돈 잘 벌었다 기뻐할 동안, 매입한 애들은 부가가치 무지막지하게 붙여서 떼돈 버는 거지."

여자는 양손으로 각각 OK 사인을 만들었다.

"그래서, 너 그거 아냐? 동남아랑 중국 애들이 돈 싸들고서 양식장 돌아다니는 거. 근데 파는 사람들이 또 참, 물정 모르고 덥석덥석 좋다고 그걸 물어요."

그녀가 혀를 찼다.

"좀만 더 알아보면 자릿수가 달라지는데… 암튼 우리도 비슷하게 벌어먹으려는 거야."

여자는 판 만큼이나 신속하게 각기 메워지는 구덩이들을 가리켰다.

"여긴 이제 평소 거래처가 소화 못 할 만큼 물량 쏟아질 거야. 우리가 도매가보다 조금 더 쳐주고 배 띄우면, 그게 농민들도 살고 우리도 살고 바다 건너 코쟁이들도 사는 모두가 행복한 장사 아니냐?"

남자는 떨떠름한 표정으로 그녀를 바라보았다. 특별히 어딘가 거슬린다기보다는 시선 자체가 그냥 닳은 연필심처럼 뭉툭했다.

"근데, 굳이 이거까지 직접 할 필요는 없잖아?"

그는 흙색이 다른 부분들을 가리키며 말했다. 그리고 그걸 메우는 사람들도. 저만치 부연 달빛이 내리는 산등성이를 배경으로 숱하게 파인 구덩이와 그 구덩이를 종횡무진 돌아다니는 장정들은 한 폭의 추상화처럼 초현실적이었다.

"그냥 저분들한테 하나하나 알려주고 다시 시키면 될 텐데."

"나 원래 직접 해. 알잖아? 간단한 건… 아, 잠깐."

여자가 입맛을 다시며 주머니를 뒤졌다.

"간단한 거 하니까 생각났다."

여자는 전화를 걸었다. 식당에서 본 것 중 어느 것과도 같지 않은 모델이었다. 신호가 간 지 얼마 안 가 응답이 돌아왔다.

「예, 전화 받았습니다.」

"잘 자고 있냐?"

대뜸 야밤에 전화를 걸어놓곤 상대의 잠자리를 걱정해주는 악의적인 애정인가, 남자는 그렇게 생각했다.

「예 누님. 근데 여기 좀….」

"다시 불러라."

「아! 사장님.」

상대가 멋쩍게 웃는 소리가 들렸다. 멀리서 삽질에 열중하는 사람들을 빼면 사방이 고요해서 대화가 잘 들렸다.

「근데 여기 좀 추운데요. 단열이고 뭐고 하나도 안 돼서.」

"길어봐야 며칠 묵고 땡인데 뭘 바라는 게 많아?"

여자가 대수롭잖게 일축했다.

"화장실은 주유소 쓰든가 해라."

「사장님 근데, 너무 세간도 없이 살풍경한 거 아닐까요? 누가 봐도 알박기….」

"누가 봐도?"

여자가 꽥 소릴 질렀다.

"야 이 새끼야, 우리가 그 집 전 국민 다 보여주려고 지었어?"

「아, 아닙니다.」

"그래. 네가 설득해야 하는 건 거기 오는 사람들이야."

340

여자가 소리쳤다.

"딱 그만큼만 속이라고!"

전화 너머 상대가 쩔쩔매는 것이 남자가 있는 곳까지 전해졌다.

"직접 니 입으로 '기러기' 세 글자만 꺼내지 마. 그걸 직접 언급하면 파괴력이 없단 말이야!"

그녀가 말했다.

"풀어서 설명을 해줘야, 듣는 놈들이 머릿속에서 지들 멋대로 구구절절 이야기를 써내려가지."

「예, 예. 나름 좀 준비해봤는데요….」

대본이라도 마련한 것인지 무언가 뒤적이는 소리가 났다.

「그, 애엄마랑 애들 뒷바라지하느라 있던 집은 전세로 빼고, 원룸 전전하다가 다시….」

"그까짓 건 니가 알아서 하고, 계속 수고해."

여자가 진저리치며 귀를 뗐다.

"믿는다!"

곧바로 통화 종료 버튼이 눌렸다.

"에이, 양아치 같은 새끼들."

남자는 제 귀를 의심했다. 넋두리를 하는 데 특별한 자격이야 필요하지 않지만, 지금 그 말을 한 사람의 현실 인식에 대해선 다소 논쟁적인 부분이 없지 않아 있을 듯싶었다.

"알박기라는 게 말이야, 그렇게 팔아먹고 그 돈으로 다시 건물 매입해서 더 불리는 맛이 있는데!"

여자는 이마의 땀을 훔치며 아쉬워했다.

"주택공사 새끼들이 돈에 미쳐서 입지를 다 망쳐놓으니까 요즘은 그 짓도 못 하겠어."

남자는 그녀가 혀를 내두르는 것을 지켜보았다.

"도시계획은 니미. 상업용지 비율 적당하게 맞추는 척하면서 주상복합 같은 데 숨은 점포 우후죽순으로 뿌려서 개판 쳐놓는 게 도시계획이면, 나는 맥아더 산신령이다."

맥아더면 맥아더고, 산신령은 산신령일 텐데 그게 무슨 소리일까…. 남자는 생각했지만 굳이 묻지는 않았다.

"애초에 포화상태로 서로서로 빌어먹을 수밖에 없는 상권 만들어놓고 거기서 안 사 먹는 사람, 멋모르고 사먹는 사람, 장사하는 사람, 건물 팔려는 사람, 건물 사려는 사람끼리 치고받고 네가 더 벌었네 내가 더 힘드네 싸우게 만들어놓는 게, 넌 그게 이해가 되냐?"

남자는 어깨를 으쓱했다. 그런 몸짓에는 사실 바라보는 사람의 생각을 그대로 거울처럼 반사하는 힘이 있어서, 여자도 격하게 고개를 끄덕이며 말을 이었다.

"있는 거 없는 거 긁어모으고 대출까지 풀로 땡겨서 샀났더니 임차인도 안 오고, 하염없이 월세 내리다 보면 이제 대출금도 못 갚게 생겼는데 사람들은 거길 누가 가냐고 자기들끼리 곡소리 내지, 오늘내일 언제쯤 임차인님들 오실까 오매불망 말라 죽어가는 게 건물주는 무슨 건물주야 건물종이지. 하여간 공무원들 개념이 없―내일은 일 없네."

남자는 급선회하여 달라붙은 여자의 마지막 한마디가 과연 무슨 뜻인지 고민했다. 그리고 그녀가 자신을 똑바로 쳐다보고 있음을 깨달았다.

"찜질방이라도 갈래?"

여자가 그와 자신을 번갈아 가리켰다.

"목욕값 내가 내면 네가 미역국이랑 안마의자 쏴."

"그냥 그것도 누나가 내지. 얼마나 한다고."

"야, 가격이 중요한 게 아냐! 의미란 게 있잖아."

여자가 양손을 각각 펼쳤다.

"어느 부분은 내가, 어떤 부분은 네가 나눠서…. 그러고 보니 아까도 그런 얘기 하다 말았지."

무슨 이야기? 그리고 남자는 어느새 스스로도 잊고 있던 주제를 뒤늦게 떠올렸다.

"이런 거 왜 직접 하냐고?"

그랬다. 궁금했다. 그냥 부하… 아니 다른 사람들 시켜서 하면 될 일을 야밤에 뻘뻘 구슬땀을 흘리며 해치우는 여자의 의도가. 이제 그 답을 구할 수 있을까 싶었지만, 안타깝게도 발보다는 입을 더 많이 쓰는 작가들의 철 지난 트릭처럼, 여자의 휴대전화가 또다시 울렸다.

그녀는 울린 것이 정확히 어느 주머니의 어느 폰인지 확인했다. 그리고 대번에 안색을 바꾸었다. 남자는 그녀가 통화 음량을 바닥까지 줄이고 한 손으로는 입가까지 가려가며 전화를 받는 것을 보았다. 확실히 이전까지와는 다른 태도였다.

"어떻게 됐냐?"

말소리가 너무 작아, 부지불식간에 들으면 그냥 지나칠 것 같았다.

"잘 끌고 왔냐?"

으레 전화 너머 상대에게 주도적으로 이것저것을 따지고 지시

하던 여자도 이때만은 '그래?'나 '어.' 혹은 '오케이.' 같이 간단한 대답과 확인만 반복했다. 그러다가 어느 시점부터 둘의 대화가 중대한 고비를 넘었다는 느낌이 났다. 여자의 눈이 크게 뜨이고 말려 올라간 입꼬리는 부르르 떨렸다. 남자는 이쪽을 힐끔거리다가 황급히 자신을 등지는 그녀를 의아하게 바라보았다.

머잖아 통화가 끝났다. 휴대전화를 주머니에 넣는 동시에 여자는 낚싯줄에 걸린 것처럼 홱 몸을 틀었다. 얼굴에는 달덩이처럼 환한 웃음이 나붙어 있었다.

"왜, 뭔데?"

"물 끼얹기 전에 들를 데 생겼다."

아직 찜질방 가겠다고 말도 안 했는데…. 남자는 생각했다.

"너 삼림욕 알지? 그거나 하러 가자!"

"갑자기 삼림욕은 뭔…."

여자가 예측하기 쉬운 사람은 아니었지만 그래도 이건 난데없어도 정말 난데없었다.

"피톤치드 건강 알약 같은 거라도 팔아먹으려고?"

"이 새끼 봐라. 내가 사기꾼인 줄 알아?"

남자는 일부러 뚱한 표정을 지었지만 여자는 전혀 신경 쓰지 않았다. 이제는 혼자서 춤을 추듯 빙글빙글 발끝으로까지 돌고 있었고, 그건 전혀 그녀가 평소에 할 법한 일이 아니었다.

"나무면 좋이고, 좋이면 돈이지."

그녀가 환호했다. 밭에 잠든 비료들마저 깨워버릴 만큼 쩌렁쩌렁.

"그리고 돈다발로 목욕하면, 그게 삼림욕이지 뭐야!"

산자락의 공터에는 달과 별보다 밝은 것이 없었다. 사람이 사는 가장 가까운 곳은 작게 밭이나 가꿀까 싶어 땅을 엎어보면 생매장당한 공사 폐기물들의 한 맺힌 울음소리가 들려오는, 인기 없는 전원주택단지였다. 그런 한적한 곳에 난데없이 환호성이 울려 퍼졌다.

"야 대박이다. 대박!"

여자가 펄떡펄떡 뛸 때마다 컨테이너의 바닥이 쾅쾅 울었다.

"병신새끼들 얼마나 부었으면 이게 다 들어오냐?"

그거로도 모자란 지 여자는 컨테이너 벽을 걷어차고 후려쳤다. 경중경중 뛰어다녔다.

"중국 공산당 만세! 보조금으로 연명하는 병신 같은 시장질서 만세다 만세!"

컨테이너엔 커다란 상자가 실려 있었다. 사실 말이 좋아 상자지 크기만 보면 물을 뺀 노천탕처럼 보였다. 그 무지막지한 부피의 가장 밑바닥부터 꽉 찬 꼭대기에 이르기까지, 백 위안짜리 지폐가 바늘 하나 못 꽂을 만큼 빽빽하게 들어 있었다. 맨 아래에 돈에 깔려 죽은 사람이 한둘쯤 있어도 시취가 올라오기 전 방부처리가 될 것 같았다. 여자는 이윽고 몸을 날렸다. 상자가 꽉 찬 만큼 보기 좋게 들어가진 못했지만 적어도 드러누운 채 돈과 부대끼는 데에는 성공했다.

남자는 무수한 마오쩌둥의 얼굴과 벗은 그녀가 정말 헤엄이라도 치듯 사지를 허우적대는 것을 지켜보았다. 압력을 이기지 못한 내용물 일부가 풀풀 상자 바깥으로 빠져나왔다. 버려진 컨테이녀 바닥을 나뒹굴며 흙과 먼지를 묻히는 백 위안짜리 돈다발은 어쩐지 우스꽝스러웠다.

"누나, 이게 다 얼마야?"

여자는 자맥질에 열중하면서도 성실히 대답했다. 남자는 제 귀를 의심했다. 아니 차라리 의심하고 싶었다. 하지만 잘못 들을 수 있는 상황이 아니었다. 여자가 괜히 헛소리할 사람도 아니었다. 아무리 그래도 지금 그 입에서 나온 숫자는 무슨 불경한 저주의 주문처럼 느껴질 만큼 까마득했다.

"그게? 말이 돼?"

그야말로 비현실적인 액수에 남자는 저도 모르게 몸을 떨었다.

"그만큼을 사기 쳐서 벌었어?"

"당연하지!"

호쾌하게 치켜든 엄지. '사기'라는 표현에 별달리 불만을 표하지 않는 게 지금 그녀의 기분이 얼마나 좋은지, 일이 얼마나 잘 돌아갔는지를 대신 말해주었다.

"너 국제공용어가 뭔지 알아? 영어? 중국어?"

뜬금없는 질문. 그리고 이어질 것은 물론 더 뜬금없는 대답이었다.

"다 아니야, 달러야, 달러! 어딜 가나 은행이 있고 시장이 있는데 주워 먹을 게 없겠어?"

숨넘어갈 듯 웃으면서 여자는 말을 이었다.

"'인터넷 금융, 고수익 보장' 딱 걸어주고 마중물 넣는 놈들부터 돌려막기 해주고, 슬슬 판 키우다가 마지막 바퀴 올라탄 놈들 벗겨 먹으면 짜잔! 이게 다 내 겁니다!"

"아니 무슨…."

남자가 머리를 흔들었다.

"내가 이런 거 잘 모르고 알고 싶지도 않지만, 원래 이래?"

막연한 부사보다는 좀 더 또렷한 질문을 하고 싶었지만, 자꾸만 말이 후퇴했다.

"어떻게 이렇게까지, 그게 돼?"

"여기 돈 보내주신 분들 머릿수가 일단 규모가 다르지. 한, 백만?"

남자는 이미 입을 쩍 벌렸지만, 여자는 계속해서 말을 이었다.

"다 돈이 남아돌아도 굴릴 데가 없으니까 그러는 거야! 은행? 우리도 저금리인데 심심하면 7퍼센트씩 찍던 애들은 오죽하겠냐? 주식? 툭하면 국유기업주 풀려서 증시 개박살 나는 동네에서 뭐로 이득을 봐?"

그녀는 돈 냄새로 찌든 손가락을 꼽았다.

"코인도 금지됐지, 부동산은 나라에서 제일 크게 장난질치지, 진짜 여력 되는 사람들은 해외증시로 튀고. 그렇게 못 하는 어중이떠중이들이 전부 우리 고객님들이지 뭐야!"

그리고 잠시 자축의 시간. 마오쩌둥 몇 묶음이 다시 튀고 날리고 뒹굴고 난리도 아니었다.

"우리 이제 이걸로 뭐 할래? 슬슬 개인금고 돌려막기도 안 될 것 같은데."

여자가 입을 오물거렸다.

"어디 포병여단이나 하나 사러 갈까?"

남자는 순수하게, 처음도 아니고 아마 마지막도 아닐 테지만, 그녀에게 감탄했다.

"누나 혹시 사탄도 감탄하겠다는 말 알아?"

"사탄? 그런 게 있으면 저 위에 있지."

"하늘에?"

"아니. 무슨무슨 장(長), 무슨무슨 법 위에."

여자는 정신없이 지폐를 껴안고 뽀뽀하던 것을 멈추었다.

"이런저런 일로 쉽게 분노하는 사람들이 절대 모르는―참, 아까도 또! 얘기하다 말았지."

그녀가 몸을 일으켰다.

"내가 왜 직접 일하냐고."

"한 세 번쯤 그랬지."

"아, 이번에 또 누가 전화 걸면 그 새끼 돈다발로 패 죽일게."

여자가 웃으며 손사래 쳤다.

"걔도 그렇게 죽으면 마음에 들겠지. 아무튼 내가 왜 웬만하면 일을 직접 하냐면, 그래야 스스로 분수를 알거든. 내가….."

"사기꾼이라는 거?"

여자가 잠시 눈을 흘겼다.

"찜질방 가서 잔치국수도 먹을 거야. 생과일주스랑 맥반석 계란도. 그것마저도 모자라서 아이스크림까지 먹을 거니까, 다 네가 내."

남자는 투덜거리면서도 속으로 그것들의 계산을 어느새 하고 있었다.

"됐고. 내가 뭐냐면, 아무리 제 잘난 척 꺕쳐도, 결국 두 팔 두 다리 달린 사람이라는 거."

여자가 말했다.

"삽질하면 손에 물집 생기고, 코 풀다가 눈으로 콧물 나오고 귤 까다가 꼭지에 찔려서 피나는 인간."

"삽질은 아까 했다 치고, 마지막 둘은 너무 디테일한데."

남자는 물끄러미 그녀를 바라보았다.

"실제로 해본 거야?"

"시끄러워."

가볍게 남자를 타박하면서도, 그녀의 입가에선 계속해서 미소가 졸졸 흘러내렸다.

"기분 진짜 좋나 봐."

남자가 말했다.

"그런 쓸데없는 말 늘어놓는 거 보면."

"그럼 좋지!"

여자가 발을 구르며 박자를 맞추기 시작했다.

"이걸로 또 세상에 뻔히 드러난 상처를 아프게 헤집어줬잖아."

그녀의 손가락이 꿈을 꾸듯 지폐의 바다를 간질였다. 남자는 이미 그녀를 너무 잘 알았다. 이따금 진지해질 때는 있어도 엄숙해질 때는 결코 없었다.

"나는 그냥, 손오공 이야기 알지? 그런 거야."

돌침대도 흙침대도 아니고 말 그대로 돈으로 만들어진 돈 침대에 누워 편히 사지를 뻗으며, 여자는 말을 이었다.

"부처님 손바닥 위에서 다른 거미 잡아먹는 좀 더 살진 거미."

그녀는 자기 손바닥 위에 작은 무엇들이 마구 기어 다니는 손짓을 했다.

"넌 계속 사기꾼, 사기꾼 그러는데, 진짜 사기 같지도 않은 사기가 세상에 너무 많아서 그래. 다 웃기지도 않아."

남자는 그녀가 고개를 부르르 떠는 것을 바라보았다.

"수억 원짜리 물건, 몇 년 아니 평생 살 수도 있는 물건을 실물도 못 보고 사는 게 정상이 되니까 나중에 창이 달렸는지 안 달렸는지, 엔지니어드 스톤 쓰는지 인조대리석 쓰는지 싫은 소리 나오지."

고개를 내저으며 진저리를 치는 그녀였다.

"곧 도로 깔린대서 분담금으로 천만 원씩 뜯어가놓곤 감감무소식. 당장 책임지는 사람도 없고, 내가 짜증난다고 당장 도로공사 앞에서 노숙이라도 할 거야 어쩔 거야? 진짜 큰 건 이런 거야!"

여자가 그를 똑바로 가리켰다.

"관행, 관습. 너무 만연해서 어떤 문제가 아니라 먼저 내가 배우고 들어가야 하는, 아니 그런 것처럼 사람들이 믿는 거."

'것처럼 믿는'에 보이지 않는 방점을 큼지막하게 찍어 그녀는 강조했다.

"그런 가장 먼저 퇴치되어야 할 문제를, 어린애 오줌 싼 거처럼 어물쩍 상식 안쪽으로 처넣는 거. 그런 게 진짜 문제야. 너 평화의 댐 모금 해봤지?"

"누나 도대체 몇 살이야?"

"상장도 안 됐어, 야."

남자는 가끔 헷갈렸다. 그녀의 머릿속에 펼쳐진 지식정보의 바다 중 과연 얼마큼이 학습된 것이며 또 얼마큼이 본인의 경험에서 나온 것일지 궁금했다.

"아무튼 포인트는 네가 평화의 댐 모금을 했든 안 했든, 나도 결국 멀리 떨어져서 보면 서로 물어뜯고 잡아먹는 아비규환에서, 아주 조금 더 앞선 병신들 중에 하나란 말이야."

여자가 손가락을 쳐들었다. 바로 눈앞의 위가 아니라, 아주 까마득한 어딘가의 추상적인 권력을 향해서.

"그걸 저 위편에서 지켜보는 진짜 무서운 새끼들이 정말 없을 것 같아?"

진짜 사탄은 저 위에. 무슨 장, 무슨 법 위에. 방금 들었던 말이 생각났다.

"요즘 세상 무서워. 돌아다니기만 해도 하루에 팔십 번 넘게 씨씨티비 찍히는 세상이야. 하물며 쓰레기만 뒤져도 어딜 갔는지 뭘 샀는지 다 나오는 마당에, 설마 진짜 위편에 있는 사람들이 내가 이러고 다니는 걸 모를까?"

여자가 소름 돋는다는 듯 몸을 떨었다.

"난 그냥 메두사 꼬리 중에 하나야."

"메두사는 머리가 많은 거야. 아니 머리카락이지."

남자가 말했다.

"머리가 많은 건 히드라고."

"대충 들어. 도마뱀 꼬리 있잖아?"

적을 만나면 동강 잘려서, 혼자 꿈틀거리며 진짜 도마뱀이 도망갈 시간을 벌어준다는. 물론 남자도 알고 있었다.

"난 잘 쳐줘봤자 좀 굵고 통통한 꼬리지. 진짜 위험한 상처가 드러나기 전에 잽싸게 도려내면, 펄떡이면서 세상 사람들 이목을 잠깐 끌고 분노도 해소할 수 있는. 나 정말 겸손하지 않니?"

"마지막에 그 말만 안 했어도…."

남자는 고개를 저었다. 말하던 도중 생각이 바뀐 까닭이었다.

"아니 했어도 안 달라졌겠다."

그리고 그는 잠시 생각에 잠겼다.

"누나 저번에 기억나?"

"안 나."

"뭔지 알고?"

그가 황당하다는 듯 말을 이었다.

"양평에서 참송이 구워 먹으면서 했던 말 있잖아. 참기름 안 사 왔다고 구박한 다음에."

남자는 그 말을 인용하며 웃어야 할지 어쩔지 모르는 것처럼 굴었다.

"자기가 국내 최대 비상장기업주라고 했었나?"

"야, 술 들어간 상태로 농담도 못 해?"

여자가 손을 휘저었다.

"그리고 어차피 까끌까끌한 방법으로 모은 돈인데, 장부도 화려 하게 꾸며주고 입으론 허풍도 좀 떨어야 일관성이 있지. 그렇게 보면 우리 어디 가서 꿀릴 이유 없어!"

"역사의 심판 앞에서는 좀 꿀려야 할 것 같은데."

"역사? 내가 한 역사 하지. 신사임당, 마오쩌둥, 후쿠자와 유 키치, 벤자민 프랭클린⋯."

남자는 자기가 그 이름들의 공통점을 정확히 안다고 생각했다. 아마도.

"어때? 내가 세상에서 제일 존경하는 분들인데."

"그래⋯. 누나 역사 선생님 해도 되겠다. 근데 삼림욕은 다 했어?"

남자가 고개를 끄덕였다.

"나 슬슬 피곤한데."

"너도 돈 좀 끼얹게?"

"아니, 찜질방 간다며."

✳

이동하는 내내 둘의 몸에서는 흙과 땀 냄새가 났다. 여자한테서는 돈 특유의 야릇한 노린내까지 풍겼다. 어쨌든 잘 알던 동네도 아니었고 오래 발품 팔 만큼 상태가 좋지도 않았다. 그래서 둘은 대충 둥근 바닥에서 물결표 세 개가 솟아오르는 간판을 단 아무 곳으로나 들어갔다.

"누나 머리가 왜 이렇게 커?"

"수건이 작은 거야!"

투덜거리는 그녀에 맞서 남자도 그에 못지않게 투덜거렸다.

"아니, 사우나에서 접객용으로 들여놓은 건데 작으면 안 되지."

"네가 통이 작아서 그래."

여자가 팔꿈치로 자기 뒤에 있는 남자를 툭툭 쳤다.

"잘 좀 말아봐. 직사각형처럼 비율 맞춰서."

남자는 찜질방 양머리 만드는 법을 다시 한번 머릿속으로 복기했다. 그러나 현실로 눈을 돌리면, 특이하게도 그곳에서 나눠주는 수건은 행커치프나 안경닦이에나 어울릴 법한 가로세로 일대일 비율의 정사각형이었다. 여자가 힐끗 뒤편을 곁눈질했다.

"누나 그냥 먹자니까?"

때마침 그녀와 눈이 맞은 남자가 입을 열었다.

"미역국 잘 퍼먹다 말고 이게 뭐하는 짓이야."

"찜질방에 왔으면 양머리 해야지!"

물론 받아들여질 말이라고는 생각하지 않아, 애초에 양머리를 만들던 손을 뗀 적도 없는 그였다.

"그리고 너는, 어떻게 초행길이라도 하필 이런 델 고르냐? 수건도 이상하고."

여자는 반쯤 남은 미역국 그릇을 앞에 둔 채 다시 얌전히 등을 맡겼다.

"분위기 음침한 게 난 처음에 뭐 게이새끼들 들락거리는 곳인 줄 알았네."

볼멘소리를 하면서도 남자는 다시 양머리를 말았다. 물론 될 리 없었다. 비율이 아니라 면적의 문제였다. 할 수 없는 것을 알면서 성의나마 표시하기 위해 남자는 열심히 수건을 괴롭혔다. 그가 그렇게 당면한 과제에 열중하는 동안, 여자는 여자대로 시간을 보내야 했다. 저만치서 이용객들 보라고 틀어놓은 뉴스 채널이 시야에 돌아왔다. 텔레비전은 요즘 보기 힘들어진 두껍고 뜨거운 PDP 모델이었다.

찜질방에는 목침을 베고 코를 골거나 똑바로 누운 채 목덜미가 거의 직각으로 치솟도록 휴대전화 화면을 바라보거나 저들끼리 맥반석 계란을 우적거리며 잡담을 나누는 이들이 많았다. 시끄러운 아이들은 오락실에 가거나 시시덕거리며 만화책을 읽었다. 그래서 아무도 보지 않고 관심도 없는 이역만리 떨어진 나라의 한 국영기업 소식이 전파를 탔다. 욕탕을 거쳐 피로를 푼 뒤 흐늘흐늘 편안하게 녹아내리던 여자의 눈길이 송곳처럼 날카롭게 곤추섰다.

✳

"왔어?"

여자는 앉은 채 고개도 들지 않고 대답했다. 그 음색이 어쩐지 평소보다 진지해서 남자는 지레 눈치를 보고 있었다. 여자의 앞에는 분명 크고 멋지고 중후하지만 어쩐지 대기업 중역보다는 조직 보스에게나 더 어울리는 책상이 있었다. 책상 위에는 원숭이가 철하고 들개가 분류한 것처럼 보이는 온갖 서류들이 나뒹굴고 있었다.

"마침 잘 왔네. 이제 슬슬 인정할 수밖에 없었는데."

"인정? 뭘 인정해? 무슨 일 있어?"

남자는 남자대로 할 말이 많았다.

"깼는데 없길래 화장실이라도 갔나 했더니 뜬금없이 먼저 갔다 그러고, 그리고 여기 사무실 잘 쓰지도 않던 주소인데…."

"어제 뉴스 봤어?"

허리를 삐딱하게 기울여 의자 팔걸이에 팔꿈치를 받치고, 턱에 괸 손에 손가락을 구부려 입술 위편을 쿡쿡 찌르며, 여자는 말했다. 확실히 무언가 기분 나쁜 일이 있는 모양이었다.

"뉴스, 무슨 뉴스?"

남자가 물었다.

"사우디 왕실에서 영업실적 깠대. 근데 그게 얼마인지 알아?"

여자가 난폭하게 몸을 젖히자 의자 등받이가 삐걱삐걱 몸을 사렸다.

"이천, 하고도 이백억이야."

"…원?"

"달러, 씨발! Dollar!"

여자는 자기 목젖을 삼켜버릴 것처럼 고함을 질렀다.

"한화로 230,000,000,000,000원이야! 이거, 이것 좀 봐. 이게 수입 대리석이야."

여자가 발끝으로 바닥을 두드렸다. 아니 처벌했다.

"제일 비싼 게 제곱미터당 삼십이야."

그게 처벌이 아니고서야, 아닌 밤중에 홍두깨격으로 얻어맞은 바닥이 너무 불쌍했다.

"2,200억이면, 이걸 서울특별시 전체에 처바를 수 있어. 상상이 가? 서울만 한 대리석 거울이 생긴다고! 우주에서도 보이게!"

부들부들 떨면서 여자가 일어났다.

"그만큼을 1년마다, 꼬박꼬박 처 잡수신단 말이야 이 새끼들은!"

여자에게서 충분히 멀지 않았던 서류 몇 장이 반쯤 찢겨 날아갔다. 남자는 개중 제 앞까지 날아온 것을 주워들었다. 세계적으로 이름난 기업들의 로고가 찍혀 있었다. 아래로는 도표가 그물처럼 촘촘하게 이어졌다. 세부목록을 살핀 남자는 화들짝 놀랐다. 그것들은 아무나 봐서도 안 되고 아무 데나 있어도 안 되는 정보였다.

"누나, 이런 건 또 어디서…."

"복합기 딱 한 대만 먹어도, 이미지에 우리 소프트웨어 심으면 판독 과정에서—근데 그게 지금 중요해?"

그럴 리 없었다. 그녀의 말투로 봐선.

"중요한 건 이 미친 기름팔이들이, 악!"

여자가 머리를 쥐어뜯기 시작했다. 그러다가 남자 뒤편으로 누군가 노크했다.

"오 그래, 가져왔냐?"

남자 뒤편에서 나타난 사람은 바들바들 떠는 지구본을 들고 있었다. 아니 지구본을 든 본인이 그렇게 떨고 있었다. 러시아 대신 소련이 떡하니 박힌 것으로 보아 20세기의 유물로 보였다. 하

긴 요즘 지구본 못 본 지 좀 오래됐지. 하고 태평한 상상을 하던
남자는, 여자가 서랍에서 꺼낸 권총을 보고 온몸의 피가 굳어버
리는 줄 알았다.

"이 광신도 새끼들아!"

지구본을 갖고 들어온 사람이 도망치듯 자리를 떴다. 여자는
물 흐르듯 방아쇠울에 손가락을 걸었다. 그 엄지는 빨려 들어가
듯 공이치기를 젖히고 있었다.

"도마뱀 침출수나 팔아먹는 양심도 없는 새끼들!"

눈부신 화염과 함께 귀청을 찢는 발사음이 튀어나왔다. 방 안이
징처럼 덜덜 울렸다.

"내가 다른 놈도 아니고 너네 같은 것들한테 져야겠어?"

여자는 리모컨이라도 누르듯 계속해서 탄환을 쏘았다.

"운 좋게 석유 깔고 앉아서 꼬장부리는 전근대 양아치들한테?"

최초의 일격에 이미 흉측하게 망가진 지구본은 충격을 이기지
못하고 빈 캔처럼 찢어졌다. 그렇게 된 지구본을 여자는 벌레라
도 처리하듯 서류를 만 것으로 후려쳤다. 반쯤 녹은 플라스틱 덩
어리가 벽에 과녁판 같은 얼룩을 남긴 뒤 우당탕 바닥에 흩어졌다.
무고한 지구본은 그렇게 생을 마감했다.

"누나, 누나 저기, 진정 좀."

대답은 돌아오지 않았다. 분노가 가라앉는 일도 없었다. 씩씩
거리며 팔다리가 어디 붙었는지도 모르는 것처럼 움직이는 게 제
분을 못 이긴다는 표현이 딱 어울렸다.

"사람들 오겠어. 어?"

여자는 아랑곳하지 않고 눈에 띄는 가장 큰 물건을 무자비하

게 걷어찼다. 뚱뚱한 서랍까지 붙은 책상이 잠시 두 다리만 붙인 채 기우뚱 들렸다. 얼마 안 가 무게중심이 돌아오며 나머지 두 다리가 사무실 바닥을 무지막지한 힘으로 내리쳤다.

발이 기우뚱거릴만큼의 진동은 그대로 거대한 치과 드릴처럼 건물의 뿌리까지를 뒤흔들었다. 그러고도 남았다. 남자는 주변을 둘러보았으나 물론 아무도 없었다. 애초 지구본을 던져준 사람도 부리나케 몸을 뺐거늘 누가 굳이 남겠나.

"누나, 정신 차려!"

이럴 때 빛을 발하는 것은 기억이었다. 해맑게 국제공용어가 달러라는 막돼먹은 말장난을 하던 그녀의 얼굴을 남자는 떠올렸다. 해장국을 잡탕찌개로 만들어 먹으면서도 남의 나라 지폐 위 인과 그 업적까지 줄줄 읊고도 남는 비틀린 지성을 기억해냈다.

"누나가 이러는 동안에도, 걔네는 지금 돈을 벌고 있단 말이야!"

그녀의 형형한 안광이 남자를 덮쳤다. 숨이 막힐 지경이었지만 아직 힘을 내야 했다.

"빨리 따라잡을 생각을 해야지!"

자신도 말하면서 웃겼다. 하지만 웃어버리면….

"뭐? 참 그렇지."

여자는 자리에 앉았다. 그냥 그렇게.

"어?"

"왜? 또 할 말 있어?"

여자는 차분한 데다가 온화하기까지 한 목소리로 순식간에 화를 가라앉혔다.

"기다려봐. 생각 좀 해보게."

그녀의 미간이 바짝 좁아졌다. 그 마음속으로 어떤 의제와 가정과 증명이 오가고 있을지 감히 짐작조차 할 수 없었다. 어쨌든 여자는 그렇게 다시 평소의 모습으로 돌아왔다. 굶주린 벌새처럼 신경질적으로 입가를 두드리는 손가락만 빼면.

길길이 날뛰던 것이 이렇게까지 간단히 잦아드니 말리려던 남자 쪽에서 헛발질을 한 것 같았다. 여전히 몸은 들썩이고 불그스름한 뺨으로 거친 숨을 내뱉지만, 그러면서도 순식간에 태도를 바꾼 게 과연 초인적이라는 말과 비인간적이라는 말 중 어느 쪽에 더 어울릴지 남자는 알 수 없었다.

"그래. 생각해보면 네 말이 맞아."

여자는 입술을 달싹이며 혼잣말을 하고 있었다.

"언제까지 시류에 꼽사리 껴서 벌어먹을 거야? 새로운 판이 필요해."

그녀가 한번 무언가에 꽂히면 쉽게 빠져나오지 않는다는 것이 그렇게 다행일 수 없었다.

"맞아. 새로운 판이…. 90년대에나 논에 마사토 깔고 팔천 엎어서 팔아먹었지, 지금 그렇게 돈 버는 미친놈이 어디 있어?"

남자는 그게 정확히 무슨 소리인지도 모르면서 맞장구를 쳐주었다. 그녀의 눈길이 살짝 달라붙었다가 떨어져 나갔다.

"시대가 달라지면, 아니지. 시대가 달라지게 만들어야지 내가. 야, 결혼하자."

"뭐라고요?"

여자는 굳이 두 번 말하지 않았다. 못 들을 수가 없는 말이었으니까. 남자는 할 말을 잃은 것이 아니라 할 말이 있을 수 없는 표정으로 빤히 그녀를 바라보았다. 그녀는 그런 그에게 힐끗 시선을 맞췄다가 다시 뚫어지라 자기 책상을 노려보았다.

"농담하는 거 아니죠?"

"사람들은 젊거나, 어리거나, 앳되거나, 늙거나 어리석거나 똑똑한 폐경 안 온 여자가 혼자 산다는 사실 자체를 도저히 못 받아들인단 말이야."

여자가 말했다.

"그래서 내가 일 제대로 진행하려면, 사람들한테 얼굴 내밀고 대표 노릇 하려면 너랑 결혼해야 해."

"결혼을? 뭐의 대표를?"

머리가 핑핑 돌았다. 의도한 적도 없는 존댓말이 그래서 언제부턴가 나오고 있었다.

"뭘 하게요?"

"당연히, 아랍놈들 전부 개박살 내야지!"

여자가 주먹을 쳐들었다.

"어떻게 해서든, 무슨 수 써서든, 내가 살아 있을 때 안된다면 죽어서라도 그렇게 되게 만들어야지! 내가 남들 배때지 쑤시면 건에 천썩 받는 걸 왜 안 하는 줄 알아?"

여자가 물었다. 남자는 그러나 아직 그 괴상망측한 프러포즈의 충격에서 벗어나려 노력하고 있었다.

"그게 내 신념이야! 사람 목숨 갖고 장난질은 치지 말자고!"

여자가 가슴팍을 퍽퍽 두드렸다.

"그건 반칙이고, 판을 엎는 거야. 꼼수라고! 그런 편법 없이도 할 수 있다, 해먹을 수 있다는 그런 신념!"

바닥에 이어 이제는 다른 가구가 처벌받을 시간이었다.

"근데 지금 이 아랍놈들은 그걸 깔아뭉갠 거야."

남자는 그녀의 꽉 쥔 주먹이 모루를 두들기는 망치처럼 책상 상판을 내리치는 것을 지켜보았다.

"나라는 인간의 신념이랑 가치관, 철학을 개박살낸거란 말이야! 내가 이런 말을 지금 하고 있다는 거 자체를 용납 못 해!"

여자는 짐승의 안광처럼 형형한 눈초리를 빛냈다.

"일단 대체에너지 관련으로 민간부터 싹 잡아야겠어. 기존 플랫폼이랑 엮고 시장 빨아먹으면 운 좋게 국제표준에 숟가락은 얹겠지."

그녀의 아무것도 쥐지 않은 손가락이 널브러진 서류의 여백을 붙잡았다. 휘파람처럼 빠르게 튕겨지는 보이지 않는 주판알들은 하나하나가 어딘가의 사업체와 공장, 연구 프로젝트의 이름을 단 채 훗날 현실로 나타날 것들이었다.

"이 병신 같은 조국은 정책과장을 6개월에 한 번씩 갈아치우면서, 자기들이 심사할 능력이 없으니까 일단 외국에 내몰고 살아남으면 반겨준단 말이야. 마침 간척단지 발전 사업하고 있으니 그때까지 몸집 불려서 입찰 넣고."

이제 휘적거리던 손가락은 멈추었지만 여자의 머릿속 엔진은 더 맹렬하게 돌고 있었다.

"자리 잡히면 자체적으로 연구개발 생태계도 길러야 하는데, 야 너 교육재단 이사장 자리 만들어주면 할래?"

남자는 아직 결혼 이야기에 붙잡힌 터라 그 말은 듣지도 못했다.

"일단은 연료로서의 석유부터 그렇게 고사시키고…. 나 없어도 계속 돌아가게 만들어놔야지."

여자도 피차 다른 데 신경 쓸 겨를이 없기는 마찬가지였다.

"적어도 이번 세기 안으로, 석유로 만드는 거, 입는 거, 기르는 거 전부 다 발도 못 붙이게…."

✳

"…그래서, 별거 없는데?"

영상 속 여자가 엉뚱한 곳을 보며 말했다.

"연구센터 이름, 야 네가 한자 뭐라고 붙였지?"

"'버금갈 아'에 '열 개'."

"뭔 뜻인데?"

영상 속 남자가 난색을 보였다. 일인칭 카메라는 조심성 없이 이리 기울어지고 저리 기울어지는 혼잡한 화면을 담았다.

"글쎄. 일단 학회 요건 채우려고 쓴 건데…."

침침한 조명에 대사는 이따금 뭉개져서 들을 수도 없었다.

"누나가 나중에 제대로 정해야지."

"정하긴 뭘 정해? 그냥 내가 말한 대로 올리라니까?"

영상 속 여자가 웃었다.

"아랍놈들 개 같이 박살 낼 연구소, 아개 연구소."

카메라를 잡고 있는 남자가 곤란하다는 듯 웃었다.

"뭘 버금가서 열어? 잠꼬대 같은 소리 하네."

"누나 그러지 좀 말고…."

"넌 근데 언제까지 누나라고 부를 거야? 페티시 같은 거야?"

화면 너머로도 남자가 껄끄럽게 말을 돌리는 것이 느껴졌다.

"언제까지 그럴 거야. 내일 행사에 산업통상부에서랑, 도지사님도 온다고 했단 말이야."

"내가 그걸 모르겠냐? 그리고 넌 무슨. 그 새끼 아는 거 쥐뿔도 없는 졸부야."

여자가 신경질적으로 손가락을 튕겼다.

"김포에 논밭밖에 없을 때 걔네 집 논두렁 한복판에 처박혀 있던 거, 천육백 원짜리 똥땅이 운 좋게 교차로 돼서 돈벼락 맞은 새끼야. 무식해 빠져갖고."

"누나 이거 나중에 다시 녹화할 거지? 응?"

영상 속 남자가 간곡히 화면의 초점을 맞추며 물었다.

"이거 설마 진짜 타임캡슐에 그대로 넣는 건 아니지?…"

화면 밖 현재, 기념식에 온 사람들은 멀뚱멀뚱 눈을 끔뻑였다.

〈끝〉

작가의 말

진짜 무서운 것은 설명할 수 없습니다. 그래도 이야기가 무서워지려거든 어디가 어떻게 무서운지 분위기를 잡아야 합니다. 설명을 늘어놓아야 합니다. 이런 태생적인 모순이 무섭지 않다고 말할 수 없다는 것이 못내 무섭습니다. 웃기려고 한 이야기가 웃기지 않으면 무엇이 됩니까? 우스갯소리에서 '우스'를 빼면 알 수 있습니다. 무섭자고 한 이야기가 무섭지 않으면 무엇이 됩니까? 그 답을 찾을 때까지 이야기들을 풀어헤쳐도 나쁘지 않겠습니다.

〈별말씀을요〉

19년 봄의 글입니다. 착한 거북이의 동화를 쓰려거든 일단 살아 있어야 합니다. 전투기가 기지로 귀환하여 총알 자국의 분포도를 그릴 수 있었다는 건 정말 치명적인 부위는 맞지 않았다는 뜻입니다. 이야기들의 가장 정곡을 찌르는 부분은 그래서 아직 쓰이지 않은 대목들에 있습니다. 허겁지겁 점과 선으로 이루어진 이야기들의 식민지 너머 광활한 면과 입방의 미개척지 속 서사들을 그렇기에 지향해야겠습니다.

〈나지 않는 냄새〉

19년 겨울의 글입니다. 도움을 준 단어는 모기향, 고의, 뷔페입니다. 처음부터 있지도 않은 무언가는 처음부터 있던 무언가라도 뛰어넘을 수 있습니다. 컴퓨터에서는 냄새가 나지 않아 싫다고, 책의 짙고 두꺼운 종이 냄새와 결합된 지식이어야만 자신을 즐겁게 해줄 수 있다고 누군가가 말했습니다. 컴퓨터가 냄새를 갖게 되는 날, 재현하거나 모사하는 대신 정말 그것만의 있지도 않은 냄새를 갖게 되는 날 다시 생각해볼 말입니다.

〈그루츠랑의 피아노〉

17년 여름의 글입니다. 도움을 준 단어는 피아노, 뼈입니다. 그루츠랑의 모습은 실제 전설 속 묘사와는 차이가 있다고 합니다. 코끼리도 멋지고 뱀도 멋지다면 그러나 두 동물이 합쳐진 무언가는 제곱으로 멋집니다. 늦은 밤의 산책이 그루츠랑과의 만남으로, 엉겹결에 던진 그랜드피아노의 공수표가 대륙과 대륙을 건너 찾아오는 저주받은 장송곡으로 눈 깜짝할 새 불어나듯이, 그렇게 멋지게 부풀어 오른 오해의 산물을 차마 설익은 리얼리즘의 수술칼로는 도려내 버릴 수 없겠습니다.

〈불로소득〉

16년 가을의 글입니다. 제목으로 〈불능소득〉도 괜찮지 않을까 싶습니다. 그러나 직관적으로 파악하기 힘들어 보이기도 합니다. 직관은 빠른 판단과 행동을 가능케 하지만 한편 그럴싸해 보이는 한 걸음 한 걸음이 모여들어 어느새 되어 있는 커다란 오답을 우리에게 안겨주기도 하겠습니다. 직관으로는 결코 출구를 찾을 수 없는 질문들 속에서, 그리고 그런 질문들을 일시적인 돌파구와 답처럼 보이는 행동, 사상들로 변통하며 허위허위 헤매는 것이 꼭 주인공뿐은 아닐지도 모르겠습니다.

〈균형 잡힌 기적〉

18년 여름의 글입니다. 도움을 준 단어는 범죄, 물, 손모가지입니다. 한때 '짜장면'도 감히 들어갈 엄두조차 내지 못하던 표준국어대사전의 일원으로서 비속어에 가까운 '손모가지'가 얼굴을 빛내고 있습니다. 손을 낮잡아 이르는 말이 있다면 손을 높여 부르는 말도 마땅히 있어야 할까요? 배고픈 당나귀만큼이나 발상에 목마른 창작의 스포트라이트란 결국 그런 일련의 단어들 사이에서 한평생 도리질이나 치다 숨을 거두게 될까요? 문학이란 기계적 평균이나 평준화에 결코 종속되어선 아니 되며 개인의 창의적인 사고와 상상력, 내용과 형식을 위한 더욱 넓은 활동 영역이 필수불가결하다고 누군가 말했던 것 같습니다.

〈나는 저기에〉

21년 겨울의 글입니다. 이미 '여기'를 포괄하고 있는 관찰자이자 행동의 주체자로서의 내가 다시 그곳으로부터 임의의 거리만큼 멀어진 '저기'에 있는 마법을 나의 의지로 부릴 수 있다면 동화가 되고, 반대로 부릴 수 없다면 공포 장르의 이야기가 될 것 같습니다. 내가 아닌 나는 그러나 꿈속에서 누구나 겪습니다. 한술 더 떠서 내가 아닌 내가 싫지 않은 나라는, 양파껍질처럼 거듭되는 괴리감 정도는 되어야 무언가 이야기가 되겠습니다.

〈도플갱魚〉

19년 여름의 글입니다. 저 사람은 내 가족이 아니에요! 그 사람이 자는 동안 복제된 외계 생명체라고요! 취할 수 있는 겉모습만큼이나 많은 알레고리들이 있다고 합니다. 처음 나왔을 때는 공산주의자, 그다음은 베트남전과 워터게이트를 거치며 변형된 정부의 이미지, 그다음은 걸프전과 군산복합체, 그다음이자 현재까지 마지막으로는 테러와의 전쟁이었다고 합니다. 다음 리메이크가 나올 때도 된 것 같습니다.

〈무병, 장수〉

19년 여름의 글입니다. 도움을 준 단어는 그네, 혀, 식탁보입니다. 의아한 제목입니다. 마찬가지로 의아하더라도 어쩔 수 없이 따라야 하는 규칙이 인물들을 묶고 있습니다. 저항하고자 하는 의지마저 꺾여 무뎌진 뒤의 이야기입니다. 인과관계를 따르는 유형의 공포가 있습니다. 네가 지난여름에 한 일을 절대 잊지 않는 그런 종류의 이야기들입니다. 반면 지구상에는 없던 어떤 색채처럼 돌연 찾아오는, 자신이 옭아맨 인물들에게 일견 무관심해 보이기까지 하는 공포가 있습니다. 개중 어느 쪽으로든 두각을 드러낼 수 있다면 나쁘지 않겠습니다.

〈딱 좋아! 딱 좋아! 무서운 게 딱 좋아!〉

18년 겨울의 글입니다. 제목이 이래도 되나요? "갓 밀크(Got Milk?)" 캠페인이 유행했다고 해서 자국 낙농업계 사람들이 그런 수사의문문 형식 자체의 특허를 보유할 리는 없다고 누군가가 소리높여 외쳤듯이, 글의 제목이 된 일련의 감탄문들도 모쪼록 어딘가의 독점적인 권리를 침해하지 않는다면 더할 바 없이, 무서운 것도 없이 딱 좋겠습니다.

〈미스티〉

19년 겨울의 글입니다. 도움을 준 단어는 소금, 배낭, 낚싯배입니다. 안개는 사물의 경계를 뒤섞고 흩뜨립니다. 저쪽과 이쪽의 경계를 건너 뻗은 낚싯줄, 잡는 자와 잡히는 자의 구분을 흐리게 만드는 장소, 누구보다 정확한 감각으로 마주한 반대로 무엇 하나 분명한 것이 없을 정도로 혼란스러운 세상. 모든 것을 볼 수 있게 된 주인공이 나오는, 그래서 결국에는 인간이 봐선 안 될 것들까지를 보게 된 주인공이 나오는 영화가 있습니다. 그 결말의 삭제된 장면에 대한 낭설입니다. 제 눈을 파낸 주인공은 크레딧

이 올라가기 직전 말한다고 합니다. "아직도 보여!"

원래 결말보다 나은 것 같습니다.

〈우연한 금기〉

18년 가을의 글입니다. 우리 모두의 건강을 돌본다는 것은 이런저런 물질들의 체내 진입을 금하는 정량적 요소뿐만 아니라 정성적 요소, 즉 무언가를 둘러싸고 변천하는 사회적 분위기와 그에 다시 영향받은 개개인의 가치관 같은 것들에도 신경을 쓸 수밖에 없는 것 같습니다. 독하기로는 지금보다 더 독했을 무언가를 옛날 사람들은 밥 먹고 앉은 자리에서 바로, 임산부 아내와 남편이 거실에서 마주 보고 화기애애하게 피워댔습니다. 사실 그런 것들을 막아서 데시 아나즈(Desi Arnaz)나 피터 포크(Peter Falk) 같은 사람들이 좀 더 오래 작품 활동을 했어도 나쁠 건 없겠습니다. 그러나 한편으로 이미 만들어졌고 앞으로도 얼마든지 더 변천을 겪을 사회적 인식의 양 끝을 항상 더 날 서고 경직된 모양으로만 빚을 필요도 없지 않을까 합니다. 어느 쪽을 잡고 어느 쪽을 겨누어야 할지 모를 지경으로.

〈死연편지〉

20년 봄의 글입니다. 〈Tales That Witness Madness〉(1973), 〈Dr. Terror's House of Horrors〉(1965), 〈From a Whisper to a Scream〉(1987)…. 짧은 이야기들이 묶인 옴니버스 영화들은 각각의 이야기들이 갖는 스펙트럼도, 그런 이야기들을 다시 하나의

사건과 관점으로 재배열하는 방법도 재미있습니다. 글쓰기의 측면에서도, 설령 하나의 완결된 이야기가 되지 못하는 자투리라 한들 저와 비슷한 아이들끼리 손에 손잡고 쭐레쭐레 돌아다니다 보면 어느새 무언가가 되어 있습니다. 글쓰기는 경제적이지 않을 수도 있지만 그렇다고 될 수 있는 기회를 극렬히 거부할 이유는 없을 것 같습니다.

〈사두용미〉

19년 봄의 글입니다. 도움을 준 단어는 당첨금, 과일주스, 암매장입니다. 진짜 무서운 것은 설명할 수 없다지만, 설명할 수 없는 모든 것이 진짜 무서운 것은 아니겠습니다. 가령 이 글이 왜 호러 장르로 분류되어 이 책에 실렸는지 같은. 세상에서 가장 정확한 수술칼은 스스로를 해부할 수 있을까요? 마찬가지로 글 스스로의 부분들과 그것들이 내포한 것으로 간주되는 특징적인 가치관들을 갖고 글 스스로의 가치를 재차 설명하려 드는 것은 어쩌면 자기 자신의 참과 거짓을 논하려 드는 명제만큼이나 터무니없는 발상인지도 모르겠습니다.

이신주

균형 잡힌 기적

초판 1쇄 발행 2023년 9월 10일

지은이   이신주
펴낸이   박은주
디자인   김선예, 이수정
마케팅   박동준

발행처   (주)아작
등록   2015년 9월 9일(제2023-000057호)
주소   07236 서울특별시 영등포구 의사당대로 38 102동 1309호
전화   02.324.3945-6   **팩스** 02.324.3947
이메일   arzaklivres@gmail.com
홈페이지   www.arzak.co.kr

ISBN   979-11-6668-740-2 04810
          979-11-6668-736-5 04810 (세트)

© 이신주, 2023

책 값은 표지 뒤쪽에 있습니다.
잘못 만들어진 책은 구입하신 서점에서 교환해 드립니다.